未妝天顏

千劫眉

卷四

藤萍 著

目錄
CONTENTS

第三十一章　狂蘭無行

碧水流落萬古空，長天寂寥百年紅。

碧落宮的殿宇素雅潔淨，訪蘭居內落葉飄飛，秋意越發濃郁，而秋蘭盛開，氣息也越是清幽飄逸。傅主梅又把訪蘭居上上下下洗了一遍，連椅縫裡最後一絲灰塵也抹盡了，實在沒有什麼可為宛郁月旦做的，他坐在房間椅上發呆。

他身上的毒已經解了，宛郁月旦讓他住他最喜歡的院子，給了他善解人意的女婢，沒有要求他做任何事，但他卻越來越覺得在這裡待不下去。唐儷辭取得了綠魅，救了他的命，聽汴京傳來的消息說那夜還死了五個人，其中一個是「九門道」韋悲吟。

阿儷是花費很多心思和力氣才得到那顆珠子的吧？他服用綠魅的粉末解了明黃竹之毒，心裡卻覺得惶恐不安，阿儷是討厭他的，這件事以後只會更討厭他吧？雖然練了很高的武功，他卻從來不是能拿主意的人，心裡覺得虧欠宛郁月旦，又覺得對不起唐儷辭，但他卻不知道該做什麼來補償。

他能做的事很少，也想不出什麼高明的主意，唯一比較能說得上的是御梅刀法，但要論殺人，他似乎遠遠不及宛郁月旦和唐儷辭，而抹桌掃地之類顯然也不是宛郁月旦和唐儷辭需要他做的。

也許他該離開了，每當被人認出他是御梅主，他就會陷入這樣尷尬的境地，很多人希望他做出英明的決定、發揮決定性的作用，但他卻不知道如何做。而每當他猶豫不決或者決定離開的時候，總會讓更多人失望。

他只希望做個簡單的人，他不需要任何高深的武功就能活下去，他並不討厭這樣的自己，但……不是承認自己沒用就找到了可以離開的理由。

他雖然沒用，但是從不逃避，只是經常做錯事。

「傅公子。」今日踏入房門的人是碧漣漪，讓傅主梅呆了一呆，「小碧。」、

他上次來碧落宮的時候，碧漣漪還是個十七八歲的少年人，如今已是俊朗瀟灑的劍客，看起來比他大了七八歲。

碧漣漪對他行了一禮，「宮主要我對你說幾件事。」

「小月很忙嗎？」傅主梅揉了揉頭，「我好幾天沒看見他了。」

「宮主很忙，這幾天發生不少事。」碧漣漪對他依然持以長輩之禮，「宮主交代了幾件事，希望傅公子聽完以後不要激動，也不要離開，留在碧落宮中等他回來。」

傅主梅奇道：「小月出去了？」

宛郁月旦不會武功，剛從少林寺回來，這幾天發生什麼事讓他又出去了？

「唐公子失蹤了。」碧漣漪沉聲道。

傅主梅猛地站了起來，又「撲通」一聲坐了下去，「怎麼會……發生了什麼事？阿儷怎麼會失蹤的？他不是取了綠魅珠回中原劍會去了嗎？」

「事實上他沒有回到中原劍會。」碧漣漪道：「最近發生了幾件事，都不算太好。第一件，唐公子取了綠魅珠，透過信鳥寄給宮主之後，下落不明；第二件，少林十七僧在杏陽書坊混戰柳眼，混亂之中，柳眼被神祕人物劫走，之後同樣下落不明；第三件，西方桃離開中原劍會，而在她離開中原劍會的第四天，邵延屏受人襲擊，重傷而亡。」

傅主梅越聽越驚，聽到「邵延屏受人襲擊，重傷而亡」忍不住「啊」的一聲失聲驚呼，「邵先生……是誰……」

碧漣漪搖了搖頭，「不是西方桃，邵延屏遇襲的時候，西方桃人在嵩山少林寺外小松林暫住，為普珠上師升任少林寺方丈之位道喜。之前唐公子和宮主都曾起疑，西方桃潛伏中原劍會，實為風流店幕後主謀，欲殺邵延屏奪中原劍會。現在邵延屏死了，凶手卻不是西方桃。」

「小月的意思是說……」傅主梅喃喃道：「是說風流店深藏不露，除了西方桃之外另有能人能在中原劍會成縕袍、余負人、董狐筆和孟輕雷的眼皮底下擊殺邵延屏，既達到除去眼中釘的目的，又免除了西方桃的嫌疑。」

碧漣漪頷首，「不錯，這會除去很多人對西方桃的疑心。」傅主梅苦笑了一聲，「但是他……他確實是個壞人。」碧漣漪緩緩搖頭，「邵延屏死後兩日，西方桃返回中原劍會弔喪，在眾目睽睽之下擊殺『春秋十三劍』邱落魄。」

傅主梅睜大眼睛，「春秋十三劍」是與沈郎魂齊名的殺手，「她為什麼要殺邱落魄？」

碧漣漪的臉色沉重，「因為邱落魄就是殺邵延屏的凶手。」

傅主梅連連搖頭，「單憑邱落魄不可能在中原劍會殺邵先生，決不可能。」

碧漣漪道：「宮主說殺邵延屏的必定不只邱落魄一人，或許他是凶手之一，但他的作用並非用來殺人……而是用來替罪。」他平靜地道：「總之邵延屏死了，邱落魄是凶手，而西方桃從中原劍會一干人等中識破了喬裝的邱落魄，一招殺敵，解除了邱落魄在中原劍會中再度潛伏殺人的危機。」

傅主梅張口結舌，「所以她的威望就更高了？」

碧漣漪點了點頭，「中原劍會上下對西方桃本就很有好感，她是普珠方丈的摯友，又幫助劍會戰勝好雲山之役，救了不少人。這一次為邵延屏報仇，普珠方丈傳函稱謝，西方桃仗義聰慧之名天下皆知。」

傅主梅緊緊皺起了眉頭，「這怎麼可以……這怎麼可以……這完全不對……」

碧漣漪繼續道：「隨後西方桃以邱落魄為突破，沿線追蹤，查到了風流店的一處隱藏據點，中原劍會破此據點，殺敵三十三人，奪得九心丸百餘瓶，付之一炬。」

傅主梅駭然看著他，過了好一會兒，長長地吐出一口氣，「那她……那她現在就是……」

「現在就是中原劍會中頂替邵延屏的人，成緼袍、董狐筆等一干人對她言聽計從，毫無疑心，並且越來越多的正道人士投奔中原劍會，如今新入劍會的六十九人，其中不乏高手。」碧漣漪道：「宮主要我對你說的就是這幾件事，他希望你在碧落宮中等他回來。」

「我不會走的。」傅主梅斬釘截鐵地道：「我絕不會走。」

碧漣漪眼中有了少許欣慰之色，近乎微笑，但他並沒有笑，「太好了。」

傅主梅頓時漲紅了臉，羞愧得幾乎抬不起頭來，「其實我……」

他很想說其實他留下來也沒有什麼太大作用，但碧漣漪微微一笑，「御梅之主在此時力挺碧落宮，會給宮主和唐公子莫大的支持，傅公子切莫妄自菲薄，你是刀中至尊，盛名豈是虛得？」

傅主梅點了點頭，他再也說不出半句話來。碧漣漪行禮，轉身準備離去，突然傅主梅問道：「阿儷呢？他……他到底到哪裡去了？碧落宮真的沒有他的消息？他有沒有危險？」

碧漣漪轉過身來，「唐公子……本宮所得的線索只能說明他在宮城外與韋悲吟一戰後失蹤，其餘當真不得而知。」

傅主梅呆呆地看著他走遠，阿儷他不會有事吧？

他會到哪裡去？局面變得這麼惡劣，西方桃占盡上風，邵延屏身亡這件事對阿儷一定也是很大的打擊，這種時候他不可能避而不見，他會上哪裡去？他應該做點什麼，但該做什麼呢？傅主梅突然站了起來，往訪蘭居外另一處庭院走去，那是秀獄閣，風流店梅花易數和狂蘭無行的居所。

那兩個人的毒已經解了，但至今昏迷不醒，聞人壑說是劇毒傷了頭腦，有些失心瘋，不可輕易刺激他們，所以至今很少人往秀嶽閣去。

傅主梅輕輕踏入秀嶽閣，秀嶽閣內一片寂靜，除了兩人的呼吸之聲，似乎什麼也不存在。聽入耳內，梅花易數和狂蘭無行二人的內功心法截然不同，呼吸之法一快一慢，容易分辨。

他踏入臥房，秀嶽閣臥房裡躺的是狂蘭無行，客房裡是梅花易數，狂蘭無行的毒傷和刺傷都是梅花易數數倍之重，梅花易數偶爾還會坐起發呆，狂蘭無行卻是從始至終沒有清醒過。

傅主梅按了按狂蘭無行的脈門，這人內力深厚，根基深湛，武功或許不在自己之下，可惜全身關節經脈受毒刺重創，日後恐怕是難以行走。如果不是這一身武功，聞名天下的狂蘭無行只怕已死多時了。

他在床前的椅子上坐了下來，揉了揉頭髮，其實他不知道自己來這裡幹什麼，就算這兩人突然醒來，他也不知道問他們什麼好。但就是覺得坐在這裡，會比坐在自己房裡發呆要讓他心裡好受一點。

狂蘭無行眉目俊朗，臉色蒼白，一頭亂髮乾燥蓬鬆，隱隱約約帶了點灰白。傅主梅坐在一旁看他，這人身材魁梧，非常高大，站起來恐怕要比宛郁月旦高一個頭，不愧是能使八尺長劍的男人。

微風吹過，初冬的風已現冰寒，傅主梅坐了很久，抬頭看了窗外盛開的梅花一眼，突然頸後微微一涼，眼角瞥見床邊的八尺長劍倏然不見，劍鋒冰寒，已然架在自己頸上。

「今日是雍熙幾年？」身後的聲音清冷，略帶沙啞，卻不失為頗有魅力的男聲。

「雍熙三年十一月……」傅主梅一句話沒說完，頸上長劍驟然加勁，傅主梅袖中刀出手架開長劍，「叮」的一聲脆響如冰火交接，灼熱的氣勁與凝冰的寒意一起掠面而過，他飄然而退，訝然看著面前的亂髮男子。

狂蘭無行已站了起來，就在他站起來的瞬間，有種天地為傾的錯覺。傅主梅的頭腦一時還沒轉過彎來，只見狂蘭無行嘴角微挑，說不上是對他那一刀的讚賞或者只是一縷似笑非笑。他微一低頭，勾起了唇角，隨後蕭然轉身，「啪」的一聲把那八尺長劍往屋角一擲，大步往外走去。

八尺長劍灌入地面三尺有餘，未入地的部分隨那「啪」的一聲脆響節節碎裂，散了一地碎鐵。傅主梅這時才喝道：「且慢！你——」他御梅刀出手，刀勢如疾雪閃電，掠起一陣冰寒直往狂蘭無行後心擊去，「快回來！」

狂蘭無行背袖微拂，一陣熾熱至極的真力潛湧般漫捲，傅主梅這一刀未出全力，但見冰寒的刀氣受烈陽真力所化，在空中晃了一晃，「呲」的一聲微響，刀氣在狂蘭無行袖上劃開一道縫隙，破袖而過在他後心衣上也劃開一道長長的裂縫。

但僅此而已，狂蘭無行大步向前，穿門而去，御梅刀一擊不中，隨蘊力倒旋而回，傅主梅伸手接刀，臉色蒼白。這馭刀一擊雖然他未盡全力，但出刀一擊只是劃開衣上兩道縫隙是他平生僅見，狂蘭無行身受黃明竹毒刺之苦多年，竟然還有如此功力——一擲碎劍，大步離去──他究竟要去哪裡？他要做什麼？

「且慢！」傅主梅追到門口，狂蘭無行的人影已消失得無影無蹤，他真是不知如何是好，宛郁月旦和唐儷辭費力救了狂蘭無行，便是想從他口中得知風流店的隱祕，結果這人一清醒就絕然離去，沒有半點感激留戀的模樣，而他雖然站在這裡，卻什麼也沒問出口，也沒能把人留下來。

他真是……太沒用了。傅主梅頭腦中的思緒混亂了好一會兒，從臥房裡奔了出去，他闖進梅花易數房裡，幸好，梅花易數還在房裡，並沒有像狂蘭無行那樣一走了之。

梅花易數也沒有躺在床上，他坐在房裡的桌旁，一口一口喝著茶，就像一口一口喝著烈酒，見傅主梅闖了進來，只是笑了笑，也沒有露出驚訝的表情。

傅主梅反而有些侷促起來，「你……你好……」

梅花易數舉起茶壺，對他敬了一下，傅主梅明白他是善意，於是走近一步，「我……我住在不遠的地方……」

梅花易數笑了，露出一排雪白的牙齒，「我知道是你救了三哥。」

傅主梅反而一呆，他真是把那件事忘了，「啊……但是他──」他指著隔壁房間，分明想說清楚剛才發生的事，卻只是道：「他走了。」

梅花易數對著茶壺灌了一口茶，「他當然會走，你救了他日後定會後悔……」他的嗓音很是暗啞，並不好聽，「你該知道他身上的毒刺是我的三倍──不是三倍於常人的毒刺，單憑引弦攝命之術根本制不住他。七花雲行客以奇門異術聞名天下，陣法機關是五哥最強，暗器心法是六弟稱雄，但論真實武功……我們六人沒一個打得過三哥，他是絕對的強。」

傅主梅點了點頭，能在他御梅刀下如此從容的離去，狂蘭無行是第一人，「但為什麼你和他會中毒，變成風流店的傀儡？」

梅花易數又灌了一口茶，「真正的內情或許三哥比我清楚得多，我到現在仍然很糊塗。那天……六弟請我們到焦玉鎮麗人居喝酒，他的酒量一向不好，喝兩杯就會醉倒，難得相邀，所以我們都去了。」他笑了笑，「結果那天的酒裡下了劇毒，六弟自己喝醉了，我也倒了。我雖然中毒，酒量卻好，迷迷糊糊的知道三哥和七弟把我綁了起來，全身到處刺上毒刺，七弟扮成了女人，我不知道他們在密謀什麼……但我記得後來他們把我搬到什麼地方關起來後，二哥想要救我，卻被三哥殺了。」

傅主梅駭然，「他……他殺了你們二哥？」

梅花易數點了點頭，「所以——三哥不會對你們說任何事，他和我不一樣，風流店初起之計他就參與其中。」

傅主梅用力揉了揉頭髮，「但……但他怎麼也變成了那種樣子……」

梅花易數大笑起來，「哈哈哈……咳咳……誰叫他和七弟攪在一起？三哥武功雖然高，心機也深，但他不是卑鄙小人，而七弟……七弟那種喜歡假扮女人的娘娘腔比女人還陰險惡毒，三哥和七弟鬥，怎麼鬥得過他？哈哈哈……」他笑了一陣，又灌了口茶，「何況三哥對七弟的妹子念念不忘，偌大把柄落在七弟手裡，怎麼可能不被收拾？我只奇怪七弟好大的膽留下三哥的命，他當真不怕死。」

「七弟……是誰……」傅主梅看他情緒激動，心裡甚是擔心，「別再喝水了，小心嗆到。」

梅花易數把那茶當酒一口一口地喝，「七花雲行客的七弟，一桃三色玉筮筷啊！你竟然不知道？」

傅主梅奇道：「一桃三色不是叫做西方桃嗎？」

梅花易數一怔，「他有個表妹姓薛，叫做薛桃，『西方桃』三個字莫約是從他表妹的名字來的。但那表妹……」他突然笑了起來，「他那表妹我只見過一次，十幾年前他和三哥爭奪那表妹，他表妹喜歡三哥，七弟就把他表妹藏了起來，到現在十幾年了誰也找不著。」

傅主梅皺起眉頭，「他怎麼能這樣？你們不是結拜兄弟嗎？為什麼要下毒酒害你，為什麼不讓自己表妹和自己三哥在一起？」

「七弟麼……」梅花易數喃喃地道：「有些人天生心性就奸險惡毒，他要以七花雲行客之名自立派門，說要另起能與少林、武當、昆侖、峨眉等等齊名的江湖門派。這事大哥、三哥是贊成的，我從來不熱心，沒想到僅僅是不熱衷……他就能如此對我。嘿！他對他表妹癡情，怎麼可能讓她落在三哥手上？他總有辦法讓和他作對的人生不如死……」

傅主梅全身起了一陣寒意，「但……但這事十年前就已發生，他本來只是想自立門派，怎麼會變成如今風流店這樣可怕的組織？」

梅花易數搖了搖頭，「我不知道……十年太長，物是人非。」

傅主梅看了看他那恍惚的神色，忍了又忍，終於忍不住問：「玉箜篌……他和鬼面人妖玉崔嵬有什麼……關係……」

「哈哈哈……」梅花易數趴桌大笑，「那人妖的名聲果然響亮，七弟要立風流店，用心之一是招納人手踏平秉燭寺，他對玉崔嵬恨之入骨，那是他同母異父的哥哥。」

傅主梅「啊」了一聲，「他是玉崔嵬的親生兄弟……」

梅花易數仍舊是笑，又待喝茶，茶壺卻已空了，「聽七弟親口說，他那不守婦道的老娘生下他以後被他爹打死，他爹把繈褓中的他和玉崔嵬一起趕了出來。他被玉崔嵬養到八歲，覺得那偷雞摸狗出賣色相的日子再也過不下去，就逃了出來。七弟雖然忘恩負義，卻是天縱奇才，只靠著玉崔嵬教他的那一點點根基，便能自行修煉成一身出類拔萃的武功。」

「這樣說來，玉崔嵬其實對他很好。」傅主梅奇道：「他為何要恨他？」

梅花易數瞪了他一眼，「有一個惡名遠揚妖孽淫蕩的人妖大哥，尚且身為秉燭寺之主，就算七弟統領武林得了天下，有人會服他麼？他要做人上人，不殺玉崔嵬，如何能得天下人之心？」

傅主梅心中一陣發冷，「他……他真是讓人寒心。」

梅花易數「乓」的一聲擲碎茶壺，「哈！但十年前我等兄弟結義雲遊的時候，七弟風采翩翩，就算是說到要殺玉崔嵬也是大義滅親……」他推開桌子，搖搖晃晃地站了起來，「有些人看表面，你永遠看不清楚他是什麼樣的人。」

傅主梅把他扶住，聽聞這句話忍不住點了點頭，他想到唐儷辭，心裡不知是害怕還是擔憂，「你不會走吧？」

梅花易數直挺挺地躺回床上，聞言大笑，「哈哈哈……我一身武功……咳咳……所剩不到十之一二，關節受損，已經是個廢人，我離開這裡做什麼？讓七弟把我抓回去做狗爬？」他看了傅主梅一眼，「我不會走，你也不能走。碧落宮雖負盛名，門人武功都未到一流之境，你雖然傻裡傻氣，此時卻是碧落宮的中流砥柱。」

傅主梅「嗯」了一聲，「我不會走的。」他說得很平淡，卻很踏實，許多時候是他不知道如何去做，當知道自己該做什麼的時候，他便不彷徨。

「小子，你叫什麼名字？」梅花易數突然問。

「我姓傅。」傅主梅揉了揉頭髮，「我的名字不好聽，你叫我小傅吧。」

「我不想死。」梅花易數閉目道：「姓傅的小子，臨敵之時，你可不要太傻了。」

傅主梅又應了一聲，他把地上的碎瓷掃了起來，抹了抹地板，帶起門才出去。

門外碧雲青天，他匆匆去找碧漣漪，走到碧漣漪門前，他停了一下，不知為什麼沒有進去，徑直往紅姑娘的庭院走去。

然而碧漣漪並沒有在紅姑娘的院中，傅主梅走到門口輕輕站住，只見院中那白衣女子站在一棵枯葉凋零的大樹下，額頭抵著樹幹默默地站著，不知在想什麼。過了一會兒，她轉過身來倚樹坐下，呆呆地看著庭院的另一邊。傅主梅順著她的目光看去，透過圍牆鏤空的窗戶，外面有人走過，是碧落宮內清一色的碧衣，但不知是不是碧漣漪。她看著那人自牆東走到牆西，目不轉睛，抱起雙膝幽幽地嘆了口氣，「誰在外面？」

傅主梅小心翼翼地走了進去，對她露出盡最大程度和善的表情，「呃……是我。」

紅姑娘的視線從他臉上索然無味地掃過，「你是誰？」

傅主梅習慣去揉頭髮，他一頭黑髮早已被他揉得亂七八糟不成樣子，「我姓傅，叫傅主梅，就是那個……中了妳的毒的人。」

紅姑娘嘴角微微一勾，「你進了我的院子，就中了我另一種毒。」

傅主梅並不在意，「啊……沒關係，紅姑娘……冷嗎？」

紅姑娘微微一愣，「不冷。」

傅主梅搖了搖頭，「我不知道小月有沒有告訴妳柳眼的消息，不過妳不用發愁，我想小月一定能很快找到他的。」他柔聲道：「別擔心。」

紅姑娘胸口起伏，一記耳光往他臉上摔去，「你們都是什麼人？自以為是對別人好，人人都擺著一張笑臉，就能讓本姑娘心裡舒服？就可以讓本姑娘變成自己人？連莫名其妙的過路人都要來關心我的心情？憑什麼？你憑什麼刺探別人的私事？你以為你是誰啊？」

傅主梅避過那一記耳光，驚愕地看著紅姑娘，剎那漲紅了臉，「我……我只是覺得妳看起來很不開心，對不起，真的很對不起。」他幾乎是落荒而逃，足下倒躍，竟是施展輕功往院外躍去。紅姑娘一記耳光落空，見他急急退去，反而一怔，隱隱約約有種傷害了他的感覺，這人武功很高，宛郁月旦對他非常重視，寧願為了他上少林寺冒險，問得柳眼的下落，但這人……這人和她原先想像的完全不同。

她從未見過這麼軟弱的男人，會為一個年輕女子的幾句話感到自責，甚至連他自己原本的目的都忘記，就這樣急急的退走了。彷彿在那一瞬間沒有什麼比她的感受更重要，她瞧不起這種軟弱的男人，但不知怎麼的，心裡的陰翳散去了一些，在那一瞬間她明白她受人尊重。

那是無論柳眼或宛郁月旦都不曾給她的，一種平等的尊重，不帶任何立場或歧視。那種感覺很熟悉，紅姑娘從地上緩緩站了起來，有個男子……每天端給她一杯薑茶，什麼也不曾說，颳風下雨會給她送來新的被褥，收走了她暗藏的毒藥，那種沉默、那種堅持、那種耐心，讓她煩躁讓她不安，但她突然明白那種煩躁和她方才伸手打人的心境一樣，只是因為尋覓到了發洩的途徑，而並不是怨恨和嫌棄。

自從她設陷阱謀害宛郁月旦那日開始，碧漣漪就很少來送薑茶，到最近幾乎不再踏入庭院，但天氣漸漸變得寒冷，他按時送來衣物和棉被，只是他來的時候，她沒有看見。

那個無怨無悔對她好的男人對她存了心結，因為她要殺宛郁月旦。

她本就要殺宛郁月旦，她本就是柳眼的軍師，她本就是敵人，但為什麼竟然覺得有些惶恐起來，彷彿……彷彿她當真做錯了什麼似的……

紅姑娘握住拳頭，壓住自己的心口，從頭到尾她什麼也沒做錯，一點也沒有做錯，她所做的一切都是為了尊主。

而尊主……你……你究竟在哪裡？

傅主梅倉皇的從紅姑娘的院子裡退了出來，一時不知要去哪裡，轉過身來，卻見碧漣漪靜靜地站在紅姑娘庭院外的牆角，臉色沉靜，也不知在哪裡站了多久了，只是庭院外樹木高大，枝幹掩去了他的身形，紅姑娘看不見。

「小碧、小碧，狂蘭無行走了。」傅主梅一見他便鬆了口氣，慚愧地道：「我……我沒能攔下他。」

碧漣漪抬起頭來，一瞬間似乎不知道他在說什麼，頓了一頓，他「啊」了一聲，「此事出乎意料，我會派人儘快查明狂蘭無行的來龍去脈，宮主今夜便回，傅公子切莫自責。」

傅主梅聽到宛郁月旦今夜便回，長長吐出一口氣，「小碧，我覺得紅姑娘她……她在等你。」碧漣漪沉默不語，傅主梅揉了揉頭髮，「我覺得……我覺得她很在乎你。」

碧漣漪看著他，淡淡一笑，「她的心思很雜，我希望她能幸福，但不希望她再走歧途。」

傅主梅很仔細地看著他的眼睛，碧漣漪問道：「怎麼？」

傅主梅搖搖頭，露出真誠的笑意，「我從前不知道小碧是這麼細心的人，你很好。」

碧漣漪笑了笑，兩人一時不知該再說什麼，彷彿一瞬間對彼此都很明瞭，傅主梅抓了抓頭髮，轉身離開，讓碧漣漪繼續站在那裡。

他明白小碧不想刺激紅姑娘，他如果出現在紅姑娘面前，她也許會做出更激烈的事來抗拒碧落宮的善意。

她必須堅守自己的理智和底限，她不能為了碧落宮的善意和溫柔背叛柳眼。

他明白紅姑娘的苦楚，小碧同樣明白，所以他站在那裡默默地等。

他希望能等到一個決定。

半個月之後。

好雲山。

水霧瀰漫的山巔，冬寒料峭山色卻依然蒼翠。

問劍亭之中，一人一身紫衣，手持戰戟，一腳踏在問劍亭的欄杆之上，山風吹得他紫色的披風獵獵作響，霧氣在他身旁湍急流轉，違背自然風勢，一如瀑布下的漩渦。

「他……他是誰？」中原劍會的弟子在善鋒堂遙遙看著那問劍亭的偉岸身影，竊竊私語。

「噓——你真認不出來？他就是狂蘭無行，聽說從前受風流店的毒物控制，如今已然醒了。」有人悄悄地道：「他醒了立刻就趕上好雲山，改邪歸正，聽從中原劍會安排指揮。」

「我聽說早在十年前他就是中原劍會的評劍元老，此番清醒，自然是要相助劍會。只是沒有想到那神志不清的狂蘭無行一朝清醒過來，竟然是這種模樣。」另一人悄悄地道：「桃姑娘貌美如花，狂蘭無行卻是妖魔邪氣的。」

「噓——叫你小聲點沒聽見？你看他這樣子，絕對不是好惹的，我看風流店那些賊人遇到他一定要倒大霉了。」

「嘿嘿……風流店倒大霉才好，否則流毒無窮人人自危，誰也沒好日子過。我聽桃姑娘叫他名字，親暱得很，兩人好像關係匪淺。」

「欸？名字？狂蘭無行本名叫什麼？」

「朱顏。我聽桃姑娘叫他朱顏。」

「朱顏……我看他這樣子該改名叫做『狂顏』、『妖顏』、『鬼顏』才對……」

狂蘭無行持戟踏欄而立，俯瞰山景，一動不動。即使是遙遙看去，也見他臉型修長，稜角分明，臉頰分外蒼白，甚至有些青白，但顴骨之上眼角之下卻有一片似紫非紫、似紅非紅的血暈，加之眼線烏黑修長，眼神冰冷空洞，觀之俊朗、冷漠、深沉，但也似充滿邪情殺氣一般，讓人觀之不寒而慄。

一位青衣少年走到閒聊的二人背後，微微一笑，「二位在說什麼？」

那閒聊的二人嚇了一跳，回過身來齊齊抱拳，「古少俠。」

這緩步而來的青衣少年佩劍在身，正是成縕袍的師弟「清溪君子」古溪潭，他被成縕袍關在青雲山練劍，此時劍術有成，出山相助師兄，剛剛到達好雲山。

中原劍會的二人有些慚慚，連道沒說什麼，告辭離去，古溪潭站在二人方才站立的地方凝目遠眺，也見狂蘭無行一人在亭中獨立，持戟觀山，就如靜待強敵一般，全身上下沒有半分鬆弛。

就在古溪潭凝視的一刻，一位桃衣女子踏入問劍亭，淺笑嫣然，和狂蘭無行攀談起來。古溪潭隱約認得那是西方桃，中原劍會此時不可或缺的重要人物，是劍會的恩人，雖是女流見識武功卻不弱於任何人，乃是一位巾幗英雄。

兩人說了幾句話，奇怪的是狂蘭無行始終沒有回頭，背對著西方桃說話。古溪潭看了一陣，並未多想，轉身往成縕袍房中而去。

問劍亭與此地距離太遠，如果古溪潭的目力再好一些，他會看見和西方桃說話的時候狂蘭無行非但沒有轉身，甚至連眼睛都沒有睜開。

「三哥。」西方桃踏入問劍亭的時候笑語嫣然，嬌美的容顏讓霧氣湧動的問劍亭亮了一亮，彷彿見了朵花開。

狂蘭無行並不回頭，他依然面向山下，卻是闔起眼睛，「我討厭虛偽。」

「朱顏，既然你討厭虛偽，那我就開門見山。」西方桃嬌美的笑顏一瞬間消失得無影無蹤，「我明白你現在站在這裡，非常不容易，你克服了針傷、毒患、漫長的空白期和刻骨銘心的怨恨——只用了短短半個月——你就完全恢復了自己，實話說完全出乎我的意料。」

狂蘭無行沒有說話，西方桃舉手輕輕摸了摸自己的臉，「我也很明白你為什麼能放下對我的恨，為什麼能快速恢復，為什麼現在會站在這裡對我俯首貼耳……你想見她，而她在我手裡。」

「我討厭你那張臉。」狂蘭無行清冷地道：「看了很刺眼。」

西方桃盈盈笑了起來，「如果討厭我這張臉，你要怎麼見薛桃……我現在這張面孔和她一模一樣，雖然現在你見不到她，但看見我的臉也聊可安慰，有何不好？她在我手裡，現在過得很好、很安靜……」

「你把她怎麼樣了？」狂蘭無行低沉地問。

西方桃倚欄而笑，「她麼……如果你願意，我可以讓你見她一面，代價是為我殺人，你願意麼？」

狂蘭無行的聲音冰冷暗啞，「殺誰？」

西方桃柔聲道：「宛郁月旦。」

狂蘭無行眼睫也未顫一下，「可以。」

西方桃繼續柔聲道：「他是你的恩人，你殺得下手？」

狂蘭無行冷冷地道：「我之一生，只為薛桃，其他毫無意義。」

西方桃嫣然一笑，「我有時候覺得，如果我能像你一樣癡情，也許表妹早就嫁給我了。」

她轉身負袖，往外走去，「等你殺了宛郁月旦，我會告訴你她在什麼地方。」

「等我見了薛桃，我會將她帶走。」狂蘭無行低沉地道：「然後下一件事，就是殺你——」

西方桃步伐安然，「你應該的。」她的背影漸漸隱沒於霧氣之中。

狂蘭無行提起戰戟，重重往地上一插，只聽岩石崩裂之聲，那丈餘戰戟入石尺許，直立不倒。他並非愚蠢，西方桃要他殺宛郁月旦，因為他最沒有理由殺宛郁月旦，最容易得手。而殺人之後她必然說自己劇毒方解心智失常，推自己入四面皆敵的處境，一箭雙雕。這談不上什麼計策，只是她挖好了陷阱，等著自己甘願往下跳而已。

她算準了他的個性，他是深沉，但更重要的是狂傲。

他從不趨利避害，只做他要做的事，只走他要走的路，不管前方是陷阱還是坦途，是刀山火海還是洞天別境，對朱顏而言，都是一樣的。

他要見薛桃，無論殺多少人都要見，不管用什麼方法都要見，便是如此簡單。

第三十二章 暗香明月

慧淨山，明月樓。

皓月當空，水澤之上寒意頗濃，然而徐風吹來，殘荷千點，幾隻耐寒的鷺鳥振翅飛起，景致依然動人。

富麗堂皇的明月樓內升起從未有過的黑色炊煙，一股飯菜的香味飄過水面，浮過一絲冬季的暖意。

明月樓頂，朗朗月光之下，擺放著兩張籐椅。那樓頂的瓦片已被籐椅的椅腳戳掉了好幾片，可見常常有人把椅子搬到樓頂來坐。一位白衣公子和一位青衣書生各自坐在籐椅之中，手持書卷，悠閒看書。

「我已經很久沒看到什麼好書了。」白衣公子翻了一疊書頁過去，「你那本故事如何？」

青衣書生眼神清澈，彷彿看得非常專注，「我還在看開頭。」

白衣公子仔細一看，青衣書生將書本倒拿，一個字一個字倒著看，難怪看得極慢，「說到哪裡了？」

青衣書生平靜地道：「說到楊家小姐在梳頭。」

白衣公子嘆了口氣，「真沒品味，你看我這本《玉狐記》，我還沒有看就知道有一隻狐狸變身美女遇到落難公子，日後這位公子一定考中狀元，然後娶公主為妻，那隻狐狸深情不悔，決定化身狐狸，在狀元家中冒充白狗，陪伴他一生。」

青衣書生淡淡地道：「好故事，聽了真感動。」

白衣公子將書本蓋在臉上，「看書果然不是什麼好主意，不管月色多麼明朗，書卷味多麼風雅，每天這種時候我總是想睡覺。」

青衣書生平靜地道：「那你睡，我等吃飯。」

白衣公子的聲音自那本《玉狐記》底下傳來，「夢遊我也會吃飯……」

這兩位月下讀書的年輕公子，自然便是「明月金醫」水多婆和莫子如，江湖風雲湧動，世外風清月明，世間事恩怨情仇紛繁複雜，在這裡了無痕跡。唐儷辭已在這裡休養了近一個月，柳眼的雙腿和臉也大有改善，水多婆把他的腿再次打斷，重新接好，此時雖然仍然不能行走，以後卻可以拄著拐杖慢慢練習，或許終有一日能夠自行走動。關於他那張被剝去一層皮的臉，水多婆本想順手給他換張像樣的臉皮，好讓自己平時不會總以為撞到鬼，柳眼卻冥頑不靈，堅持不肯換臉。

他就要這張血肉模糊的鬼臉，水多婆命令他必須天天戴著面紗以防嚇人，之後也懶得勸他，只是在每日塗面的傷藥中下點手腳，讓柳眼那張臉漸漸褪去疤痕生出新的皮肉，雖然不能如他從前一般令人傾倒，卻也比原本的模樣好得多。

柳眼此時坐在自製的輪椅中正在燒飯，他的手藝素來並不怎麼樣，但在明月樓中卻大受青睞，凡是他做出來的看似「菜肴」的東西，水多婆和莫子如都吃得很高興。在此二十日，他覺得江湖恩怨已離自己很遠，可惜無論感覺有多遠，都是幻覺。

鍋裡的油熱了，他下手炒菜，脆嫩的青菜被油色一潤，看起來越發可口。油煙騰起，他將這一份未加鹽的青菜盛起，裝了一碟，之後再炒一份加鹽的青菜。

一人倚門而立，站在他身後，見狀秀麗的眉線微微一蹙，「我要吃這種菜吃到什麼時候？」

柳眼已經炒好另一份青菜，聞言頓了一頓，「吃到……你完全好的時候。」

倚門而立的人一身白衣，他原先的衣服早已破損得不成樣子，這一身水多婆的白衣穿在他身上同樣顯得秀麗溫雅，儀態出塵，他換了話題，「阿眼，明日我就要回好雲山。」

柳眼推動輪椅，轉過身來看著他，「我聽說最近發生了不少事，你此時回去，必定危險。」

白衣人自是唐儷辭，聞言微微一笑，「錯失一步，自然滿盤皆輸。」

柳眼放下鍋鏟，「我和你一起回去。」

唐儷辭道：「這種時候，我以為你該盡心盡力在九心丸的解藥上，和我回去是害我，不是幫我。」

他說得很淡，說得很透澈，不留餘地。

柳眼的表情剎那激動起來，在燈火下看起來有些猙獰，「你——」不知為何卻生生頓住，「解藥的事我會解決，但你——你不能一個人回去。」

「擔心我？」唐儷辭淺淺地吐出一口氣，「擔心我還不如擔心你自己，明月樓不是久留之地，我不會和你同行，你孤身一人行動不便要如何著手解藥之事？你盤算好了嗎？」

柳眼一怔，「我……」他近來心煩意亂，實是什麼也沒想，「我總會有辦法。」

唐儷辭看著他，過了良久嘆了口氣，「你要到什麼時候才知道自己該做什麼、不該做什麼？」

柳眼冷冷地道：「難道你就知道你自己該做什麼、不該做什麼？我看你是什麼都不知道所以才會自以為是胡作非為……」他說了一半，轉過頭去，改了話題，「解藥之事我有眉目，你不必擔心，在下一次毒發之前我一定交得出解藥。」

「如何做？」唐儷辭的聲音柔和溫雅，「你莫忘了，有人說你五日之後將會出現在焦玉鎮麗人居。」

柳眼哼了一聲，不知該如何回答。

唐儷辭的眼睫垂了下來，慢慢地道：「敢撂下這種話的人有膽色，我想他有讓你非去不可的辦法。」

柳眼怒道：「我若不想去就不去，有什麼辦法？」

唐儷辭微微一笑，「比如說——以方平齋或玉團兒的性命威脅，你去是不去？」

柳眼一怔，「我不——」

唐儷辭舉起一根白皙的手指，「要答案的人不是我，五天之後你再回答不遲。」他轉身望著夜空中的明月，「有人想要你的解藥、想要借你立威、借你施恩，還想要你的命……你懂不懂？」

「我知道。」柳眼看著桌上的菜肴，「先吃飯吧。」

唐儷辭慢慢地道：「有些時候我真不知道你的腦子究竟是做什麼的……該想的事你根本不想，不該想的事你整日整夜的胡思亂想，你說我給你一個耳光你會清醒點麼？」

柳眼怒道：「我的事不用你操心，你還是操心你自己吧！我是邪教魔頭我不跟著你這一身正氣的唐公子，絕對不會讓你在這個時候多生是非多惹麻煩，行了麼？行了麼？」

唐儷辭柔聲道：「阿眼，你最好能找到方平齋和那姓玉的小姑娘，你徒弟對你不錯，如果他不曾落入人手，和他同行暫時是安全的。」

柳眼冷笑一聲，「他不過想學音殺之術。」

唐儷辭道：「你認為他有天分，不是麼……何況還有一個理由。」他的聲音溫柔，說這句話的時候調子很軟，「她和他們在一起。」

柳眼全身一震，突然沉默了下來，宛若身周的空氣都冷了幾分。唐儷辭轉過身來，「你想讓她瞭解你麼？想不想讓她知道她從前認識的柳眼究竟有多少偽裝？想不想讓她知道真正的柳眼是個什麼樣的人？想不想知道她究竟愛誰？為什麼她不愛你？敢不敢讓她知道你心裡有多少事？」

柳眼咬牙不語，唐儷辭笑了笑，淺笑裡意味無窮。

驟然「碰」的一聲，柳眼拍案而起，「是！我想！我很想！但她想聽嗎？她想知道嗎？她根本不會在乎我到底是什麼樣的人我到底在想什麼……我很想她知道我心裡很羨慕她我很愛她很想對她好！但是她心裡只有你！只有她兒子！我何必讓她瞭解我？我有什麼非得讓她瞭解？就算瞭解了又怎麼樣呢？讓她覺得我更荒唐更混蛋更可笑更無能嗎？」

「她心裡沒有你，也沒有我。」唐儷辭並不在乎柳眼被他激怒，臉上仍含淺笑，「我不知道她心裡有誰，我也不關心……但是你關心，你在乎，你從來沒有對一個女人投入這麼多感情不是嗎？你很希望她能真的關心你把你看得很重，你需要她把你看得很重，因為你失去的東西太多而她身上有你失去的東西……」

柳眼一揚手「噹啷」一聲砸了碟子，碎瓷滿地飛濺，「是！我承認是！我希望我是她那樣的人，我希望她在乎我，但我要的東西不要你來施捨！」

「你要學會爭取。」唐儷辭淺淺地笑，「自暴自棄永遠得不到任何東西。」

柳眼冷冷地道：「那你什麼時候學會放棄？你從來不自暴自棄，你又得到什麼了嗎？」

唐儷辭眉角微微上揚，「你再說一次——」

柳眼別過頭去，卻是不肯再說，僵硬了好一陣子，他勉強道：「我會去找方平齋，但不是為了阿誰。」

「我不管你為了什麼，總之你肯去找方平齋，我很高興。」唐儷辭自門邊走了過來，將灶臺上兩碟青菜端到桌上放好。

柳眼突然提高聲音，「你——你不是也很在乎她……何必裝呢……」

唐儷辭放下碟子轉過身來，「我麼……覺得她是一個很隱忍的女人，她很聰明、很克制，知道自己該做什麼和該得什麼……她很自卑，但不自憐；她不快樂，但不憂怨。當然她很美——但讓我感興趣的是……我想看到這個女人為誰哭泣，為誰瘋狂為誰去死的樣子。」他的聲音很柔和，「她過得四平八穩，彷彿不論遇到什麼事都能淡然面對，我想看她瘋狂的樣子、傷心的樣子、歇斯底里或者極端絕望的樣子……」

柳眼胸前氣息起伏，「你——你簡直——」

唐儷辭微微一笑，柔聲道：「你愛她，是想保護她；我愛她，就想傷害她。」

柳眼全身都在微微發顫，「你——你一向對她很好，不要說這種話，我不會相信你的。」

唐儷辭突然笑了起來，那笑顏如妖花初放，詭譎瑰麗一瞬即逝，「會說這種話，只說明阿眼你不知道怎樣傷人。」

柳眼指尖顫抖，他牢牢抓住輪椅的扶手，「你何必這樣對她，她相信你在乎你，她關心你……把你當成朋友，你怎麼可以這樣對她？阿儷，她不是你的玩具，你不能因為喜歡就要把她弄壞……她是一個人！一個活生生的人！她已經過得很苦，你怎麼能這樣對她？」

唐儷辭微微一笑，並不回答，柔聲道：「吃飯了，你不餓嗎？」

柳眼全身僵硬，輪椅的扶手被他硬生生掰下一塊，「吃飯！」

說到「吃飯」兩個字，屋裡突然多了兩人，水多婆和莫子如不知什麼時候閃進門來，已經大模大樣地坐在桌邊，舉筷大嚼。唐儷辭面前有另一份不加鹽的菜肴，他慢慢地吃著，柳眼悶頭吃自己的飯菜，四人各吃各的，全不交談。

「喂。」水多婆吃到一半，突然對唐儷辭瞧了一眼，「你明天就要走？」

唐儷辭頷首，他慢慢地咀嚼，姿態優雅。

水多婆的筷子在菜碟上敲了敲，「不吃鹽、不吃糖、不吃煎的、炸的、烤的，最好天天吃清粥白菜。」

唐儷辭停下筷子，「為什麼……」

水多婆「呃」了一聲，「這個……不能告訴你。」

唐儷辭卻也不問，持起筷子繼續吃飯。

莫子如眼簾一闔，安靜地問：「難道你不好奇？」

唐儷辭看著桌上的菜肴，略顯思考之色，並沒有說話。莫子如睜開眼睛，安靜地吃菜，也沒有把話題接下去。柳眼用力地握筷，幾乎要把手中的筷子折斷，他不想看唐儷辭，卻又忍不住不去注意他的呼吸，過了好一會兒，他突然道：「你……你回好雲山以後，少和人動手。」

唐儷辭仍然看著桌上的菜肴，過了好一會兒才柔聲道：「我是天下第一，所以不可能不和人動手。」

柳眼怒道：「你——你的傷還沒好，中原劍會高手如雲，輪得到你出手嗎？」

唐儷辭笑了笑，莫子如和水多婆各自吃飯，就如沒聽見一樣，柳眼「啪」的一聲丟開碗筷，推動輪椅從房中離去，他不吃了。

水多婆和莫子如眼角的餘光掃過柳眼的背影，一直到柳眼走得無影無蹤，水多婆才喃喃地嘆了口氣，「沒人洗碗了……」

莫子如神色如常，不為所動，反正這裡不是他的暗香居。

水多婆斜眼看著唐儷辭，「他是為你好。」

唐儷辭夾起一塊青菜，「他不過在犯天真，外加異想天開。」

莫子如閉目頷首，他與唐儷辭同感。水多婆「啪」的一聲打開袖中扇，又合了起來，「哈哈！算我錯了，吃飯吃飯。」

柳眼推動輪椅回到明月樓的客房，水多婆從不待客，所以這「客房」裡連一張床榻都沒有，滿地堆滿了金銀珠寶，他每日就躺在那些成堆的金銀珠寶上睡覺，被褥是水多婆那些成堆的嶄新白衣。此時回房，觸目所見盡是珠光寶氣，他心情更加煩悶，調轉輪椅向著窗外，窗外水澤瀲灩，山色重重，讓他深深吐出一口氣。

阿儷……還不知道他真正的病情，他從來不想他也會死，他還是會仗著他自己百毒不侵去做一夫當關隻手回天的事。他喜歡做這種事，不是出於虛榮和控制欲，而是因為他不肯讓別人去涉險。他身上的外傷已經痊癒，誰也阻止不了他做任何事，包括傷害自己的和傷害別人的。

柳眼望著遙遠的大山，眼底有濃郁的哀傷，他救不了唐儷辭、他保護不了阿誰、他不知道如何尋覓方平齋和玉團兒，而天下人都認定他最該做和最該想的事只是九心丸的解藥。

他抬起右手緊緊的攀住窗臺，五指用力得指縫沁出絲絲鮮血，他的心不能靜、他想不了任何事，只覺得自己快要被自天地湧來的壓力壓垮了。

十二月，氣候漸寒，昨日下了一場微雪，映得荷縣分外清靈。幾道人影在雪地上艱辛地走著，雪雖不深，但道路泥濘不堪，自東城往荷縣而去的道路只有一條，誰也無可奈何。這幾位要去荷縣的路人一人紫色衣裙、一人黃衣紅扇、一人黑裙佩劍，正是方平齋一行。

方平齋將阿誰和玉團兒自天牢救出，又闖進楊桂華的房間尋到了鳳鳳，三人外加一個孩子從洛陽出來之後，四處打聽不到柳眼的消息，萬般無奈之下，只能寄望於焦玉鎮麗人居。玉團兒只盼鬼牡丹所言不虛，兩日之後柳眼的確會出現在焦玉鎮麗人居，然而誰都知希望渺然，柳眼被來路不明的殺手劫去，他半身殘廢武功全失，要如何脫身來到麗人居呢？除非他是被鬼牡丹劫去，但鬼牡丹若將他劫去，為何在少林寺外無人之處不動手，而要在少林十七僧團團包圍中劫人？這全然不合情理。

阿誰懷抱鳳鳳，她既掛心柳眼的安危，也掛心唐儷辭的下落，但一路行來所聽聞的卻是唐儷辭和柳眼雙雙失蹤，西方桃率領中原劍會掃蕩風流店遺寇的消息。西方桃的名望越高便讓她越不安，唐公子若是平安無恙，豈容如此？她跟著方平齋和玉團兒尋柳眼，心中卻頗為唐儷辭憂慮。

焦玉鎮在荷縣之北，麗人居乃是焦玉鎮上頗有名望的酒樓。十年之前方平齋在這裡大宴七花雲行客，毒倒梅花易數的便是麗人居的「文春酒」，此番鬼牡丹揚言麗人居相見，用心昭然若揭，但方平齋卻不得不來。

他真有些狠不下心不認這師父，雖然他這師父待他冷眉冷眼，素來沒什麼好臉色，但小徒弟心心念念的音殺之術尚未學成，總不能先欺師滅祖。玉團兒對柳眼一往情深，便是方平齋不來，麗人居就算遠隔千里萬里，她也一定來了，何況尚有方平齋相陪。幾人顛簸了幾日路程，今日已在荷縣，只消再趕半天路程就可到達焦玉鎮。

一個月的時限將到，前往焦玉鎮的武林人士甚多，方平齋所走的自荷縣到焦玉鎮的這條道較為偏僻，此時只有他們三人行走，微雪初化，泥土潮濕冰冷，踏在泥地裡要多難受便有多難受。

「喂，你說他真的會在那裡嗎？」玉團兒一腳高一腳低地行走，一邊問：「要是他不在那裡，我們要去哪裡找？」

方平齋紅扇插在頸後，冬季酷寒，他若再拿著那柄紅扇四處揮舞，連他自己都會覺得自己像瘋子，所以把紅毛羽扇插在頸後，還可一擋寒風。他苦笑了一聲，「這個……我覺得既然大哥擱下話來，他就絕對有辦法讓師父自投羅網。」

玉團兒大口呼吸著清冷的空氣，「什麼辦法？」

方平齋繼續苦笑，「比如——他把妳吊在麗人居屋頂，妳說師父來是不來？」

玉團兒哼了一聲，「那我怎麼知道？換了是我一定來啦，但我又不是他。」

方平齋搖了搖頭，他和玉團兒真是難以溝通，轉頭看向阿誰，「阿誰姑娘以為呢？」

「我覺得尊主……我覺得他會來的。」阿誰撫摸著鳳鳳的後頸，鳳鳳抓著她的衣襟，一雙烏溜溜的眼睛看著荒涼的山水，看得專心致志。

玉團兒眼神一亮，拉住阿誰的手，「為什麼？」她只盼阿誰說出實打實的證據證明柳眼就在麗人居。

阿誰比她略高一些，輕輕撫了撫她的頭，就像她溫柔地撫摸鳳鳳一樣，「因為他沒有其他地方能去。」

玉團兒一怔，她沒有聽懂，「他沒有其他地方能去？但是這裡是最危險最多人想殺他的地方啊！」

阿誰嘆了口氣，「傻妹子，他如果躲了起來就此消失不見，妳會不會很失望？」

玉團兒點了點頭，「他不會的。」

阿誰微微一笑，「所以……他不會躲起來，他也沒其他地方去，如果他能來，就會來這裡。」

玉團兒重重的向地下踩了一腳，「阿誰姐姐，妳真聰明，我知道他為什麼總是記著妳了。」

阿誰微微咬了咬下唇，「他說他記著我麼？」

玉團兒看著阿誰懷裡的鳳鳳，伸手把他抱了過來，摸著嬰兒柔軟的頭髮和肌膚，親親他的頭頂又把他還給阿誰，嘆了口氣，「嗯，他就算不說我也知道他記著妳，每天都想妳。」

阿誰搖了搖頭，「妳嫉妒嗎？」

玉團兒呆呆地看著鳳鳳，「我不知道，我有時候覺得他對我很好，不過……不過我看到他看著妳的樣子，覺得……覺得他比較想和妳在一起，我就很失望。」她拍拍額頭，「但是我明白那是我不能讓他想和我在一起，不是妳的錯。」

阿誰拉住她的手，幽幽嘆息，「妹子，他以後會明白妳比我好千百倍。他現在想和我在一起，不過是因為……」她微微一頓，「不過是因為他錯了。」

玉團兒握緊她的手，「姐姐妳會想他嗎？」

阿誰心頭微微一震，有一瞬間她覺得心重重一跳，竟不知跳到哪裡去了，和柳眼在一起的畫面掠過眼前，妖魅陰鬱的絕美容顏，殘酷任性的虐待，迷失的狂亂的心……在水牢中浸泡一日一夜而失去的孩子，還有那日他極度哀傷的眼神……要說不想、要說能全然忘記那是假的，想的……日日夜夜都在想，想柳眼的可憐，想唐儷辭的殘忍，想傅主梅的親切，甚至會想到郝文侯……想到他那種刻骨的深情，想到遍地的屍首，想到柳眼的琵琶，那種聲聲淒厲的旋律……

「不想。」她柔聲道。

玉團兒又問：「他……他從前是不是長得很好看？」

阿誰微笑了，「嗯，他從前長得很好看，可能是誰也想不出來的好看吧，但不像女人。」

玉團兒很遺憾地嘆了口氣，「可惜我永遠也看不到啦，阿誰姐姐，妳喜歡他嗎？」

阿誰搖了搖頭，「不喜歡。」

玉團兒一邊跟著方平齋往前走，一邊好奇地問：「為什麼？」

為什麼……阿誰的神思有些恍惚，什麼……叫做喜歡？怎麼樣才算對一個人好？她已越來越不明了，像柳眼那樣、像唐儷辭那樣……那也叫做喜歡……但與其說是喜歡，她更相信唐儷辭所說的「男人其實並沒有不同……對妳，郝文侯是強暴，柳眼是凌虐，而我……不過是嫖娼而已」。

那句話說得太好，好得打碎她所有的信心，好得讓她不知道「喜歡」是什麼樣的……

阿誰看著玉團兒清澈的眼睛，「因為我喜歡的是別人。」有時候她不知道自己說的是真是假，只是明白不能傷害眼前天真的少女。

玉團兒「撲哧」一聲笑了出來，「姐姐妳喜歡誰？長得好看嗎？」

阿誰慢慢地跟著她的腳步走著，「沒有柳眼和唐公子好看。」

玉團兒跳上一塊大石頭又跳下來，腳步輕快，「妳是怎麼喜歡他的？」

阿誰一怔，方平齋哈哈大笑，這小丫頭想到什麼就說什麼，已經不是他一個人消受不了，阿誰也不知道如何回答了。

想了好一會兒，阿誰微微一笑，「我是鳳鳳的娘，已經沒辦法去喜歡別人啦，我只能喜歡鳳鳳。」她看著玉團兒皺起眉頭，略略一頓，「何況……我也不知道怎樣喜歡別人。」

「阿誰姐姐，我也不知道要怎麼喜歡他才好呢。」玉團兒本來高高興興，突然沮喪了起來，「我想對他很好很好，可是我一對他好，他就要生氣。他一生氣，不聽我的話，我就想打他了。」她垂下頭，「我是不是很凶？」

阿誰微笑了起來，「不是，我想妳就算打他他心裡也不會生氣，因為妳不騙他。」

玉團兒又道：「但我想知道他心裡在想什麼啊、為什麼不喜歡我啊、為什麼喜歡妳啊？他又不肯對我說，我經常很生氣的。」

阿誰一隻手將她摟了過來，對這心地坦蕩的小姑娘她很是喜歡，「別擔心，妳心裡想怎麼對他就怎麼對他。」她柔聲道：「別繞圈子，什麼都告訴他，他會知道妳比我好千百倍。」

玉團兒的笑顏燦爛無暇，「姐姐妳真好。」

「為什麼女人談心的內容男人聽起來是像天書？」方平齋前邊探路，「男人又不是物品，可以送來送去，不是哪個女人好，天底下的男人就都會中意。妳們兩個竊竊私語，我聽來真替師父後怕，可怕啊可怕。」

玉團兒瞪眼道：「你閉嘴！」

方平齋搖頭，「我真可憐，唉，可憐啊可憐。」

三人走過長長的泥路，終是到了荷縣周邊的山丘。觸目所見，荷縣紮滿了黑色的帳篷，原有的房屋商鋪統統被推倒，夷為平地，被火焚過的煙氣尚未全散，廢墟之上數百帳篷搭建得整整齊齊，遙遙看去，在帳篷外走動的黑衣人不下五百之眾。

三人面面相覷，玉團兒低聲問：「你是不是走錯路了？」

方平齋習慣地摸出頸後的紅扇搖了兩下，「我也正在懷疑我是不是走錯路見到鬼……不過──」他的瞳孔縮微，「那帳篷上面繡的是什麼東西？」

「牡丹花吧……」玉團兒的眼力極好，凝視了遠處一陣，「很難看的牡丹花。」

阿誰瞧不見，秀眉微蹙，「那是什麼？」

方平齋嘆氣，「好像是大哥旗下招募的死士，名為妖魂死士，看這種陣勢，大哥好像要把師父剝皮拆骨碎屍萬段。」

阿誰搖了搖頭，「他如果要柳眼死，早就可以殺了他，他借柳眼之名將九心丸的受害者召集到這裡來，又在這裡布下重兵，我想他必定另有企圖。」

「你大哥是不是想把來的人統統抓起來？」玉團兒並不笨，「但可能來的人會很多，怎麼可能抓得完？」

方平齋紅扇一動，「他想確認有多少門派受害，想抓的是各門派中的關鍵人物，更想借由九心丸的解藥控制眾人，當然這其中的關鍵是師父本人要到場，否則難以收到控制之效。」

阿誰低聲道：「但如果他被人劫去無法脫身，就不可能來到此處。」

方平齋搖頭，「非也，如果有人將他擒去，此地正是揚威江湖操縱風雲之處，不可能不來。」

但要前往焦玉鎮就要通過這片帳篷，玉團兒武功不高，阿誰不會武功，尚帶著一個嬰孩，單憑方平齋一個人要如何過去？

「要到焦玉鎮只有這一條路？」阿誰抱著鳳鳳，「我看我和鳳鳳繞路過去，以免拖累你們的身手。」

方平齋「嗯」了一聲，「讓智如淵海聰明百世的我來想辦法，嗯，我有辦法。」

玉團兒問：「什麼辦法？」

方平齋咳嗽一聲，「硬闖。」

「這算是什麼辦法？」玉團兒瞪大眼睛，「闖過去人人都知道我們來找他啦！」

方平齋哈哈一笑，「荷縣離焦玉鎮很近，只要闖過這陣帳篷，翻過那很矮的山頭就是焦玉鎮麗人居，路程不算太長。如果我們把這裡攪得人仰馬翻，聚集在麗人居的人就知道這裡有埋伏，而大哥伏兵暴露，也就不敢過於明目張膽。我們在這裡鬧事的消息如果傳出去，親親師父要找我們也比較容易，只要他得到消息，不來也得來——只是要賭一把，是我們先找到他，或者是我那陰謀詭計的大哥先找到他了。」他紅扇一揮，「賭——或是不賭？」

「但你大哥應該早已備下對付你的方法，硬闖恐怕非常危險。」阿誰沉吟了一陣，「這樣吧，我帶著妹子往另一邊繞路，你往帳篷裡闖一陣，很快退出來和我們在麗人居會合，有你在這裡闖陣，想必我們路上會安全些，你也不必當真硬闖。」

方平齋「嗯」了一聲，「這是個好辦法，但妳知道要如何繞路麼？」沒有三個累贅在身邊，就算是鬼牡丹手下的妖魂死士，他也來去自如。

阿誰微微一笑，「不怕，我孤身一人慣了，尋到道路並不困難。」

方平齋紅扇一搖，「有時候我覺得妳這個女人除了五官端正並沒有什麼優點，更不知道師父為什麼執著於妳，但突然發現有事交代妳辦，總比讓我那小師姑去辦要讓人放心得多，世上竟也有可靠的女人，真是奇了。」

阿誰笑了起來，伸手挽了挽鬢邊散落的髮絲，「待看清楚了前面的情況，你我便分頭行事。」

「很好。」方平齋躍上身旁的大樹，觀望荷縣那片帳篷，阿誰凝目遠眺，看了看山勢，拉住玉團兒的手。

玉團兒指指樹林，「這裡也可以過去。」

阿誰握了握她的手，「我們沿著山路過去，不要打草驚蛇。」

玉團兒被她拉著手，低下頭來，「妳說他要是不來怎麼辦？」

阿誰輕輕捏了捏她柔軟的手掌，「他不來的話，我陪妳直到找到他，好不好？」

玉團兒眼圈微紅，卻是笑了起來，「說好了！」

阿誰微笑，「嗯，說好了。」

頭頂上掠過一陣微風，方平齋的身影已然不見，阿誰拉著玉團兒的手，另一隻手抱著鳳鳳，慢慢的自山丘的另一邊走去。

焦玉鎮是緊鄰荷縣的一個小村落，荷縣和焦玉鎮的人口相加恐怕不超過五百之數，村民耕田織布，與世無爭，此地本如世外桃源。本地多養黃牛，牛群在此生長得特別健壯，其毛肚滋味尤其妙不可言，故而焦玉鎮毛肚之名遠揚，雖然人口不多，名氣卻不小。十六年前有人自洛陽到此建酒樓「麗人居」，以江南美女待客，配以雪山冰酒，農家小菜，黃牛百吃，滋味真是美妙絕倫，尤以麻辣毛肚遠近聞名。十年前方平齋就是喜歡麻辣毛肚，所以才相邀七花雲行客在麗人居飲酒，經過十年時間，麗人居翻修幾次，規模與當年已不可同日而語。

距離少林寺黑衣人所說的一月之期尚有兩日，麗人居左近已聚集了數百江湖豪客，門派各有不同，各自聚集，互不干涉。大家均知彼此都有門人受九心丸之害，雖是同病相憐，但也不是什麼光彩之事，見面都是尷尬，不如閉嘴裝作未見。

中原劍會來了二十餘人，由董狐筆和成縕袍為首，本來如此江湖大事，西方桃不該不來，但聽說失蹤了二十餘日的唐儷辭突然現身，此時正與西方桃詳談江湖局勢，於是兩人都未來到。少林寺由大成禪師率領三十餘位和尚到位，靜觀事態變化，其餘武當、昆侖、峨眉等等門派各分區域，互不往來，將麗人居團團圍住。

麗人居中有不少江湖豪客，有些人索性在麗人居中大吃大嚼，連醉數日，反正身上劇毒難解，一兩年後即將毒發，恥於向風流店俯首稱臣，不如醉死。麗人居的掌櫃這幾日心驚膽顫，卻也平白賺了不少銀兩。

阿誰懷抱嬰兒，玉團兒藏起佩劍，兩人扮作過路女子，繞過兩座山丘，慢慢向焦玉鎮走去。一路上不少行人，看得出都是衝著柳眼來的，玉團兒處處留心，卻沒有看見任何形如柳眼的人出現。

身後帳篷陣遙遙升起一團團的黑煙，有人慘呼驚愕之聲，也不知方平齋將那些妖魂死士如何了，但見黑色煙霧不斷升起，直上雲霄。阿誰望了望天色，此時碧空萬里，聚集在麗人居的人應當能夠看見吧？

第三十三章　一杯之約

通向焦玉鎮的道路有七八條之多，如今每一條路上都有人行色匆匆，趕往麗人居。寒風瑟瑟，剛下過雪的小路潮濕陰冷，又被馬匹踏出許多泥坑，讓人行走起來越發困難。有一人拄著一根竹杖，顫顫巍巍的沿著泥濘不堪的小路走著，以他那踉蹌不穩的步伐，要到焦玉鎮只怕還要走一整天。

在那人身後還跟著一位白色衣裳，衣裳上繡滿了文字的銀髮書生，書生面如冠玉，唇若塗丹，相貌風流瀟灑，便是不知年齡幾何。拄著竹杖那人搖搖晃晃的往前走，銀髮書生一步一嘆的跟在後面，「我說你——你就不能稍微改裝一下，就準備頂著這張『美若天仙』的面容去見人？我看你只要一踏入焦玉鎮內，一百個人裡面有一百二十個知道你是柳眼，你就準備被人亂刀砍死，或者是梟首鞭屍吧。」

「閉嘴！」柳眼的面容依然可怖，有些地方已生出皮肉，有些地方依然一片猩紅，姣好的膚色映著鮮紅的疤痕，讓人看過一眼就不想再看。

銀髮書生從袖中抖出一張人皮面具，「來來來，你把這個戴上，就算你個性高傲，高得讓我佩服，你也要可憐一下當保鏢的我，我一生活得逍遙，不想一把年紀死在亂刀之下，我還想壽終正寢呢。」

「你很吵。」柳眼不耐地道：「你就不能有片刻安靜嗎？」

銀髮書生拍了拍胸口，「我本來很逍遙，只是打算找小水去吃魚頭煲，誰知道撞到大頭鬼。要是知道小唐在那裡，我死也不去，現在……唉……」他連連搖頭。

柳眼哼了一聲，「你不是從他那裡拿了一張一萬兩黃金的銀票？有什麼好哭的？」

這銀髮書生自是江湖名宿雪線子，聞言越發叫苦連天，「本來是小唐欠我六千兩黃金，現在他給我一萬兩的銀票，要我倒找給他四千兩金子，我等雲遊江湖兩袖清風，哪裡有四千兩金子找給他？現在弄得我欠他四千兩黃金，要不是我欠他錢，萬萬不會做你的保鏢，這種寃大頭危險又麻煩之事，我一向是不沾的。」

他一邊嘮嘮叨叨地說著，一邊把手中的人皮面具突地罩在柳眼臉上，一瞬間柳眼便成了一位老態龍鍾滿臉黑斑的糟老頭。

雪線子滿意地拍拍手，「這樣安全得多，保管連你媽都認不出來——」他一句話沒說完，泥濘小路的枯草叢中突然鑽出十幾條土狗，對著柳眼狂吠不已。雪線子一怔，柳眼也是皺眉，這是怎麼回事？

「果然不出所料，繞是你千變萬化，也逃不過狗鼻子聞這麼一聞。」荒草叢中剎那鑽出十幾位黑色勁裝，背繡牡丹的男子，其中一人容貌清秀，神色冷漠，柳眼和雪線子並不認得，這位眼含恨意的黑衣少年乃是草無芳。風流店好雲山一戰敗後，他便不知所蹤，實際上由明轉暗，歸入鬼牡丹旗下妖魂死士。

「狗？」雪線子張口結舌，「怎麼會想到狗呢……有多少狗？全部都在這條路上？」

草無芳淡淡地道：「所有通向麗人居的八條道路，共有五百四十四條狗，氣味來自書眉房你那間藥房，而即將吊在麗人居屋頂上的……是林逋林公子，天羅地網，總有一條路會抓得到你。」他手臂平舉，黑色衣袖在風中輕輕飄動，「跟我走吧。」

柳眼眼裡並沒有地上那些狗，他淡淡地瞟了草無芳一眼，「花無言死的時候，你是不是恨我沒有救他？」

草無芳神色很冷，「你本可以救他，但你彈琴為他送終。」

柳眼笑了笑，「我不救廢物。」

草無芳臉動怒容，「他不是廢物！他為你盡心盡力，甚至送了性命，在他為你拼命的時候，你卻在一旁彈琴，你彈著琴看他死，你為他的死吟詩，你把他當作一齣戲……像你這樣的人，該下地獄！」

柳眼又是笑了笑，在他那張古怪的臉上，笑容顯得說不出的怪異，「他如果活下去，會越活越錯，讓自己越來越痛苦，你是他好友，但你卻不明白。」

草無芳冷笑一聲，「像你現在這種模樣，才是活生生的廢物！」他一負手，「生擒！」十來位黑衣人將柳眼和雪線子團團圍住，草無芳長劍出鞘，一劍往柳眼肩上刺去。柳眼拄著竹杖退了一步，雪線子嘆了口氣，「且慢！」他踏上一步，「小兄弟，如果你只有這十幾個幫手，我勸你還是快點帶著狗走吧。」

草無芳長劍平舉，柳眼眼線微揚，雪線子的衣袖驟然飄動，一位紅衣婦人自樹後姍姍露出半張臉兒，雪膚烏髮，風韻猶存，對著雪線子嫣然一笑，「雪郎，你我可是三十年不見了，還是這麼風流可人啊。」

雪線子又嘆了口氣，「眉太短、臉太長、鼻不夠挺、牙齒不齊，就算過了三十年，妳也依然如故。」

那樹後的紅衣婦人格格嬌笑，「雪郎所見的美人兒何止千萬，我自是不敢自居美人。」她盈盈走了出來，神色甚是親切，彷彿只是見了多年不見的摯友。

柳眼心中微微一跳，這人是「千形化影」紅蟬娘子，數十年前著名的用毒高手，縱然雪線子名震江湖也未必能在她手上占到便宜。正在他一震之際，又有一人自不遠處緩步而來，盲了一目，渾身傷疤，在頸上有個黑黝黝的洞口，正隨著他的呼吸一起一伏，看起來觸目驚心。柳眼的心慢慢提了起來，是余泣鳳……

雪線子哈哈一笑，「我已三十年未逢敵手。」

紅蟬娘子盈盈地笑，「哎呀，我可沒想要做雪郎的敵手，只要能讓我在你臉上親一口，真真死也甘心。」

余泣鳳緩步走到紅蟬娘子身旁，鏽跡斑斑的鐵劍一擲，沙啞古怪的聲音緩緩地道：「能和雪線子一戰，也不辱沒了劍王之名。」

草無芳率眾退後一步，對著雪線子身後的柳眼虎視眈眈。雪線子全身白衣輕飄，直面兩大敵手，「我說——欠人錢的滋味果然不好受，可憐我一把年紀還要為黃金拼命……真是可悲又無奈啊！」

柳眼低聲道：「你走吧。」

雪線子笑了一聲，「哎呀，我就算要逃，也要帶上價值四千兩黃金的你，要對我有信心。」

柳眼道：「好。」

烏雲翻捲，風漸起，荒草小徑延伸萬里，便是海角天涯。

余泣鳳殘劍緩緩抬起，「請賜教。」

雪線子頷首，他的目光停留在余泣鳳的殘劍上，這柄劍縱然已殘，那「西風斬荒火」依然不可輕視。

紅蟬娘子嬌柔地笑，「哎呀，不把人家放在眼裡呢！雪郎你真是令人傷心啊。」言下衣袖一飄，一蓬紅霧向雪線子徐徐飄來，不消說必定是一蓬毒霧。

雪線子站住不動，那蓬紅色毒霧飄上他的衣裳，霎時腐蝕衣裳，在那雪白的衣襟上穿了幾個小洞，然而少許飄上他臉頰的毒霧就如失效一般，掠過無痕。紅蟬娘子一怔，雪線子元功精湛，不畏劇毒，雖然她這毒霧有消肌蝕血之效，卻只化去了衣服。當下她手腕一翻，一柄彎刀在手，那刀刃呈現瑩瑩的藍光，也不知餵了多少種劇毒，一招「臨風望月」往雪線子頸上削去。

雪線子的視線仍舊牢牢停留在余泣鳳的劍上，紅蟬娘子彎刀襲到，突的眼前一花，雪線子身不動眼不移，竟是突然倒退三尺，避開她那把彎刀。而他到底是如何做到的，連柳眼也沒瞧出來，宛若真是憑空消失又憑空出現一般。

「雪郎真是神鬼莫測，不過移形換位這種功夫聽說練得再好也不過丈許範圍內的變化，人就是人，不可能真的每次都會消失的。」紅蟬娘子柔聲嬌笑，紅紗一抖，筆直的對著雪線子的頭罩了下去。

那紅紗拂到半空，四角揚起，竟抖開四尺方圓，宛若一張大網對著雪線子和柳眼罩下。雪線子衣袖微動，但聽「嘶」的一聲響，紅紗中心剎那破了一個大洞，四分五裂的紅紗灑落一地，紅蟬娘子身子如蛇般一曲三扭，穿過飄散的紅紗，一刀直撲雪線子心口，「雪郎好俊的功夫！」她貌若四旬，實際卻已是六七十歲的老嫗，但身手依然矯健，一刀擊出，數十年功力蘊含其上，絕非等閒。雪線子目光不離余泣鳳的殘劍，身形一轉，再度帶著柳眼退出四尺之遙，就在他移形換位的瞬間，余泣鳳劍嘯鳴起，風雲變動，一劍疾刺雪線子胸口。紅蟬娘子一個轉身，藍色彎刀疾砍雪線子的後背，剎那間劍風激蕩起漫天塵土，一捧怪異的藍光衝破塵煙，「咿呀」塵煙中傳來一聲怪嘯，雪線子負手在後，白袖驟然揚起。

柳眼一直站在雪線子身後，余泣鳳這一劍和紅蟬娘子這一刀合力，他的心剎那懸到了頂點，即使他武功未曾全廢，這兩人全力一擊他自問也接不下來。但見雪線子白袖揚起，余泣鳳那一劍穿袖而過，直刺胸口，雪線子手掌在劍上一抹，逆劍而上在余泣鳳手上輕輕一拍。余泣鳳數十年功力，外有九心丸助威，握劍之穩堪稱天下無雙，這一掌未能撼動殘劍來路，但見劍刃就要透胸而入，卻在觸及雪線子胸膛的瞬間節節斷裂，碎成一地鐵屑。余泣鳳一怔，一掌拍出，他功力深湛，手上的鐵劍卻抵不住雪線子輕輕一抹。雪線子對他一笑，揮手迎上，只聽「碰」的一聲雙掌接實，雙方平分秋色，誰也沒晃動一下。便在劍斷同時，身後紅蟬娘子的藍色彎刀發出一聲怪嘯，已斬到雪線子背後衣襟，柳眼突地伸出竹杖，在她刀上輕輕一撥。

「噗」的一聲微響，竹杖焦黑了一塊，那藍色彎刀中心驟然鑽出幾條白色小蟲，如蛇般蠕動，直往雪線子背後撲去。柳眼沉住氣，在雪線子與余泣鳳對峙之時，竹杖連變七八般變化，招招向那小蟲招呼，他手上雖然無力，但招式猶在，這毒蟲雖然可怕，卻經不起竹杖一戳。紅蟬娘子「咦」的一聲，收刀在手，「你竟然還敢動手！果然是好大的膽子！」

柳眼站在雪線子背後，竹杖支地，那節焦黑的杖頭碎裂讓他晃了一晃。就算是他面上戴著人皮面具，紅蟬娘子也看出他的表情毫無變化，只消雪線子站在這裡，他便站在他背後，紅蟬娘子砍一刀他便擋一刀、砍兩刀便擋兩刀。

「柳尊主，你今日當真讓我刮目相看。」紅蟬娘子咯咯嬌笑，「我原先只當你是個繡花枕頭樣的小白臉呢！不想臉皮給人剝了以後人也有情有義起來，那些想為你生為你死的小丫頭們也算沒白看中你。可惜——你的情義用錯地方，他是你的死對頭唐公子的好友，難道不是你的敵人？你拼命護著他做什麼？」

柳眼淡淡地瞟了她一眼，「老妖婆！」

紅蟬娘子一怔，勃然大怒，「唰」的一刀向他攔腰砍去。她一生最恨別人說她老，柳眼是故意踩她的痛腳。

雪線子本來目不轉睛的和余泣鳳對峙，聞言突然露齒一笑，「嗯，聽到一句好話！」余泣鳳見他口齒一張，併指往前，指尖一股劍氣破空而出，雖無利劍之威，但距離甚近，也是縱橫開闊，十分厲害。雪線子袖袍一拂，紅蟬娘子乍見刀下的柳眼被他白色衣袖掩去，余泣鳳卻見雪線子一幻為二二幻為三，剎那間竟是化為數十個各不相同的幻影，驀然一怔。便在兩人雙雙一怔之時，「啪啪」兩聲悶響，兩人雙雙吐出一口鮮血，前胸背後各自中掌，隨即雪線子一聲輕笑，已帶著柳眼飄然離去。

「呼」的一聲余泣鳳忍住內傷，往雪線子離去的方向劈出一掌，但見草木伏倒，人早已不見蹤影。紅蟬娘子晃了一晃，失聲道：「千蹤孤形變！」

余泣鳳「嘿」了一聲，「了不起！」

雪線子最後這一招傷敵可是大有來頭，一人能化數十幻影，而各幻影都若虛若實，都能出掌傷人，對練武之人的腳力、腰力、身法要求極高，並且出招之時急摧功力，若非高手之中的高手，無人敢用。此招若是不成，往往走火入魔，雪線子居然能將如此凶險的一記絕招施展得如此舉重若輕，瀟灑飄逸，修為委實駭人。

「不愧是江湖第一怪客。」紅蟬娘子伸手挽了挽亂髮，輕輕地嘆了口氣。余泣鳳卻沙啞地道：「以他傷及妳我的掌力判斷，雖然施展出『千蹤孤形變』，他也受了傷，否則這一掌絕不止如此而已。」

紅蟬娘子嫣然一笑，「說的也是，追吧。」

兩人展開輕功，沿著雪線子遁去的方向追了下去。

雪線子將柳眼提起，快步往林木深處掠去，身影三晃兩閃，已到了山頂。踏上山頂，他將柳眼放下，兩人舉目望去，正見不遠處的山谷中黑煙四起，隱隱有喧嘩之聲，不知有多少人在其中奔波跳躍，不禁都是一怔。

雪線子凝目遠眺，「誰在山谷裡搗亂？」

柳眼隱約可見一群黑衣人中蹁躚而行的黃色人影，那黃色人影每過一處帳篷，黑色帳篷便即起火，冒出濃郁的黑煙，也不知他用什麼引的火。

「好身手啊好身手，可惜——不是美人。」雪線子眼裡看得清楚，嘖嘖稱奇，「這帳篷是硫桑蠶絲所製，防水耐火，刀劍難傷，尋常火焰無法引燃，要能化精鋼的烈火才能點燃硫桑蠶絲。這人暗器出手摩擦帳篷所引起的溫度竟然能將帳篷點燃，可見暗器的速度真是可怕。」

柳眼聽到「暗器」二字，心頭一震，是方平齋……他目不轉睛地看著山下混戰的場面，方平齋來了，玉團兒呢？她……她呢？他們竟然真的來了。

「這是不是小唐說的，你新收的徒弟？」雪線子仍在嘖嘖稱奇，「我看你徒弟當你的師父綽綽有餘，這一手飛刃功夫早已獨步江湖了。你來麗人居就是要找他？我帶你下去。」

柳眼拄著竹杖，望著方平齋闖陣的腳步，竹杖竟微微的發抖，「他在幹什麼？」

雪線子「啪」的一聲自後腦重重的給了他一下，「你是傻的？有人牽來幾百條狗設下天羅地網要抓你，山谷底下正是敵人的大本營，他闖入敵陣，自是為你消災，難道你看不出來？」

柳眼有些天旋地轉，晃了一晃，低聲道：「我……我一直以為……他不過另有居心……」

「哈哈，世上有幾人不是另有居心？但並不一定另有居心的人就對你不好。」雪線子展顏一笑，「能為你來到此地，很不容易，你的徒弟對你很好。」

柳眼點了點頭，「這些人是鬼牡丹的手下，鬼牡丹是七花雲行客之首，和風流店關係密切，今日的天羅地網想必不只針對我一人而已。」

雪線子嘆了口氣，「我只關心我什麼時候能和小水去吃魚頭煲，救了姓林的書生，你就會跟著你徒弟走，是不是？」

柳眼點頭，雪線子哈哈一笑，「那就救人去了。」

兩人心知四處都是鬼牡丹牽來的土狗，不敢在山頂久留，雪線子再度將柳眼提起，快步往方平齋所在的山谷奔去。

雪玉般的刀刃飛舞，所開的是一條血路。方平齋飛刃護身，自東向西往焦玉鎮方向硬闖，他所過之處鮮血濺起，帳篷起火，鬼牡丹手下的妖魂死士難以抵擋，節節敗退。寸許長的雪刃越舞越盛，猶如千萬風雪亂舞，片片落英摧殘，發揮到極致的時候方平齋的黃衣幾乎不見，只見如滾雪的刀光，身畔人傷火起，慘呼之聲不絕於耳。

他並不是想闖過一陣就後退，他一路闖向焦玉鎮，腳步沒有絲毫停留。

麗人居！是今日鬼牡丹掀起風雲的地方，是針對柳眼的一局陰謀，也是他的一塊心結。十年前他在這裡設下酒局，敬了梅花易數和狂蘭無行一杯毒酒，那毒酒毒倒了梅花易數，卻毒不倒狂蘭無行……

方平齋的思緒有些恍惚，那日三哥中毒之後，向他劈了一掌，他的武功遠不如三哥，重傷瀕死，是七弟出力救他一命。而後七弟拿那杯毒酒的解藥與三哥做下交易，要他殺了二哥……一切的變化是那麼突然，自兄弟情深到兄弟相殘，突然之間彼此的性命不再重要，殺人就像殺雞一樣，沒有半點留戀……那些昔日的情分也就如風吹去一般，虛幻的，不留半點影子。

一切是誰的錯？是他麼……

如果預知一切的結局，他還會選擇那兩杯毒酒嗎？

如果的事，永遠沒有答案。

「嚐」的一聲微響，方平齋驀然轉頭，只聽「嚐嚐嚐嚐」一陣微響，猶如風鈴遭遇了一陣狂風，繞身飛舞的雪刃一連跌落了十來支。他挽袖收刀，只見四下裡妖魂死士紛紛讓開，一人黑袍飄動，倚著一棵大樹站著，那大樹之後過河便是焦玉鎮。

黑衣人袍繡牡丹，面容醜惡，偏偏渾身散發著一股香氣，見方平齋闖陣而來，諷刺地勾了勾嘴角，「六弟，你好大的膽子。」

方平齋手搖紅扇，哈哈一笑，「我向來膽子很大，大哥你難道是第一次知道？如果我膽子不大，十年前怎敢請你們喝酒，又怎敢在酒裡下毒殺人？很可惜我下的毒不夠狠絕，竟是誰也沒有毒死，只憑空害死了二哥。」天高雲朗，他圓潤的臉上滿是笑意，侃侃而言，似說得只是天氣。

「你那點心思，我和七弟都很清楚。」黑袍鬼牡丹淡淡地冷笑，「敞開了說罷，你想殺朱顏，十年前那杯毒酒殺不了，十年後你照樣殺不了，即使你學會柳眼音殺之術，也未必當真殺得了朱顏。」他冷冷地道：「七弟對你有救命之恩，我從未對不起你，即使你傷我手下，我也沒有對你出手。你要殺朱顏，我和七弟都可以幫你，只要——」

「只要我放棄我那可悲又可憐的師父，投奔你們？」方平齋紅扇一搖，「我方平齋，真有如此價值？」

鬼牡丹舉手指天，「你可知我設下麗人居之局，所為何事？我設下天羅地網，招來江湖門派，我要以柳眼之首級，號令天下之大權，請六弟你喝一杯酒。」他一字一字地道：「我保證，這一杯絕對不是毒酒。」

方平齋的紅扇停了，微微一頓，「你要與我煮酒論英雄？」

鬼牡丹森然道：「不是，我要與你煮酒論天下，天下，不單單是江湖……」他仰天一笑，容色淒厲，「今日我生擒柳眼，便是手握江湖，他日問鼎天下，就算是真龍天子——又能奈我何？大好江山千軍萬馬，六弟你——可要與我共用？」

「我方平齋，真的有如此價值？」方平齋凝視鬼牡丹，「我徒然一身，既不似大哥你有死士萬千，又不如七弟詭詐多變，你們要我何用？」

鬼牡丹陰森森地道：「六弟忒謙了，你是什麼人，我和七弟都很清楚。我的酒在麗人居樓頭等你，不要讓那杯酒餵了狗。」他振臂一揮，「讓路！」

四周妖魂死士緩緩後退，讓出一條路來。方平齋搖頭一嘆，「本以為我離江湖已經很遠，不料竟是滿屋丹楓吹落葉，身在山中不知景！可嘆、可笑！」他搖扇而去，背影朗朗，仍舊往焦玉鎮而去。

鬼牡丹陰沉地看著他的背影，遍布帳篷的荒地裡，一片死寂。

遙遙雪線子提著柳眼正往此處奔來，突見黑衣死士兩側分道，讓出路來讓方平齋過去，大出意料之外，「哦——情形不對，看起來好像你徒弟與人家化敵為友，握手和談了。」

柳眼淡淡字道：「他不會。」

雪線子道：「真有信心，不過你好像並不怎麼瞭解你徒弟，真不知道你的信心從何而來。」眼見形勢不對，他提著柳眼躲入密林之中，暫且一避。

不通過荷縣而前往焦玉鎮的另一條路必須繞過兩座山丘。阿誰和玉團兒緩步而行，玉團兒丟了佩劍，裝作過路的無知少女，和阿誰談談說說，慢慢往焦玉鎮去。一路上快馬加鞭的江湖人不少，的確沒有人幾人留意到路上這兩位姑娘。

未過多時，兩人已踏入焦玉鎮，但見百姓多已躲避，停留在小鎮內外的都是武林中人。此時人人舉頭往麗人居樓頭望去，只見「麗人居」三個金字中間有一人被綁起雙手，吊在中間，乃是一位青衣書生，面目陌生，無人認得。

玉團兒一見之下，低呼一聲，拉了拉阿誰的衣袖，「姓林的書生。」

阿誰心中一跳，這位掛在屋頂的青衣書生，就是對柳眼和玉團兒有恩的那位黃賢先生。眼見其人已被掛在半空，神色卻仍淡然，不見掙扎之色，她心下略生佩服之意，當下一挽玉團兒的衣袖，低聲道：「跟我來。」

兩個女子抱著孩子往麗人居後門走去，各門各派都對這兩人留意了幾眼，卻也沒多大在意。麗人居上下都有鬼牡丹的妖魂死士把守，阿誰抱著鳳鳳走到後門，很自然的往裡邁去，「李伯！李伯！」

麗人居裡有人應了一聲，阿誰揚聲道：「今兒的玉尖兒收成不好，我去了趟鄰縣也沒收到。」

麗人居裡那人嘆了口氣，「沒有也沒辦法，最近都來些凶神惡煞的主……玉娘妳進來吧，幫我把菜整整，把那些魚都殺了片肉。」

阿誰應了一聲，拉著玉團兒便走了進去，看門的妖魂死士見二人長得不錯，看不出身負武功，也不阻攔。

玉團兒心中大奇，「妳認識這裡面的人？」

阿誰挽著她的手，低頭走到廚房外邊的院子坐下，地上堆滿了各種青菜，幾盆半死不活的魚，還有一大堆未洗淨的牛肚，一股怪味。廚房裡正在做菜，無人理睬進來的到底是誰。她挽起袖子開始摘菜，神色不變，微微一笑，「我覺得偌大麗人居，總少不了有人姓李。」

玉團兒大吃一驚，「妳……妳不認識這裡面的人？玉尖兒是什麼東西？」

阿誰道：「一種少見的白玉蘑菇，在洛陽酒樓裡很流行，我想這裡的掌櫃既然是從洛陽來的，多半也做這種菜。白玉蘑菇要每日上山去採，數量很少，不是每日都能收到，所以姑且一試了。」

玉團兒嘆了口氣，「妳真大膽，現在我們做什麼？就在這裡摘菜、殺魚嗎？」

阿誰擁著鳳鳳，摘菜並不方便，她微略想了想，「妳抱著鳳鳳坐在這裡幫忙，別人問妳是誰，妳就說是玉娘的表妹，玉娘今天有事沒來，妳替她來幫忙。」

玉團兒皺眉道：「那妳呢？」

「我上去瞧瞧。」阿誰悄悄地道，她的眼角往二樓一飄，林逋就被掛在二樓的招牌上，「看能不能尋到機會放了林公子。」

玉團兒壓低聲音道：「太危險了，上面肯定都是高手，妳要怎麼救他？」

阿誰搖了搖頭，「我只上去看看，如果尋不到機會，絕不會輕易動手。」她輕輕拍了拍玉團兒，「妹子，姐姐癡長妳幾歲，遇到的事比妳多些，所以姐姐不怕。妳坐在這裡小心點，若是應付不來，就抱著鳳鳳跳牆逃出去。」

玉團兒低聲道：「我絕不會逃，但我一定保護鳳鳳。」

阿誰點了點頭，撫了撫她的髮絲，轉身往樓梯而去。

玉團兒抱著鳳鳳坐在院子裡摘菜，一邊看著阿誰的背影。阿誰個子比她略高，身姿婀娜，步履安然。她一直覺得這位姐姐很不幸，經歷很坎坷，有時候很淡然，淡得讓人覺得難以接近，淡得彷彿只是個軀殼，但有的時候又讓人覺得她鎮定容顏之下的那顆心，也許並非全然沒有渴望。

阿誰又自樓梯上退了下來，到忙碌的廚房裡端了幾杯茶。玉團兒遙遙看見似乎有個人問了她幾句，也不知阿誰答了什麼，那人對她很是和善，指著二樓說了幾句，阿誰便端著茶盤上去了。

玉團兒抱著軟綿綿的鳳鳳，看不見阿誰的身影，她一時間覺得很無措，沒人來告訴她在這種人來人往，每張面孔都很陌生的地方該怎麼做？原來她一直很幸運，一個人躲在無人的深山中，遇見了柳眼和沈郎魂，雖然他們的面目都很難看，但他們對她很好……之後遇見的人，方平齋、阿誰……大家也都真心實意的對她好，沒讓她感覺到孤單。而阿誰姐姐……玉團兒低頭摘菜，阿誰姐姐想必從來沒有幸運過。

阿誰端著茶水上了二樓，一踏上二樓，頸上驟然多了幾柄刀刃，抬起頭來，二樓全是風流店的故人，當先的一人就是白素車。白素車見她上來，刀刃加勁，冷冷地問：「是妳，妳來做什麼？」

阿誰低下頭來，「我在半路上被桃姑娘的手下擒住，聽說尊主會來，所以桃姑娘送我來。」

白素車目光微微一閃，「當真？」

阿誰點了點頭。白素車收刀而起，其餘幾人也跟著收回兵器，「桃姑娘不來此地，怎會送妳過來？」

阿誰低下頭，「我被小靜擒住。」

白素車「哦」了一聲，「原來如此，坐下吧，聽探子回報，已有了柳眼的消息，妳坐在窗前，讓四面八方都能看得到妳。」她手指掛著林逋的窗，阿誰走了過去，面向窗前，窗下掛的就是林逋。

二樓有人端著一盤豬腳已吃得滿面是油，這人奇肥無比，斷了一手，正是撫翠。見白素車指揮阿誰站到窗口，她哈哈一笑，「這丫頭竟然沒死，倒也奇了。有她站在這裡，不怕尊主不來啊！我看是不是也要把她手腳縛起，掛在林公子旁邊？如此郎才女貌，一雙兩好，不掛當真可惜得很。」

二樓另有一人渾身黑衣，面上戴了人皮面具，站在一旁，目光在阿誰面上一掃，精光閃爍。白素車淡淡地道：「東公主的想法不錯，我看就把這丫頭也吊下去，以免另生枝節。」

撫翠連連點頭，「我來綁！」

白素車冷冷地道：「你若是偷偷捏斷她手腳，萬一柳眼回來為她殉情，鬼主面前你擔待得起麼？」

撫翠的咽喉咕嚕一聲，怪笑道：「素素真是我肚裡的蛔蟲，妳來綁吧。」

白素車自袖中摸出一塊白色手絹，將阿誰雙手縛起，提了起來扔出窗外，懸在林逋旁邊。阿誰一派順從，並不反抗，不料剛剛把阿誰扔出去不久，外邊圍觀的眾人起了一陣輕微的議論。白素車和撫翠驚覺不妙，雙雙探頭出去，就在她們探頭的剎那，掛著阿誰和林逋的繩子突然斷開，阿誰大叫一聲，「妹子快逃！」隨即摔了下去。

一塊淡紫色的帕子迎風飄起，上面以眉筆寫著兩個大字「救人」，此時正隨風越飄越高。阿誰和林逋兩人突然摔下，兩道人影電光火石般閃過，接住二人，輕輕落地。白素車和撫翠微微變色，這兩人，一人是峨眉文秀師太、一人是「霜劍淒寒」成縕袍。

原來阿誰在第一次上樓之時便暗寫了那「救人」二字的手帕，寫完之後下樓，端了盤子上去，把手帕攥在手裡，掩在茶盤之下。白素車把她扔了出去，她手心裡攥著的手帕隨即揚出，外邊都是武林中人，眼光何等犀利，自是一瞬之間都看清了。然後她不知用什麼方法弄斷繩索，導致她和林逋兩人臨空跌下，脫離控制。

文秀師太和成縕袍兩人武功卓越，既然事先提醒，出手救人並不困難。

阿誰被文秀師太接住，落地之後喘息未定，手指著林逋，「保護……保護這位林公子。」

成縕袍認得阿誰，知她和唐儷辭關係匪淺，當下招呼一聲，中原劍會的人馬將阿誰和林逋團團圍住。樓上撫翠和白素車探出頭來，已是為時已晚。

「他們都是風流店的人，已知道柳眼的消息，這位林公子是柳眼的恩人，他們料想他會來救人，所以把他掛在樓頭。」阿誰急急解釋，「成大俠，九心丸的解藥只有柳眼能製，當今天下誰都想生擒柳眼。而他必然會來救林公子，所以務必保護林公子的安全，不能讓柳眼再度為風流店控制。」

文秀師太奇道：「妳是什麼人？」

阿誰站在當地，低下頭來，「小女子一介平民……」

成縕袍一手扯斷她手上縛的手帕，淡淡地道：「這位姑娘是唐公子的朋友。」

阿誰搖了搖頭，急急道：「我還有個妹子，方才在麗人居內，現在不知如何了，還請成大俠派人尋找。」

她還沒說完，玉團兒抱著鳳鳳已從麗人居後奔了過來，「阿誰姐姐！」她眼見玉團兒無事，鬆了口氣，把她和鳳鳳摟入懷中不放。

方才有人將這青衣書生掛上樓頭的時候，外邊圍觀的眾人已在猜測這青衣書生的身分，亦有人策劃救人。但風流店的高手圍坐二樓，縛住這青衣書生的繩索又是硫桑蠶絲所製，非尋常刀劍能斷，若有人衝上去救人，在出手斬斷繩索的瞬間就失先機，露出極大破綻。若非阿誰巧計，絕難救人，而這位姑娘又是如何弄斷硫桑蠶絲所製的繩索？眾人議論紛紛，莫衷一是。

阿誰手中握著一物，她牢牢握著不放，不露絲毫痕跡。白素車將她雙手綁起的時候往她手心裡塞了一物，隨後將她扔出窗外，她正是用這項東西割斷繩索，讓自己和林逋跌了下來。白姑娘為何暗助自己？她雖然不解，但卻知這件事如果讓人知道，不免讓白素車陷入危機，於是牢牢握住，連一眼也不去看它。

那是一柄形如柳葉的小刀，非常嬌小，微微有些弧度，刀柄上有個極小的機簧，略略一撥，刀刃自刀柄彈出。此刀削鐵如泥，阿誰用它割斷繩索毫不費力，此時刀刃已縮入刀柄之中，握在手裡就如一截渾圓的短木。

二樓探出頭來的撫翠冷笑一聲，「這丫頭竟然帶著『殺柳』，素素，妳剛才沒好好在她身上搜一搜，真是失策了。」她並不覺得阿誰身上帶著稀世寶刃奇怪，阿誰和唐儷辭過從甚密，唐儷辭家財萬貫，贈送阿誰一柄利器用來防身並不稀奇。

白素車冷顏鞠身一禮，「屬下失策。」

撫翠揮了揮手，「罷了，誰也想不到阿誰這丫頭有這麼大膽子，也不知道她怎會想到要救林逋，更不會知道她身上帶著『殺柳』。哈哈，殺柳殺柳，她這番回來，難道是要殺柳眼嗎？」

一旁靜觀的黑衣人淡淡地道：「林逋被救，看來今日之計有變。不過林逋落入中原劍會手中，與落入鬼主手中，其實並無差別。」

白素車淡淡一笑，「今日的問題是柳眼到底會不會來，如果他今日不肯出現，或是出現了但落入他人之手，我們備下人馬要抓文秀師太、天尋子、鴻門劍一干人等就會困難得多，說不定全軍覆沒。」她的目光往二樓眾人臉上掠去，「目前我們已經無法控制局面。」

撫翠嘻嘻一笑，「鬼主很快就會回來，坐下坐下，吃菜吃菜。」她據桌大嚼，白素車走過來，淡淡地喝了杯酒。

方才麗人居後升起團團黑煙，面積甚廣。各門派雖無交流，都知山後必然有變，此時成緼袍和文秀師太救了林逋，當下眾人圍上，七嘴八舌地議論究竟是怎麼回事。

「書生你是什麼人？」一位身掛麻袋的叫花子擠到成緼袍身邊，伸出油膩的大手在林逋身上到處捏了一遍，「怎麼會救了江湖第一大惡人？你是不是不知道他是專門糟蹋小姑娘的淫棍……」

他一句話還沒說完，文秀師太臉色一沉，「刑叫花你嘴裡放乾淨點！」峨眉門下有數名弟子被柳眼所迷，加入白衣役使，服用了九心丸，但並未失貞，聽刑叫花如此說法自然惱怒。

刑叫花趕緊閉嘴，笑了一笑，「老叫花子該死！該打、該打！但這書生看起來眉清目秀，怎會和那魔頭有瓜葛，老叫花子真的好奇。」

林逋身處眾人中心，自他被擒之後所見的怪人多了，反而更加鎮定，只是笑笑，對成緼袍行了一禮謝過救命之恩，並不說話。董狐筆簡略向各派問了幾句，各派中毒之人有多有少，相加約有百來人，人人都想要柳眼的解藥，同樣亦有不少人想要柳眼的命。成緼袍按劍在手，此時此刻，不論是按兵不動的風流店人馬或是一群烏合之眾的江湖白道，情緒都已被撩撥起來，只待一個人的到來。

絕對在柳眼出現的那一刻將他帶走！絕不會讓這魔頭再度消失！成緼袍用力握劍，心志堅定。

第三十四章　未竟之局

阿誰拉著玉團兒的手，抱著鳳鳳慢慢退到一邊。有幾個中原劍會的劍手護衛她們的安全，玉團兒在人群裡東張西望，只盼見到柳眼，阿誰緊緊抱著鳳鳳，站著一動不動。

這個地方聚集著幾百人……每個人都對柳眼勢在必得。她筆直地望著前方，眼前有許多人在搖晃，她什麼也沒看在眼裡，只記得那個時候……那天，他那種哀傷的眼神。

鳳鳳的頭靠在她的肩上睡著了，她只有在感覺到鳳鳳的溫暖的時候，才會有安全感，才能相信自己能正常的繼續往前生活。她為自己設定的將來之中，沒有其他男人，只有鳳鳳，所以無論柳眼以多麼哀傷的眼神看著她，她也不會有所改變。

但他……真的很可憐……她私心期盼他不要來，藏匿在這世上任何一個角落都好，就是今天不要出現。

玉團兒拉拉她的手，悄聲道：「這些人都在罵他。」

阿誰點了點頭，「他做了很多錯事，傷害了很多人。」

玉團兒低聲問：「他們都中了他的毒嗎？」

阿誰嘆了口氣，「嗯，很多人都中了他的毒，誰能抓到他，誰就能控制這許許多多人，大家都想要解藥。」

玉團兒低聲道：「他沒有解藥的。」

阿誰微微一怔，「妳怎麼知道？」

玉團兒哼了一聲，「我都幫他洗過澡啦！他全身上下什麼也沒有，哪有什麼解藥。」

阿誰微微一笑，「妳對他真好。」

玉團兒笑了起來，「那當然了，因為他對我也很好啊。」她指著自己的臉，「他治好了我的臉，救了我的命。」

阿誰摸了摸她的臉，輕聲道：「他真的對妳很好很好。」

玉團兒連連點頭，渾身都洋溢著快樂幸福。

如果她不夠堅強，是不是會在這樣的笑容下崩潰，變得支離破碎？阿誰有些恍惚，人們總是對無知善良的東西寬容、喜愛……而對像她這樣只會忍耐的女人，是不是就習慣吹毛求疵，習慣了想要挑釁她忍耐的極限，想要看她崩潰的樣子……然後引以為樂，然後證明其實她和別人並沒有什麼不同，揭穿了以後不過同樣是一堆不堪入目的東西？人與人是不能比較的，她很早就知道，但有的時候……有的時候真的很……很難以接受……難以接受她是個連玉團兒都遠遠不如的女人。

她一直很努力的生活……努力的不想讓自己顯得很難堪，努力的想擁有自己的生活，不依賴任何人。但誰也不曾看得起她，他們會愛護寵溺比她更脆弱更無知的東西，但不知道怎樣善待她，也從未打算善待她。

他們都指望著她對他們好，並且會因為她做得不夠體貼不夠熱情甚至不夠真心實意而受到傷害，郝文侯、柳眼、唐儷辭都是如此，但……但……世界的規則本不該是這樣，她深深明白這都是錯的荒謬的，但現實就是如此。

她無依無靠，唯一能自持的，是自己尚能忍耐。

「阿誰姐姐？」玉團兒見她默默望著遠方，「怎麼了？」

阿誰搖了搖頭，微微一笑，「沒什麼。」

麗人居的二樓安靜得異常，彷彿林逋被劫對他們來說無足輕重。董狐筆和文秀師太商議了一下，將來到麗人居前的二十六個門派，六百三十九人分成二十個小隊，既監視風流店眾人的動靜，又觀察是否有人接近。

然而日過正午、又過黃昏，麗人居的廚房接連不斷的往二樓上菜，卻是誰也沒有來。

柳眼和雪線子藏匿在山谷的密林之中，到處有土狗遊蕩，兩人雖然不懼土狗，但被發現了也很麻煩。雪線子給柳眼灑了一身花粉，他向來好色愛花，懷裡藏著不少奇花異卉的花粉用以討好美人，今日卻用在柳眼身上。那花粉氣味並不濃，散發著清奇的幽香，雪線子希望這奇花的香氣能掩飾柳眼身上的味道，擾亂那些土狗的嗅覺，但究竟擾亂了沒，誰也不知道。兩人看方平齋離去，山下妖魂死士尚未歸隊，仍是混亂，雪線子靈機一動，下去抓了兩人上來，點了穴道扒下衣服，將兩個赤條條的男人埋在山上雜草堆裡，自己和柳眼穿了妖魂死士的黑衣，戴上他們的人皮面具，大搖大擺地走下山去。

走進敵人的大本營，雪線子扶著柳眼，被方平齋所傷的人不少，眼見柳眼一瘸一拐，旁人也不覺奇怪。兩人尋了個沒有燒掉的帳篷鑽了進去，裡面躺著五人，一照面尚未問話已被雪線子放倒在地上，兩人拿起桌上的酒菜便大嚼，吃了個飽，略略休息了一下。吃過飯後，雪線子又大搖大擺的出去探聽消息，回來說林逋已經被救，究竟是何人所救並不清楚，但已經不在麗人居的樓頭。柳眼聽後靜默了一陣，「那些中毒的人都還在？」

「門派裡有人中毒的都在麗人居等著，風流店丟了林逋，但也沒有撤走，我看大家都等著你這尾大魚，反正林逋已經被救走，你不如拍拍屁股溜之大吉，大不了我替你悄悄通知你的徒弟兒，叫他天涯海角找你去。」雪線子一搖頭，「你現在出現，沒有半點好處。」

柳眼緩緩地道：「我若不出現，大家要麼以為我死了，要麼以為我躲了起來，永遠不會再出現——那江湖上如此多中毒之人都不得不屈從於風流店，因為只有風流店有九心丸，可以延續性命、增強功力。風流店非要抓我不可，一是他們自己很想要解藥；二是他們怕我當真有解藥。所以如果我不出現，江湖大局將傾向風流店，等候在麗人居外的那些人中的很大一部分，將不得不做一些違背良心的選擇。那都是我造的孽……」

雪線子「噗」的一聲差點把剛喝下去的湯噴了出來，「江湖傳說，風流客柳眼是個陰險狠毒，又淫又惡的魔頭，是小唐的死對頭。我看你做人還不錯嘛！而且你和小唐分明是過命交情的朋友，為了你小唐連我老人家都敢拖下水，可見江湖傳言真不可盡信，唉！」

柳眼沉默不語，過了一會兒道：「我要出去，告訴他們九心丸有解藥，我還沒死，叫大家不必聽風流店的威脅。」

雪線子連連搖頭，「你的想法不錯，可惜你如果出去，兩個雪線子都未必保得了你的命，一個沒有命的柳眼有什麼用？難道你的屍體能變成解藥解去九心丸之毒嗎？就算能，一個人百來斤連頭髮都算下去也不夠這許多人吃，就是死了別人都會說你偏心。」

「解藥沒有做出來，誰也不敢要我的命。」柳眼沉聲道。

雪線子哈哈一笑，「那要看你有沒有能夠抗衡兩方的力量，只有我一個人，遠遠不夠。風流店要拿你下油鍋，江湖白道要抓你去凌遲，除非你找到神仙當靠山，否則你做出解藥一樣要死，而你做出的解藥一樣淪為別人登上江湖帝位的籌碼。」

柳眼眼珠子微微一動，「神仙？」

雪線子頷首，「神仙，玉皇大帝、太上老君、二郎神之類……」

柳眼低聲道：「那唐儷辭呢？」

雪線子重重地敲了下他的頭，「你是想害死小唐嗎？誰也不知你和小唐有什麼過去的交情，他沒有任何理由給你撐腰。他要是站出來給你撐腰，別人都會以為他為的不是你柳眼，而是江湖帝位，所有反對小唐的人立刻找到藉口，證實他居心叵測，小唐立刻落到人人喊打的地步。」

柳眼默然，凡遇到棘手的事，他習慣的以為阿儷什麼都能解決，縱然是明知無法做到的事也都抱著幻想，但顯然是他錯了。過了一會兒，他慢慢地道：「我寫一封信，你幫我帶去麗人居那裡，交給成縕袍。」

雪線子眉開眼笑，「哎呀，妙法妙法，快寫快寫。」

柳眼自雪線子換下的白衣上撕了一塊白布下來，在帳篷裡找到筆墨，寫了幾行字在白布上，遞給雪線子。雪線子一看，只見白布上寫著「奇毒有解，神逸流香，修仙之路，其道堂堂。半年後藥成之日，絕凌頂雪鷹居會客，以招換藥」。那上面還有一行彎彎曲曲，猶如花草一樣的符號，不知寫的什麼，奇道：「這是什麼？」

柳眼吁了口氣，淡淡地道：「這是寫給儷辭的留言，說一點私事。」

雪線子搖了搖頭，「前面這段寫得不錯，很有梟雄的氣魄，大家要是信了，這半年在家中勤練武功，江湖可就太平了。可惜——我要怎麼證明這是風流客柳眼親手所寫的書信？你有什麼信物沒有？」

柳眼一怔，他可怖的臉上起了一陣細微的變化，似是心情一陣激蕩，緩緩探手入懷，取出一樣東西，「這個……」

雪線子見他摸出一樣軟乎乎的東西，「什麼？」

柳眼雙手緩緩打開那樣東西，雪線子赫然看到一張既詭異、又陰鬱俊美的臉。饒是他遊戲江湖多年也被嚇出一身冷汗，「人皮？你的……臉……」

柳眼笑了笑，「嗯，我的臉。」

雪線子抓起那張人皮，「好，我這就去了，你在這裡等我，不見人莫出去。」

柳眼平靜地道：「若是見到我徒弟，告訴他我在這裡等他。」

雪線子頷首，一笑而去。

柳眼一個人靜靜地坐在黑色帳篷裡，過往發生的一切支離破碎的在眼前上演。他想起很久以前，他在街邊彈琴，唱著不知名的歌，人人都說眼哥是個溫柔的人，對大家都好，做事很細心，這樣的男人真少見。那時候他住在唐家，大部分時間和阿儷在一起，阿儷擁有的一切，近乎也是他的一切。那時不曾懷疑過什麼，他全部的精力都用來設想如何完美的處理阿儷所惹的種種麻煩，如何儘量表現得優雅、從容、鎮定而自信，不丟唐家的臉，他一直像個最好的管家和保鏢，只要阿儷擁有了什麼，他也像自己擁有了一樣高興。

是什麼時候……一切變得面目全非，他再也找不回當初自己那張溫柔的臉？再也沒有寬容任何人的胸懷？從他對阿儷失望的那天開始，在他還沒有理解的時候，他的世界已經崩潰。而如今……他的崩潰的世界究竟是回來了沒有？其實他根本沒有理解。

他從來不知道自己要的是什麼，從來只知道自己該做什麼，他缺乏目的的概念，往往做一件事不知道是為了什麼，只知道有人希望他這樣做，於是他就做了。

這樣性格的人很差勁是不是？他茫然看著空曠的帳篷，思緒有很長時間的空白。

帳篷外黑衣的死士已回歸秩序，列隊站好，山谷中的黑煙已經散盡，雖然伏兵已經暴露，林逋意外被救，但鬼牡丹並未放棄計畫，眾死士仍舊列隊待命。

雪線子揣著柳眼寫字的白布，一溜煙往麗人居而去，他的身形飄逸，穿的又是死士的衣裳，妖魂死士無一察覺，然而堪堪及麗人居後山坡之下，一道人影持劍駐地，彷彿已經在那裡站了很久了。

那是余泣鳳的背影，雪線子嘆了口氣，開始後悔為什麼沒有繞路？

就在剎那之間，身後兩人緩步走近，「雪郎，柳大尊主呢？」

其中一人「咯咯」嬌笑，「你把他藏到哪裡去了？」

雪線子轉過身來，三人將他團團圍住，一人是余泣鳳，一人是紅蟬娘子，一人全身黑衣，衣上繡滿了顏色鮮豔形狀古怪的牡丹花。

雪線子的目光自那三人臉上一一掠過，余泣鳳拔起長劍，紅蟬娘子手握藍色彎刀，渾身黑衣的人不知是誰，但顯然不是什麼輕易應付得了的角色。

就在余泣鳳劍招將出的時候，雪線子嘆了口氣，「且慢，我輸了。」

余泣鳳一怔，三人都頗出意料之外，雪線子在身上拍了拍，「余劍王、小紅蟬兒、還有這位雖然未曾謀面但一定不同尋常的花衣兄，與其大戰一場連累自己傷痕累累依然是輸，不如現在認輸比較瀟灑。」

黑衣的鬼牡丹盯了他一眼，突然仰天大笑，「哈哈哈，雪線子不虧當世英豪，請！」他抬手指路，「以你的氣魄，足以當我座上賓客，這邊請。」

余泣鳳咽喉上的洞咕嚕一聲，似乎滿腹不快，但並不說話。倒是紅蟬娘子笑盈盈地迎上來，伸手點了雪線子幾處穴道：「雪郎受委屈了，跟我來。」

雪線子懷裡揣著柳眼的書信和人皮，此時束手就擒，懷裡的東西必定會被搜走，他心念急轉，想出十七八個念頭都是無用，索性探手入懷，把柳眼的書信和人皮一起取出，交了出去，「這是柳大尊主留給江湖的書信，方才他已被方平齋帶走，只留下這封信要我到麗人居交付成縕袍。我和柳大尊主沒天大的交情，相助他不過是為了一萬兩黃金的銀票，諾，我現在口袋空空，連銀票都索性送妳，可見我老人家沒有騙妳吧。」

紅蟬娘子吃吃地笑，摸了摸雪線子的臉頰，「雪郎你素來沒有良心，為了錢做這種事我是信的，就是不知道鬼主信不信了。」

雪線子乾笑一聲，「我老人家難得插手江湖中事，這次真是陰溝裡翻得不淺，老臉丟了一大把，可見人真不能愛錢，一愛錢就會栽。」

紅蟬娘子捏著他那如冠玉一般的臉，嬌柔地笑，「哎呀！要說你老，真沒人能信，雪郎你究竟幾歲了？」

雪線子哈哈一笑，「老夫七十有八了。」

紅蟬娘子眉開眼笑，膩聲道：「妾身六十有六了，與你正好般配。」

黃昏。

眾人仍然聚集在麗人居外，柳眼始終沒有來，被分派成組戒備查探的眾人開始鬆懈，即便是文秀師太、大成禪師這樣德高望重的前輩也有些沉不住氣，誰也不知道柳眼是否當真會出現？而即使他出現了，是否又攜帶了解藥？柳眼是否仍然活著？他若死了，若是有解藥，解藥是否被他人所奪？若是沒有解藥，風流店持九心丸相挾，各派掌門為了派中弟子是斷然拒絕、或是勉強相就？有些人開始盤算退走，然而堪堪退到數百尺外，便見樹林之中黑影憧憧，潛伏著不少風流店的人馬，並且自己是一日未曾進食休息，對方卻是休息已久，精力充沛，此時雖然尚未發難，卻已讓人不寒而慄。

天色一分一分變暗，眾人的精力在一分一分消耗，包圍的人馬越來越多，而柳眼依然不知所蹤。事到如今，連一派悠閒的天尋子、鴻門劍等人都有些焦躁起來，受騙而來，落入重圍，該如何是好？

沉暗的天色突地一亮，隨即「轟隆」一聲，眾人抬頭相望，天空大雨傾盆而下，竟是觸膚生痛，視物不清。

成縕袍招呼眾人圈子往內收回，然而人心渙散，眾人的腳步雖是退後，卻是參差不齊。林中有拔箭之聲，無數黑黝黝的箭尖在雨中指向退到一處的眾人。文秀師太、董狐筆等人所領的人馬雖然眾多，但一無庇護，暴露在大雨和箭矢之中，一旦弓弦響動，死傷必定慘重。剎那間武功較高的成縕袍、天尋子、鴻門劍、文秀師太、大成禪師等紛紛搶到周邊，準備接箭。

但樹林裡並不發箭，包圍圈很緊實，大雨模糊了眾人的視線，看不清究竟有多少人，麗人居二樓的燈光在風雨中顯得昏黃朦朧，搖曳不已。眾人全身濕透，均感寒冷異常，南方的冬天，雨水雖不結冰，卻是凍入骨髓。

董狐筆首先沉不足氣，怪叫一聲，「大夥一起衝出去算了，他媽的天寒地凍，不冷死也——」

他一句話尚未說完，麗人居中突地傳出麻辣毛肚那誘人以及妙不可言的香氣，「哇」的低呼聲起，不少年紀尚輕的門人饞涎欲滴，蠢蠢欲動，耳聽董狐筆叫道「衝出去」，有幾人拔起刀劍，往外衝去。

「且慢！」成縕袍冷聲喝道，與文秀師太一起將那幾人拉了回來，「冷靜！沉住氣！此時動手太過不利。大家在圈子中間掘土，挖一個大坑，眾人躲在裡面，把泥土推到外面來堆高擋箭！」

他一聲喝令，倒也起了作用，腳步邁出去的幾人又縮了回來，武功較高的人周邊擋箭，武功較弱的人奮力據土，很快地上便被眾人挖出一個大洞，外頭亂箭若射來，躲在洞內已可大大減少死傷。文秀師太、天尋子、鴻門劍等人均覺成縕袍應變敏捷，心下贊許。慌亂中的江湖群雄也有所安撫，較為鎮定。但成縕袍心中卻是憂慮至極，此地毫無遮攔，又無食水，團團包圍的局面十分不利，若是等待雨停衝殺出去，死傷必定不少。而居高臨下的風流店等人不知心懷何等詭計，若是有人被擒，牽連必定不少。

「素素，下面的人在挖坑了。」二樓眉開眼笑吃著毛肚的撫翠笑嘻嘻地道：「多大的一個坑，說不定可以埋下幾百具屍骨。」

白素車站在那裡淡淡地看，「只要東公主出手幾掌，就如風捲落葉，那群螻蟻將死大半。」

撫翠連連搖頭，「鬼主還沒來呢，讓那群死士拿著箭圍著，也不知道幹什麼，要殺就早點殺，讓我等著等著，想殺人的心情都沒了。」

「他莫約是遇到了要緊的事。」白素車目不轉睛地看著外邊黝黑的天色和大雨，「你不覺得現在這種天氣，雖然圈子裡的人衝不出來，但有誰自外面靠近這裡，我們也看不出來嗎？」

撫翠哈哈大笑，「妳想說也許會有變？」

白素車淡淡地道：「我只是想……今日這等大事，難道唐儷辭真的不來嗎？」

聽聞「唐儷辭」三字，撫翠的臉色變了變，一直不語的黑衣人突地冷冷地道：「鬼主來了。」

只見風雨中一道黑影如鬼魅般自麗人居後的山谷中升起，轉眼間飄入二樓雅座，而未發半點聲息。白素車、撫翠、黑衣人及一干下屬一齊向來人行禮，這人黑衣繡花，正是鬼牡丹。

「鬼主怎地如此之晚？」撫翠笑了笑，「剛才是誰在下邊搗亂，燒了許多帳篷？」

鬼牡丹陰森森地道：「方平齋。」

撫翠頗為意外，「真是見鬼了，他為什麼要和你過不去？」

鬼牡丹抬手，「六弟這人重情義，他來找人那是意料中事，放心，對他我另有打算。」他略略瞟了樓下的眾人一眼，「底下誰在主持？」

「看起來是成縕袍和文秀老尼姑撐住場面，董狐筆之流早已按耐不住。」撫翠笑嘻嘻地道：「鬼主若要我等殺人，我跳下去就殺那老尼姑。」

鬼牡丹自懷中抖出一物，「來的這幾百人，我只要各派領頭人物，我要生擒，不要你殺人。」

他抖出的是一張人皮，白素車觸目所見，微微一震，「這是——」

「這是柳眼的人皮。」鬼牡丹仰天大笑，「哈哈哈哈，底下的人聽著，柳眼已入我手，九心丸的解藥也在我手上，他的人皮在我手上，有誰不信？」

江湖群豪面面相覷，面上都流露出驚駭莫名的神色，解藥被風流店所得，那大家要如何是好？

只聽鬼牡丹陰森森地道：「我知道你們各門各派都有人需解藥救命，這樣吧，各派掌門自廢武功隨我走，一年之後毒發之期，我如期向各門各派送發解藥，絕無虛言，這樣可好？」

「胡說八道！」文秀師太怒道：「我峨眉弟子就算毒發身亡，也絕不受你妖人要脅！」

鬼牡丹尖聲怪笑，「哈哈哈，妳文秀師太怕死，就能犧牲門下弟子性命？我請妳做我座上賓客，待以上賓之禮，妳隨我走絕不會死也絕無痛苦，但妳門下弟子因妳不受要脅，就要受那渾身長斑、全身痛癢而後全身潰爛爛得只剩下骨頭的痛苦嗎？妳有種就服下九心丸，陪妳弟子一起受苦而死，否則就不要在這裡做出那道貌岸然的模樣說妳峨眉的氣節。」

文秀師太勃然大怒，拔出劍來，然而樓上高手雲集，鬼牡丹所說並非毫無道理，一時難以反駁，她又非能言善辯之輩，頓時語塞。要她服下九心丸帶領弟子退走未免不值，而要她為虛無縹緲的解藥之約自廢武功隨鬼牡丹而去，更是匪夷所思；但話說到這份上，她若掉頭就走，確也難逃不顧門下弟子死活之嫌。眾人面面相覷，中毒在身的人滿臉期盼，各派掌門眉頭深鎖，都知陷入了進退兩難的局面。

「如何？各位深得弟子敬仰、名滿天下、虛懷若谷、正氣凌然的江湖俠客，你們的決定如何？你們的真面目是怎麼樣的？今天就讓大家一起看一下，看一下是我風流店惡毒，還是你江湖白道的嘴臉難看？」鬼牡丹囂張至極的狂笑自大雨中傳來，越是模糊就越顯得猙獰刺耳，夜裡星月無光，風雲急變，天地間宛若只剩下一張龐大的鬼網、一隻強大得難以戰勝的鬼王在狂笑，他每笑一聲，雨就似下得更大、夜就似更黑，永遠不會天明一般。

「拿到一張不知是真是假的人皮面具，就能證明你抓到了柳眼嗎？」嘩啦啦傾盆大雨之中，有人的聲音穿越雨水和密林遙遙而來，聲音依然秀雅溫和，彷彿只是面對面在說話，連每個字最後的餘韻都能讓人分辨得清清楚楚。

文秀師太一怔，驀地脫口而出，「唐儷辭……」圍成一圈正在挖坑的眾人一起站了起來，其實文秀師太未曾見過唐儷辭一面，但在如今情形之下，有人說出這麼一句話，她不假思索就認定那是唐儷辭。

除了唐儷辭，無人能說這樣的話，以這樣的語氣，在這樣的雨夜裡。成縕袍又驚又喜，極力往密林中眺望，然而黑夜之中什麼也瞧不見，只有耀花人眼的大雨反射著麗人居的燈光，唐儷辭不知在何處。但他怎會突然出現呢？他不是留在好雲山和桃姑娘商討大事？桃姑娘呢？她怎會沒來？

鬼牡丹聞聲已經大笑起來，「閣下居然能及時趕到，我真是佩服、佩服！只不過——聽閣下方才的口吻，是說我沒有抓到柳眼，難道是你抓到柳眼了嗎？哈哈哈哈……」

風雨之中，有人含笑回答，「你和我誰也沒有抓到柳眼。」

鬼牡丹一怔，眾人紛紛往聲音的來路望去，心馳神往，只盼唐儷辭所說的每一句都是真的。就在眾人目光之中，一人的身影自密林中某處飄然而出，一身白衣猶如仙染雲渡，臨空攝步般橫空掠過，輕輕落在成縕袍身前，瓢潑般的大雨對他彷彿沒有任何影響，一頭銀灰色的長髮在雨中閃爍生輝，正是唐儷辭。

不知是誰發出一聲低呼，人人都不知不覺長長地吁出一口氣，唐儷辭右手握著一柄收起的白色油傘，左手裡拿著一塊白布，神色甚和，「一闕陰陽鬼牡丹，你我誰也沒有抓到柳眼，何必拿解藥之事欺人？你很清楚，你沒有解藥、我也沒有解藥，有解藥的只有柳眼，而他留下人皮與書信，已經離開。你不過得了張人皮，我不過得了張書信，僅此而已。」

此言一出，麗人居裡風流店幾人神色一變，江湖群豪議論紛紛，文秀師太等江湖高人卻是鬆了口氣，圍在唐儷辭身邊，低聲問他是怎麼一回事？

唐儷辭揚起他手裡的那塊白布，那布上正是寫著柳眼的那幾句話，眾人傳閱下去，雖對柳眼突然要「以招換藥」頗為不解，但卻鬆了口氣。

柳眼無意以解藥控制何門何派，他只是要絕世武功。

如果武功能換取人命，那絕代的劍招、拳法還是有所價值的。

麗人居上，鬼牡丹的訝異更勝於憤怒，他方才將雪線子押下命余泣鳳看管，而柳眼必定就在左近，紅蟬娘子和一干妖魂死士帶著十條土狗沿著雪線子的來路追蹤，必定能抓到柳眼。但這張寫有柳眼筆墨的白布怎麼會突然到了唐儷辭手上，難道雪線子和余泣鳳竟然落入唐儷辭手中？而唐儷辭又怎會知道自己其實並沒有抓到柳眼？

這十里方圓遍布自己的人馬，唐儷辭是怎麼突然出現的？然而唐儷辭的確就在眼前，而他手上所拿的，的確就是不久之前自己才親眼看過的那塊白布。鬼牡丹揮了揮衣袖，白素車領命退下，過了片刻，她重新登上麗人居，低聲在鬼牡丹耳邊說了幾句話。

唐儷辭站在成縕袍身前，自袖中取出一個白色小袋，這袋子材質非絲非革，通體潔白柔軟，甚是奇特。成縕袍接過白色小袋，打開袋口，裡面是數十粒珍珠模樣的藥丸，略略一嗅，陣陣幽雅的清香飄散，不知是什麼東西，「這是？」

唐儷辭撐開白色油傘，擋住雨水，「這是茯苓散，雖然是療傷之藥，也可充饑。」

成縕袍大喜，當下將這數十顆藥丸分發給數十位體質較弱、武功又不高的弟子門人。詢問起唐儷辭從何而來，又如何知道眾人被困麗人居？唐儷辭目光流轉，盡是含笑不語，卻說桃姑娘身體不適，故而今日不能前來。

成縕袍和董狐筆面面相覷，西方桃武功不弱，怎會突然身體不適？

唐儷辭並不解釋，壓低聲音道：「待雨勢略停，大家往西北方衝去，西北的箭陣留有死角，身法快的人筆直向前衝，自認不懼暗箭的人兩邊護持。往前衝的時候兩人並排，之後依次列隊，連綿不絕往西北角突破。你往下傳話，我們不停留不斷開，不能給人從中截斷的機會，誰不聽號令我就先殺誰。」

成縕袍吃了一驚，雨勢漸停，麗人居朦朧的燈光下，唐儷辭的眼中光彩流轉，說不上是喜是怒，唇角微抿，並沒有笑，卻有一股說不出的妖氣。他低聲傳令，對文秀師太、大成禪師、天尋子等人一個一個傳話過去，各掌門面面相覷，只見唐儷辭撐傘而立，雖是站得極近，卻又似站得說不出的遠，能遺世而獨立似的。各掌門沉吟半晌，均傳令門內弟子準備列隊，往西北角衝去，嚴令不得擅自行動。

二樓看下，只見唐儷辭頭頂的白色油傘微微晃動，他和成縕袍說了什麼卻聽不見也看不見。鬼牡丹剛剛聽聞白素車所言，心中又驚又怒，突然被他困在包圍圈中的眾人齊齊發出一聲大喝，其聲如龍嘯虎吟，隨即兩人身法如電，直往西北角撲去，其後眾人如影隨形，如一道白虹剎那貫穿黑色箭陣！

「放箭！」撫翠振聲疾呼，幾乎同時，箭陣弓弦聲響，成千上萬的黑色暗箭向突圍的眾人射去。唐儷辭白傘晃動，真力沛發，擋住大部暗箭，成縕袍長劍揮舞，文秀師太拂塵揚動，各大高手齊力施為，將來箭一一接下。西北角卻沒有射出半支暗箭，眾人並肩闖陣，穿過箭陣之後才知西北角的箭手僵立不動，早已死去，這些人顯然是在毫無知覺的情況下被唐儷辭所殺，眾人越過一處，心裡便駭然一分。

黑影閃動，麗人居上眾人眼見情勢驟變，鬼牡丹提起撫翠方才據案大嚼的那張桌子往樓下摔去，各人方才醒悟，紛紛發出暗器往唐儷辭幾人身上招呼。唐儷辭等人身陷箭陣之中，鬼牡丹幾人若是跳入其中，不免也受箭陣之害。唐儷辭白傘揮舞，一一招架，忽而撇開白傘，對樓上微微一笑。

撫翠「哎呀」一聲，鬼牡丹勃然大怒，他這一笑，分明是挑釁，只氣得鬼牡丹渾身發抖，一聲大喝，「碰」的一聲大響，麗人居二樓欄杆突然崩塌，卻是鬼牡丹一掌拍在上面，幾乎拆了一層樓。

成縕袍一面為眾人擋箭，一面正要開口問他怎能知道眾人受困於此，幾時來救？又想問他如何得到柳眼那塊書信？突地火光燃起，只見麗人居後烈火熊熊，和飄零的細雨相應成奇觀，濃煙沖天而起，烈火騰空之聲隱約可聞，他駭然看著唐儷辭，「你做了什麼？」

唐儷辭晃動那柄白傘，那柄單薄已極的油傘在他手中點打擋撥，輕盈飄逸，用以擋箭比成縕袍手中長劍要有威力得多，聞言微微一笑，「我放了一把火。」

成縕袍聞言更是一肚子迷惑，唐儷辭分明一直在此，那把谷底的大火，尤其是大雨之中的大火是如何放起來的？

鬼牡丹一掌拍塌麗人居半邊欄杆，勉強按壓下盛怒的心情，低聲喝道：「走！」今日已然不可能達成目的，不如退走，能生擒雪線子也不枉一場心機，但唐儷辭此人如此狡猾可惡，他日非殺此人不可！他率眾自二樓退走，撫翠一聲口哨穿破黑暗的雨夜，林中箭手紛紛停手，悄悄隱入樹林中退去。

突然之間，風流店退得乾乾淨淨。狼狽不堪的一干人總算鬆了口氣，數百人將唐儷辭團團圍住，七嘴八舌地問他到底是怎麼來的、又是怎麼得知鬼牡丹沒有抓到柳眼、又怎樣無聲無息殺了西北角的箭手、又是怎樣放火？唐儷辭的目光從眾人臉上一一掠過，一直看到阿誰臉上，阿誰和玉團兒站得遠遠的，站在眾人最末。他看著阿誰微微一笑，阿誰本想對他回以微笑，卻終是未能微笑出來。

玉團兒卻好奇地看著唐儷辭，低聲不住地問阿誰他是誰？

第三十五章　郎魂何處

雨勢漸止，眾人走到麗人居後觀望火勢，只見黑夜之中烈火熊熊，火焰幾乎燒去了半邊山谷，底下原本有的帳篷、樹木，甚至遺棄的兵器都被燒得面目全非。文秀師太和大成禪師相顧駭然，這絕不是尋常大火所能燒及的溫度，唐儷辭究竟是怎樣放的火？

成縕袍眉頭緊皺，低聲詢問唐儷辭如何能及時趕到？

唐儷辭望著大火，眸色流麗，淺笑旋然。

他從好雲山下來，一路往焦玉鎮趕來，也是撞見鬼牡丹的妖魂死士，他早早挾走一名死士，換上黑衣，藏匿鬼牡丹旗下。方平齋大鬧死士陣他自然是瞧見了，而雪線子帶著柳眼偷偷摸摸自樹林後溜下來，擒走兩個死士，換上衣服鑽進帳篷，他也瞧在眼裡。雪線子帶著人皮和書信離開柳眼，被鬼牡丹三人截住，束手就擒，他就站在不遠之處。之後鬼牡丹命紅蟬娘子帶狗尋覓柳眼，他便跟上余泣鳳，伺機救人。唐儷辭的武功自是在余泣鳳之上，但要在短短片刻間擊敗余泣鳳卻也不易，剎那偷襲，只是奪了余泣鳳手中那方書信，未能救人。余泣鳳卻不出劍反擊，而是抓起雪線子飛快鑽入地窖。唐儷辭權衡輕重，放棄雪線子，回頭追上紅蟬娘子。然而紅蟬娘子帶狗尋到柳眼所在的帳篷，裡面躺著五人，柳眼卻已不翼而飛，不知去向了。

成縕袍聽他說到此處，忍不住問為何雪線子會相助柳眼這等惡魔？

唐儷辭神色溫和，「雪線子前輩尋得柳眼下落，應是想將他帶到此處交予各位處置，但遭遇風流店大軍攔截，我想他寧可讓柳眼脫逃，也不願讓他落入風流店手中，所以以身相代。」

成縕袍肅然起敬，緩緩地道：「雪線子不愧是雪線子，我等豈能讓他落入魔爪？余泣鳳究竟把他帶到哪裡去了？」

唐儷辭手持白傘走到山坡的邊緣，雨水霰得銀髮上皆是水珠，「風流店善於設伏，與其衝入地窖中救人，不如打草驚蛇。火燒得如此劇烈，我想他們已經把雪線子帶走了。」

「這把火是誰放的？」文秀師太目望火海，「是你放的麼？」

唐儷辭對文秀師太行了一禮，微微一笑，「正是。」

文秀師太露出狐疑之色，「你是怎麼放的？」

唐儷辭目望山谷，眼色幽暗，並無悲憫之色，「鬼牡丹在此紮營有一段時日，仗著這裡是山谷的凹處，四周密林叢生，不易發現。在帳篷之中存有糧草，方才有人闖過帳篷陣，攪亂了戰局，毀了不少帳篷，露出油桶、酒桶等物。我等到天黑大雨之際將菜油和烈酒潑在地上，因為滿地是水，夜色深沉，那些妖魂死士又多已去到樹林將你等圍住，所以無人發現。」

「然後呢？」文秀師太問道：「你如何引火？」

唐儷辭微微一笑，自懷裡取出一物，那是一塊近似銀灰色的小石頭，他手腕一翻，拔出小桃紅，將那礦石薄薄的削去一層，然後擲在地上。只聽「碰」的一聲響，一團白色火光驟然升起，伴隨輕微的爆炸之聲，眾人紛紛閃避，駭然見那小小石塊在地上的水坑裡劇烈燃燒，瞬間將地上的岩石燒得變了色！

「這是……這是何物？」文秀師太從未見過有東西竟能遇水起火，各人面面相覷，看唐儷辭的眼神越發駭然，只見他微笑道：「我叫人往外衝的時候，背手向山谷下射出一塊礦石，礦石落地時劇烈摩擦，遇水起火，點燃菜油，僅此而已。」

文秀師太苦笑一聲，「於是鬼牡丹眼見陣地被燒，以為你在谷底還有伏兵，倉促離去。」

唐儷辭頷首，神色很淡，他自不會因為放火這事而自得，但在被困麗人居前的這一干人等眼裡，唐儷辭已是有神鬼莫測之能，威望之高遠勝不見蹤影的西方桃。

過了片刻，文秀師太首先帶領峨眉弟子告辭離去，既然柳眼留下書信要以招換藥，她就帶領弟子潛心修行，等到約定日期一到，當即前往絕凌頂雪鷹居。各門派懷著對唐儷辭的感恩之情緩緩散去。成縕袍終於有空詢問唐儷辭近日究竟去了何處？

唐儷辭只道他前往汴京略略受了傷，靜養了一段時間，慧淨山明月樓的事一句不提。

成縕袍不再問下去，心情略平，長長地吁出一口氣，「你回來便好。」

唐儷辭知他話中有話，眼神略略一瞟，成縕袍微微點頭，兩人心照不宣。

董狐筆哼了一聲，拍了拍唐儷辭的肩頭，「小唐，我們倆個不是傻子，但不保證滿江湖都不是傻子，為什麼今晚我們倆個會在這裡，是天知地知你知我知。」

唐儷辭神色甚和，微微一笑，「既然脫險，大家也都疲乏了，儘快找個地方打尖休息吧。」

當下一群人略略收拾，往山外行去。

柳眼靜靜地坐在帳篷裡發呆，一直到帳篷簾子突然被人撩起，一人黃衣紅扇，大搖大擺地走了進來，扇子一揮，「你果然在此果然又在發呆果然又是一張很想被外面山石砸死的臉，嗯……師父——你真是滿地亂跑，讓徒兒踏遍天涯海角也難找啊！幸好我聰明，覺得你不可能跑到外面山頭去送死，結果證明我是對的。」

柳眼怔怔地看著在眼前揮舞的紅扇，過了好一會兒，他微微張了張嘴，卻不知該說什麼。

他從不曾信任方平齋。

而方平齋救了他幾次。

「哎呀，師父你不必眼角含淚，我知道徒弟我忠君愛國尊師重道，並且又聰明智慧世上少有，但這些是我天生所有，你不必感激到要哭的地步。我心裡清楚師父你心腸溫柔為人善良，對我雖然不好，但……」方平齋搖著紅扇對著柳眼嘮嘮叨叨，突地一呆，只見柳眼眼眶微紅，他本是胡說八道，卻差點真的把柳眼說哭了，頓時又是「哎呀」一聲。

兩人都未再說話，柳眼並不看方平齋，方平齋繞著他轉了幾圈，轉開話題，「師父，此地非久留之地，我們先離開這裡，再敘舊情如何？」柳眼微微點頭，方平齋將他背在背上，自帳篷後竄了出去，鑽入密林之中。

「團兒呢？」柳眼低聲問。

方平齋道：「哦！你不先問你那位意中人貌美如花溫柔體貼誰見誰倒楣不見還牽腸掛肚的阿誰姑娘嗎？」

柳眼默然，過了一會兒又問：「團兒呢？」

方平齋搖了搖頭，「你啊——真的很像養了女兒，我那位師姑大人很好，和你的意中人她現在的情敵未來的後媽在一起，最不可思議的是她們居然相處得很好，我師姑的性格真是不錯。她們在麗人居外面，你的意中人膽子不小，竟然從風流店手中救了林大公子，目前他們都和中原劍會那票人在一起，我本要趕去會合，但上面既然高手如雲，多我一個不多，少我一個也不少，去了沒意義。」

柳眼又沉默了，得知玉團兒和阿誰沒事，他不想再說任何一句話。阿誰救了林逋，他並不覺得奇怪，她就是那樣的女子，她能成大事，但……但就是不幸福。

方平齋背著他奔出去十來里地，那些土狗不可能再追來了，突然又問：「我只有一個問題，我與你，究竟要到哪裡去？」

「我要找一個無人打擾的地方，煉製九心丸的解藥。」柳眼的聲音很低沉，充滿了他特有的陰鬱氣息，然而語調很堅定。

方平齋低低地笑了一聲，這一次他沒有長篇大論，「師父，把師姑找回來吧。」

柳眼不答，方平齋又道：「或者，把阿誰姑娘與鳳鳳一起找回來。」

柳眼仍是不答，方平齋繼續道：「我覺得——有她們在你身邊，你才會安心。」

柳眼微微一震，他自己並沒有意識到，但方平齋說得不錯，有玉團兒和阿誰在身邊，他才會安心。

他才能煉藥。

他始終需要某些人在身邊，不斷的提醒他「應該」做什麼，否則他就會越做越茫然，失去方向……他不夠強他從來都不夠強。

他從來不是唐儷辭那樣的人。

阿儷撐不住自己的心，卻能撐起天下。

而他既撐不住自己的心，也撐不住從這天下跌落下來的任何一根稻草。

他只是柳眼，剝去一張美麗的面皮，他什麼都不是。

阿誰跟著撤離麗人居的人馬緩緩地走著，唐儷辭自從看她一眼之後，未曾和她說過半句話。

鳳鳳對著唐儷辭的背影揮著手臂，不住地叫「妞妞」，阿誰將他摟在懷裡，不讓他去看唐儷辭。

玉團兒聽阿誰說這位就是江湖上鼎鼎大名的唐公子，對著唐儷辭的背影看了幾眼，卻道：「他剛才來過了，是不是這個唐公子來了就把他嚇跑了？」她所指的「他」當然是柳眼。

「不是。」阿誰道：「方公子和我們約了在麗人居見面，卻也沒來，我想他不是遇上了變故就是帶走了柳眼。否則以他殘廢之身，如何能自千軍萬馬中脫逃？所以別擔心，不怕的。」

玉團兒悄聲說，「那我們就不要跟著唐公子走了，我們去找方平齋。」

阿誰點了點頭，「等天一亮，我們將林公子送上官道，然後就去找方平齋。」

玉團兒「哎呀」一聲，「我把林逋給忘了。」

阿誰微微一笑，抬手掠住微飄的亂髮，「林公子是個好人。」

林逋原本被人如護小雞一般簇擁在人群之中，現在敵人已去，又沒人知道他是誰，漸漸的中原劍會的劍手也不再看著他，慢慢就落在後頭。這書生遭遇一場大難，也不驚懼，深夜走在荒山野嶺的小道上，神態坦然，目光顧盼之間一如覽閱林間景致。

玉團兒瞧了他幾眼，招手叫道：「林逋。」

林逋走了過來，玉團兒對著他笑，「你被誰抓了？怎麼會被吊在上面？」

林逋對她行了一禮，「自從妳們離開之後，我也離開書眉居往西北而行，半路上被一個衣著古怪的黑衣人所擒，一路關在馬車的鐵牢之中，運到此處。」

玉團兒看著他手腕上繩索的勒痕，「你一定難受死了，天亮就快回去吧，如果前面那群人不理你，阿誰姐姐和我帶你去找路。」

林逋啞然失笑，「怎好讓二位姑娘為我操心？林逋不才，雖然落魄，卻尚能自理。」

他往西北而去本就為了遊覽山水，突然被擒到南方，卻也能欣賞不一樣的冬季景色。

阿誰對他行了一禮，「先生豁達，不同尋常。」

林逋搖頭，「林逋不過輕狂書生，姑娘謬贊了。」微微一頓，他緩緩地道：「和我一同被關在鐵牢裡的，還有另外一個男子，我不過被囚，他卻是遍體鱗傷。二位姑娘如果練有異術，不知能否前去救援？」

玉團兒奇道：「什麼男子？」

「一個……」林逋臉色略有尷尬，「不穿衣服的男子，渾身布滿傷痕，臉上刺有一個形如紅蛇的印記。」

玉團兒睜大眼睛，「是一個圈的紅蛇嗎？就像這樣的……」她伸指在空中劃了個圈，林逋點頭，「正是。」

玉團兒「哎呀」一聲，「是沈大哥，是沈大哥啊！」

阿誰奇道：「沈大哥是誰？」

玉團兒便把在林中遇到沈朗魂和柳眼之事說了一遍，阿誰跺了跺腳，「這事必須馬上告訴唐公子，沈郎魂現在只怕和雪線子前輩一起，被風流店的人帶走了。」

她本想天亮就走，也無意向唐儷辭辭行，現在卻是把鳳鳳遞給玉團兒，快步趕上，匆匆追向走在前頭的唐儷辭。

唐儷辭的腳步停下，她尚未走到他身後，他已回過身來。成縕袍跟著回頭，眼見阿誰匆匆趕來，「唐……唐公子！」

唐儷辭唇角微勾，自他說出那句「高雅的嫖娼」之後，他們幾乎沒再說過任何話，見她急急向自己奔來，他便對她笑了一笑。

她要說的那句話頓住了，唐儷辭這一笑的意味……是在笑她那微薄的幾乎所剩無幾的骨氣，在笑她那些毫無根基的尊嚴，無論是為了什麼——她現在會、將來也會不斷的向他求助、求救、求援……而他將以神的姿態，滿足她所有的祈求。

這便是能讓唐儷辭愉悅的遊戲。

阿誰的唇齒有瞬間的僵硬，卻仍是把話說了出來，「唐公子，沈郎魂也在風流店手裡，他被關在鐵牢之中，和林公子一起，可能受了重傷。」

唐儷辭眉尖微揚，成縕袍冷冷地道：「他沒有殺柳眼，果然是遇上了強敵，此人身為殺手，收錢買命，落入風流店手中未必是委屈了他。」

他嫉惡如仇，沈郎魂之流一向不入他眼內，見面之時他未拔劍相向已是客氣，而後沈郎魂劫走柳眼，造成江湖隱患，成縕袍更是極為不滿，聽聞他被囚風流店，心下實在痛快。阿誰雖然並不識得沈郎魂，卻知他是唐儷辭的朋友，並且柳眼於他有殺妻之仇，他卻沒有殺柳眼，對玉團兒也頗友好，內心之中已把沈郎魂當作朋友，見成縕袍冷眼以對，心下甚是焦慮。

唐儷辭微微一笑，「沈郎魂之事我會處理，姑娘好意，唐某心領了。」

阿誰再也接不下話，唐儷辭和成縕袍再度前行，他們都不回頭看她。

玉團兒從後面追了上來，「阿誰姐姐，唐公子什麼時候去救沈大哥？」

阿誰搖了搖頭，抱回鳳鳳，她很想微笑以表示自己並不失望，但始終微笑不出來，「我不知道。」她輕聲道：「唐公子說他會處理，我不知道他會不會去救人。」

玉團兒奇道：「他為什麼不現在去救沈大哥？沈大哥很危險啊！」

阿誰又搖了搖頭，「唐公子必須把我們這群人帶到安全的地方，他才能脫身去做其他的事，所以不可能現在去救人。」

玉團兒拉住她的手，悄悄地道：「那我們自己去救人吧！」

阿誰仍是搖頭，就憑她們兩個女子要追蹤風流店都很困難，何況救人？

「我們如果擅自離開，再落入敵人手中，只會給唐公子帶來更大的麻煩，我想……」她輕聲道：「我想我們該相信他會去救人。」

玉團兒詫異地看著她，阿誰的臉色看來很蒼白，「阿誰姐姐，唐公子是不是讓妳很失望？」

阿誰怔怔地看著她，她不知道如何回答。

玉團兒又問：「妳很喜歡唐公子嗎？」

阿誰搖了搖頭，輕聲道：「唐公子……是我的恩人。」

玉團兒哼了一聲，她本來想說她騙人，但是看見阿誰微紅的眼眶，她好奇起來，又問：「他以前對妳很好嗎？為什麼妳要求他去救沈大哥？」

阿誰微笑，「他一直都對我很好。妳也看見了，唐公子武功智謀都是上上之選，不求他求誰呢？」

玉團兒又哼了一聲，「妳笨死了，他哪有對妳很好？妳幹嘛老是要說他很好？妳明明覺得他不好。」

阿誰的唇色又蒼白了三分，「我……」

玉團兒卻不理她了，招手對林逋說，「快點快點，你再慢慢走過會兒跟不上了！」

「嗯……」鳳鳳伸手捏住她的臉，臉頰在她身上蹭啊蹭的，「妞妞！咿唔……嗚嗚……」

阿誰緊緊摟著鳳鳳，如果沒有懷裡這個溫暖的氣息，聽到玉團兒那幾句問話，她真的會傷心吧……她不能喜歡唐儷辭，他只是一直在進行一個讓他愉悅的遊戲，施恩給她、要她死心塌地的愛上他、為他生為他死，而他喜歡的不是她的感情，而是遊戲勝利的愉悅，證明他無所不能。

她不愛像唐儷辭這樣的男子，從來都不愛。她會感激他施予的恩情、能理解一個沒有知音的英雄需要一種取悅心靈的方法，她會努力說服自己不去害怕和逃避他，但不愛他。

可是……讓她發抖的是……為什麼自己總是會感到失望呢？

唐儷辭就是這樣的人，他不會改變。她明明很清楚，但為什麼總是一而再再而三的覺得失望……這種感覺讓她發抖，彷彿靈魂有不屬於她的意識，無聲無息叛離了軀體，而她不知道它將去向何處。

天色漸明，中原劍會一行已經走出焦玉鎮，到了旺縣。眾人到旺縣一處客棧打尖休息，阿誰、玉團兒、林逋三人坐一桌子，唐儷辭為眾人所點的菜肴都是相同的，唯有她們這一桌多了一份薑母鴨。南方冬季氣候寒凍，薑母鴨驅濕去寒，對不會武功之人頗有益處。阿誰持筷慢慢吃著，心中百味雜陳，玉團兒和林逋卻談談說說，意氣風發。

吃過酒菜，成縕袍和董狐筆向唐儷辭告辭，他們要帶領人馬返回好雲山。唐儷辭不知他們談了什麼，並沒有走，仍舊坐在椅上，支頷望菜，神色一派安靜。

玉團兒拉拉阿誰的衣袖，低聲問：「他在幹什麼？」

阿誰搖了搖頭，鳳鳳突然「哇」的一聲哭了起來，大喊大叫，「妞妞……妞妞妞妞……抱抱抱抱抱……」他對著唐儷辭揮舞雙手，粉嫩的小臉上滿是淚痕，一路上他對著唐儷辭的背影咿唔咿唔說了不知多少話，卻沒得到半點回應，小小的心裡不知有多少不滿，不知道為什麼唐儷辭不理他。

阿誰低聲哄著，鳳鳳一聲一聲哽咽地哭著，「咳咳咳咳……」

唐儷辭支頜望菜，便是一動不動，鳳鳳哭著哭著，哭到整個頭埋進阿誰懷裡，再也不出來了。

阿誰緊緊抱著鳳鳳，玉團兒向唐儷辭瞪了一眼，「喂！你聾了嗎？為什麼不理人？」

唐儷辭抬目向她望了一眼，微微一笑，「三位吃飽了嗎？」

玉團兒哼了一聲，「不要以為你請客就很了不起，我們自己也是有銀子的，你壞死了，聽小孩子這樣哭也當作沒聽見，壞死了！很……」她想了一想，重重的強調，「很壞很壞！」

阿誰沒有說一句話，唐儷辭總是變幻莫測，不能說他對人不好，但……但他的「好」總和想像完全不同，鳳鳳想他，他視而不見，她並不奇怪。模模糊糊的有一個想法，她在這一瞬間近乎荒謬的想到，也許他不理誰並不表示他不在乎誰，就像他對誰好並不一定表示他在乎誰一樣。

他喜歡讓人捉摸不透，他喜歡別人為他傷心。

他就是那樣，誰也不能改變他、誰也無力改變他，因為他太強了。

「林公子，」唐儷辭並沒有把玉團兒那些「很壞很壞」當作一回事，語氣溫和，「你在何處遇見面刺紅蛇的男子？」

林逋站了起來，走過去與唐儷辭同桌坐下，「一輛白色的馬車之中，馬車中有一個巨大的鐵籠。」

唐儷辭眸色流轉，「那輛白色的馬車有特別之處麼？」

林逋沉吟片刻，「馬車懸掛白幔，車內沒有座位，只有一個巨大的鐵籠，裡面關著不穿衣服的男人。除了鐵籠之外，馬車裡有一股怪異的氣味，好像是曾經養過什麼動物。」

唐儷辭道：「那就是白素車的馬車了，馬車裡曾經養過蒲馗聖驅使的許多毒蛇。」

阿誰眼睫微揚，突然抬起頭來，「白姑娘的馬車由兩匹駿馬拉車，那兩匹駿馬都是西域來的名馬，白姑娘愛惜名馬，那兩匹馬的馬蹄鐵刻有特殊的印記，踏在地上前緣有一排細細的花紋。現在是大雨過後，如果追蹤蹄印，也許可以尋到那輛車。」

「姑娘總是很細心。」唐儷辭柔聲道：「如果這輛馬車曾經把林公子運到下面的山谷之中，那昨夜大火燒起的時候，它必然離去，只要到火場找尋蹄印就可以追蹤它的下落……呃……」他說了一半，伸手捂口，眉心微蹙，忍耐了好一會兒，「從荷縣那山谷出去的路只有一條……」

玉團兒看著他的臉色，奇怪地問：「你受傷了嗎？」

阿誰的目光終是落在他身上，唐儷辭的臉色總是姣好，臉頰從來都是暈紅的，但今日看來紅暈之中隱約透著一抹微黃，「你……」她終是成功的微微一笑，「你怎麼了？」

「從荷縣出去的路只有一條，而且很少有人走，馬車不可能翻山越嶺，我們一定追得上。」唐儷辭也對她微笑，「走吧。」他從椅子上站了起來，左手扶住桌面，右手捂口，彎腰忍耐了一會，方才站直起來，飄然向外走去。

玉團兒指著他的背影，張口結舌，「喂！你是不是真的有毛病？你要是生病了怎麼救人啊？喂！」她追上去一把抓住唐儷辭的手，把他扯住，「阿誰姐姐很關心你的，你要是生病了為什麼不給人家說啊？」

唐儷辭並沒有掙脫她，上下看了她一眼，那眼神很漠然，但他的表情卻是溫和微笑，「我沒有生病。」

玉團兒沒想到他竟會和顏悅色，倒是更加詫異了，放開他的手，「你剛才是不是想吐？」

唐儷辭微微一笑，「嗯……」

玉團兒卻是笑了起來，「我聽我娘說只有女人有孩子的時候才會老是想吐呢……你真奇怪，真的沒有生病嗎？」

唐儷辭輕咳一聲，「我想我只是有點累。」

阿誰目不轉睛地看著，唐儷辭對玉團兒很溫柔，就如對待一隻懵懂的白兔，她輕輕吁出一口氣，「唐公子，桃姑娘呢？你……」她頓了一頓，「你……」兩次停頓，她始終沒說下去。

唐儷辭卻笑了起來，右手修長的食指劃唇而過，似乎做了個噤聲的動作，他柔聲道：「桃姑娘身體不適，靜養去了。」

阿誰看著他，「我覺得桃姑娘……」她說得很輕，說了一半，沒說下去。她在風流店有數月之久，和西方桃很熟悉，西方桃反叛風流店，如今成為江湖白道不可缺少的一員，在他人看來那是西方桃忍辱負重，深明大義，但她知道她不是這種人。

唐儷辭眼角上挑，一瞬間眼角笑笑得如桃花綻放般生豔，「妳覺得桃姑娘什麼？」

阿誰遲疑了一會兒，慢慢地道：「我覺得桃姑娘……心計很深……」

唐儷辭柔聲道：「那妳覺得我如何？」

阿誰幽幽嘆了口氣，「你比桃姑娘心計更深。」

唐儷辭大笑起來，從神情秀雅到恣情狂態變化只在一瞬之間，笑聲震得屋宇嗡然震動，粉塵簌簌而下，就在粉塵四下的瞬間，他已乍然變回柔和秀雅的微笑，彷彿方才縱聲狂笑的人只是別人思緒混亂的錯覺，「她被我打下懸崖，很可惜——不會死。」

阿誰變了顏色，「你把桃姑娘打下懸崖？難道她……她當真……還是風流店的人？」

唐儷辭森然道：「她操縱柳眼製作毒藥，以蠱珠之毒害死池雲，在汴京設下殺局殺我，柳眼廢了、池雲死了，她難道不該死？」

阿誰全身一震，「但她現在是中原劍會的人，你把她打下懸崖，難道不怕天下人以你為敵？有人……有人看見了嗎？」

唐儷辭目光炯炯看著她，那目中殺氣妖氣厲耀得日月失色，他唇色愈豔，紅唇一抿，柔聲道：「我要殺人……從來不在乎別人說什麼……」

「你……你難道是一回到好雲山，就把西方桃打下懸崖？你從來不考慮後果？她……她若是傷癒，中原劍會必會因為你們分歧化為兩派，自此分崩離析……」阿誰低聲道：「唐公子你不怕江湖淪陷，毒患蔓延，千千萬萬人痛苦不堪……」

唐儷辭笑了一下，「我不是女人，不稀罕委曲求全。」

阿誰默然，他不聽任何人勸，一直以來……都是這樣。

「那個什麼桃姑娘壞死了。」玉團兒卻道：「壞人就是該死，你是怎麼把她打下懸崖的？她會不會死？」

唐儷辭微笑看她，柔聲道：「半夜三更，她在房裡更衣，我闖了進去在她後心印了一掌，她急著穿上衣裙，分心旁騖，等她把衣裙穿好，我一掌把她劈下了窗外山崖。」

玉團兒奇道：「她忙著穿衣服所以沒有施展全力？」

唐儷辭笑了起來，「嗯。」

「人都要被你打死了，還管穿不穿衣服？何況她必定是穿著中衣睡覺的，難道她睡覺的時候不穿衣服？」玉團兒徑直問：「哪有這麼奇怪的女人啊？」

唐儷辭柔聲道：「她不是怕赤身裸體被人看見，只是怕該看見的東西別人看不見而已。」

玉團兒皺起眉頭，「什麼該看見的東西？」

唐儷辭輕咳一聲，神態彷彿很含蓄，「她不是女人，他是個男人，他不是沒穿衣服，他是穿著男人的衣服。」

玉團兒「啊」的一聲笑了出來，「他不是怕沒穿衣服被人看見，他是怕沒穿女人的衣服被人看見，所以他急著穿裙子，才會被你劈下山崖。」

唐儷辭微笑道：「妳真是聰明極了。」

「『桃姑娘』原來是男人啊！」玉團兒看向阿誰，「阿誰姐姐妳不知道她是男人？」

阿誰搖了搖頭，低聲道：「桃姑娘天姿國色，絕少有人會想到他是男人。」

唐儷辭輕輕的笑，右手垂了下來，雪白的衣袖蓋過手背，「論天姿國色，沒有人比得上妳阿誰姐姐。」

玉團兒卻道：「我覺得你如果扮成女人，說不定也美得不得了。」

「唐公子，你將桃姑娘劈下山崖，她不會善罷甘休。」阿誰卻並沒有在聽他們討論西方桃穿不穿衣服的事，沉吟了一會兒，「她當真不會死？」

唐儷辭搖了搖頭，「她服用九心丸，雖然被劈下懸崖，但受的傷不會有多重。」

阿誰低聲道：「那她必定要說你有意害她，煽動信任她的人與你為敵。」

唐儷辭柔聲道：「我若是她，一定要造些事端嫁禍予我。」

阿誰皺眉咬唇不語，又聽唐儷辭柔聲道：「但我在離開好雲山的時候，先造了些事端嫁禍給她了。」

唐儷辭說他嫁禍給誰，必定難以洗刷清白，阿誰聽在耳中，不知是該慶幸唐儷辭才智出眾，或是該為他如此權謀手段而心寒畏懼，只覺天地茫茫，是是非非真真假假，都有些分不清楚。人生非常迷茫，有時候她不明白唐儷辭是怎樣找到方向，能毫不懷疑甚至不擇手段的往前走，他的信念和力量來自哪裡？他自己有沒有迷失在這些邪惡與陰謀之中？

要堅定不移的相信自己是對的，需要非常堅強的心。

唐公子……

她看著唐儷辭的方向，目光的焦點卻不知在何處，人要堅定不移的相信自己是對的，需要非常堅強的心，但……但唐儷辭之所以會說出「高雅的嫖娼」、之所以不理睬鳳鳳、之所以將西方桃打下懸崖，那都是因為他……他並不堅強。

他應該更冷靜更深沉更堅忍更狠毒更可怕，但他卻做不到……

「我開始不討厭你了。」玉團兒對唐儷辭說：「你這人很壞，但和其他的壞人不一樣。」

唐儷辭微笑，「如何不一樣？」

玉團兒道：「因為你要去救沈大哥啊。」她可沒忘記唐儷辭留下不走，就是為了救沈郎魂的。

第三十六章　白馬之牢

唐儷辭四人離開客棧，本要將林逋送上官道，讓他返家。林逋卻說什麼也不肯獨自歸去，他定要先帶著唐儷辭找到那輛關著沈郎魂的馬車。而阿誰也不能離去，只有她知道白素車那兩匹駿馬的馬蹄鐵上刻畫的是什麼花紋。既然誰也不願離去，四個人和一個嬰孩只好同行，一起來到昨夜被大火燒得面目全非的谷底。

這谷底曾有的一切都已灰飛煙滅，沙石岩壁都燒得焦黑爆裂，樹木化為焦炭，幾塊帳篷的碎布掛在焦黑的枝頭隨風輕飄，看來荒涼蕭條。從這裡離開的道路只有一條，唐儷辭將小桃紅給了玉團兒，要她護衛三人的安全，他沿著那道路往前走了一段，很快折了回來。

鳳鳳一見到他便扭頭鑽進阿誰懷裡，再也不願看他。唐儷辭眼裡就似從來沒有鳳鳳，微笑道：「前邊的路上馬蹄印太多，要找到一個清晰的蹄印恐怕很難，要花費很多時間。但路只有一條，到路的分岔口去，如果風流店的馬匹分頭走，也許可以找到線索。」

「那就到路口去吧。」玉團兒想也不想，「找到馬車就可以找到沈大哥了。」

唐儷辭柔聲道：「但是前面是山路，非常漫長的山路，要穿過密林和溪流，阿誰姑娘和林公子恐怕……」他的目光緩緩從兩人面上掠過，停在阿誰臉上，「姑娘把馬蹄的花紋畫給我看，然後我送你們回去。」

林逋當即搖頭，「跋山涉水，對我來說是常事。」

阿誰沉吟了一會兒，搖了搖頭，「也許看到痕跡，我會想起更多的線索，能幫你找到風流店現在的巢穴。我畢竟在風流店中居住數月之久，東公主、西公主，甚至余泣鳳，我都很熟悉。」

「既然如此，那這樣吧。」唐儷辭微微一笑，「玉姑娘背妳，我背林公子，這樣行動起來比較方便。」

阿誰一怔，玉團兒已拍手笑道：「不錯，這樣我們就不用等你們兩個慢慢走了。」

阿誰點了點頭，把鳳鳳用腰帶牢牢縛在背後，玉團兒將她背起，唐儷辭背起林逋，兩人展開身法，沿著林間小路縱身而去。

漫長的泥濘小路，遍布馬蹄的痕跡，也有車輪壓過的紋路，但紋路之上壓著馬蹄，馬蹄之上尚有腳印，故而根本無法區分是哪一匹馬或者哪一輛車的痕跡。從留下的印記來看，從這裡逃離的人馬不少。

追出三里多路，玉團兒已微略有些喘息，唐儷辭腳步略緩，右手托住玉團兒的後腰，扶著她往前疾奔。負人奔跑，最靠腰力，玉團兒得他一托之助，振作精神往前直奔，兩人一口氣不停，翻過一座山嶺，到達了山路的岔口。

山路的岔口處，蹄印和腳印還是往同一個地方而去，腳印少了，也許是有些自樹上飛掠的關係，而馬車的痕跡仍然清晰可辨。遍地馬蹄印中，有幾處蹄印比尋常馬匹略大，蹄印的前緣留有一縷似花非花、似草非草的紋路。阿誰對唐儷辭點了點頭，這就是白素車的馬車，那是兩匹雪白神俊的高頭大馬。

道路越來越寬敞，白素車馬匹的蹄印清晰可辨，很快這車輪和馬蹄的印記轉向另外一條岔道，與人的腳印分開，進了一處密林。唐儷辭和玉團兒穿林而入，道路上雜草甚多，已經看不清楚蹄印，但見碾壓的痕跡往裡延伸，又到一處岔口，馬蹄和車輪的印記突然向兩個方向分開，然而在往右的一處岔口的樹枝之上，掛了一絲白色絲綢的碎絮。唐儷辭微微一笑，往右而行，面前卻是下山的道路，翻過這座山嶺，眼前所見已是一座小鎮。

鎮前有個石碑，上面寫著「乘風」兩個大字，這座小鎮也許就叫做乘風鎮。

一輛懸掛白幔、由兩匹雪白大馬拉著的馬車正從一處題為「望亭山莊」的莊園門口出來，轉向東方而去。

玉團兒「哎呀」一聲，「就是這輛馬車？但是你看馬蹄跑得很輕，馬車裡肯定沒人。」

林逋從唐儷辭背後下來，「窗上掛著的紅線沒了。」

阿誰也從玉團兒背上下來，低聲問：「紅線？」

「這輛馬車窗上原來掛著一條細細的紅線。」林逋指著那馬車離去的方向，「但現在不見了。」

也許紅線便是用來標明馬車裡到底有沒有人吧？四人的目光都望向「望亭山莊」，這處模樣普通的庭院如果是風流店的據點之一，那沈郎魂很可能便在裡面。

「唐公子，你打算如何？」林逋眼望山莊，心情有些浮躁，「裡面很可能有埋伏，我看還是不易硬闖。」

唐儷辭目望山莊，極是溫雅的微笑，「我不會硬闖。」他拍了拍林逋的肩，將他推到阿誰身後，「你們三人找個地方先躲起來，不要惹事。」

玉團兒眼神一動，「我會保護他們。」

唐儷辭笑了笑，摸了摸她的頭，「妳要聽妳阿誰姐姐的話。」

玉團兒手握小桃紅的劍柄，「你要怎麼進去？」

唐儷辭自懷裡取出一枚銀色的彈丸，遞給阿誰，那是一枚煙霧彈，用力甩向地上除了會散布煙霧之外，還會炸開紅色的沖天信號，是中原劍會的急救聯絡之用。阿誰接過那枚銀色彈丸，她在好雲山上見過這東西，知曉它的用途。唐儷辭並沒有解釋這信號彈的用處，他同樣伸手撫了撫阿誰的頭，五指撫摸的時候彷彿非常溫柔，阿誰並未閃避，只是嘆了口氣，微笑著問：「你要如何進去？」

「敲門。」唐儷辭柔聲道：「我素來不是惡客。」他的右手剛從她頭上放下，卻伸入懷中又取出一物，插在阿誰髮髻上。阿誰微微一怔，玉團兒探頭來看，那是一枚銀色的髮簪，做如意之形，樣式雖然簡單，花紋卻很繁複，是非常古樸華麗的銀簪，倒和唐儷辭手腕上的「洗骨銀鐲」有三分相似，「是簪子……」她向來愛美，看見阿誰突然有這麼一支漂亮的簪子，心裡甚是羡慕。

唐儷辭柔聲道：「這支簪子名為『洗心如意』。」阿誰伸手扶住那銀簪，臉上本來含著微笑，卻是再也笑不出來。她尚未說話，唐儷辭又從衣中拿出一支小小的玉鐲，對玉團兒微笑，「這支鐲子叫做『不棄』，有情深似海、不離不棄之意。」

玉團兒接過玉鐲，戴在手上，那鐲子晶瑩通透，顏色如水，煞是好看，玉團兒高興至極，忍不住笑了出來，「好漂亮好漂亮的東西……」

唐儷辭見她高興得手舞足蹈，淺淺一笑，山風吹來，他衣髮皆飄，轉身向山下望亭山莊而去。

洗心如意簪和不棄鐲，雖然阿誰從未聽說這兩樣首飾的大名，但既然在唐儷辭懷裡，這兩樣東西決計價值不菲。人說少年公子一斛珠以換佳人一笑、引烽火以至傾國傾城，那是荒誕喪志之事，但……

但其實對女人來說，有人願意做這樣的事，不論他是懷著怎樣的心思，總是……

阿誰拔下了髮髻上的銀簪，默默看著唐儷辭的背影。

總是會沉溺……

但唐儷辭的寵愛有時候很輕、有時候很重，有時候是真的、有時候是假的……還有的時候……是有害的。

那支銀簪，她戴著也不是，收著也不是，遺棄也不是，握在手中扎得手指生痛，突然驚覺，其實唐儷辭想要的，就是她為他痛苦而已。

他喜歡她和鳳鳳為他痛苦、為他傷心，最好是為他去死。

唐儷辭到了望亭山莊門口，拾起門環輕輕敲了幾下，未過多時，一個頭梳雙髻的小丫頭打開大門，好奇地看著唐儷辭，「你是……」

唐儷辭眉目顯得很溫和，彎下腰來柔聲道：「我是來找人的，妳家裡有沒有一位臉上刺著紅蛇的叔叔？我是他的朋友。」

那小丫頭莫約只有十三四歲，聞言點了點頭，「叔叔在籠子裡睡覺，但姐姐說不可以讓人進來看他。」

唐儷辭越發柔聲道：「要怎麼樣才能進去看他呢？」

那小丫頭笑得天真浪漫，「姐姐說要和我做遊戲，你贏了我就讓你進去看他。」

「做遊戲啊？做什麼遊戲？」唐儷辭微笑，眼前的小丫頭杏眼烏髮，長得煞是可愛，「妳叫什麼名字？」

那小丫頭指著自己的鼻子，「我叫官兒，你叫什麼名字？」

唐儷辭眉線彎起，「我姓唐，叫唐儷辭。」

「唐哥哥，」官兒將門打開了一條縫，招手道：「進來吧。」

唐儷辭抬眼望去，門後並不是花園，天真浪漫的小丫頭身後，是一層淺淺的水池，水並不深，卻充斥著一股刺鼻的氣味，水上懸著一條細細的繩索，直通對面的屋頂。不消說，這池水必然碰不得，而對面的屋宇簡單素雅，一派安詳，彷彿其中沒有半個人似的。

官兒一躍而上那繩索，從懷裡摸出一樣東西握在手裡，「我們來擲骰子，如果你擲的點數比我大，你就往前走，如果我的點數比你大，你就往後退。」她很認真地道：「如果你退到沒繩子的地方，就跳下池子去；如果我讓你走到對面，我跳下池子去。」

唐儷辭拍了拍手，「一言為定。」

官兒退到繩索的另一端，唐儷辭縱身上繩，兩人相距二丈，繩索在他們腳下微微搖晃，映在水池裡的影子也跟著搖晃不已。

「開始！」官兒右手高舉，一鬆手，兩個骰子跌入水池，兩人目光同時一掠，她擲了一個「六點」，一個「一點」。但也就只是瞬間一掠，骰子在池中冒起一層白色氣泡，遮去點數，竟似要溶解一般。官兒拍手叫道：「快點快點，不然骰子沒了就不玩遊戲了。」

唐儷辭微微一笑，衣袖一拂，那兩點骰子突然自水中激射而出，尚未落入他手中，雙雙在空中翻了個身，又一起落入水池。兩人目光同時一掠，一個「六點」，一個「三點」，唐儷辭往前走了兩步，抬手含笑，「該妳了。」

官兒眼珠子轉了兩轉，「唉，你為什麼不伸手去拿呢？」

唐儷辭柔聲道：「我怕痛。」

官兒搖了搖頭，自懷裡又摸出兩粒骰子，擲入水中，原先跌進水池的兩粒骰子已經被池水腐蝕了一半，全然看不清點數。骰子入水，在池水中飄了飄，落下來是一個「三點」、一個「五點」。唐儷辭拂袖負手，那池水激起一層水花，「啪」的一聲兩點骰子臨空躍起，抖出數十點水漬往官兒身上潑去。官兒嚇了一跳，往上一躍避開池水，只見兩點骰子翻開來是兩個六點，頓時一怔。就在她上躍之際唐儷辭已往前欺進了四步，滿臉溫柔微笑，「不好意思，又是我贏了。」

官兒又探手入懷，摸出新的骰子，「這次一定不會讓你贏啦！」她鬆手讓骰子跌入水中，翻出來的數字也是兩個六點，最大不過。唐儷辭微微一笑，官兒眼前一花，驀地唐儷辭的臉已在她面前，與她臉對臉鼻尖對鼻尖，她嚇得尖叫一聲，往後便躲，唐儷辭如影隨形，仍是與她面對著面，她見他那雙眼眸在眼前顯得分外的黑而巨大，彷彿一泫極深的黑池之中正有猙獰的惡獸要浮出水面，只聽他柔聲道：「官兒，要做遊戲可以，但在作弊之前，妳該確定和妳玩的人不會突然和妳說……『我不玩了』。」

「啪」的一聲輕響，官兒「哇」的一聲對著水池吐出一口鮮血，眼睜睜的看著自己的鮮血在池水中冒起一陣白煙，唐儷辭對著她的胸口輕輕拍了一掌，將她抱了起來，擺在繩子後的屋宇門口，摸了摸她的頭，推開門走了進去。

她如破敗的娃娃般被擺在門口，動也不能動，仰著頭看著藍天和太陽。

他沒有把她扔下水池去，也沒有殺了她。

她雖然只有十四歲，卻已經殺過很多人了。

官兒的胸口起伏，喘著氣，望著天，眼前一片開闊，什麼人都沒有。

官兒身後的房中，並沒有人。唐儷辭推門而入，裡面是一間佛堂，然而座上並沒有佛像，幽暗的簾幕深處，本來應該供著佛祖的地方掛著一幅女子的畫像，若非唐儷辭目光犀利，也許根本發覺不了。畫像前點著一炷香。香剛剛燃盡不久，整個佛堂都還彌散著那縷淡淡的幽香。

唐儷辭仔細看了那畫像一眼，那畫像畫得非常肖似，不是尋常的筆法，甚至調了一些罕見的顏料，在他看來那多半是柳眼所繪，畫的是一個身著粉色衣裙的少女。少女的面貌和西方桃很相似，然而並不是西方桃。

她比西方桃略微年輕些，挽著蓬鬆的髮髻，有幾縷烏髮飄散了下來，垂在胸前，身上穿著一件很熟悉的桃色衣裙，那正和西方桃常穿的一模一樣。這少女下巴甚尖，是張姣好的瓜子臉，眼睫垂下，似是看著地上，右側的頸上有個小小的黑痣，就圖畫所見，她坐在桃花樹下，樹上桃花開得絢爛，地上滿是花瓣，和她桃色的衣裙混在一處，看來煞是溫柔如夢。

但這張畫像，並不是實景。

是速寫了一張少女的畫像，然後加上其他的背景畫成的。唐儷辭目不轉睛地看著那張畫像，按原來的基礎看，這少女閉著眼睛倚著什麼東西坐著，頭髮有些蓬亂，姿態也很僵硬，很可能……是一具屍體。

如果柳眼為一具屍體畫了像，然後西方桃把它掛在此處供奉，這畫中的少女必定非同尋常，以佛堂四周的痕跡而論，這畫掛在這裡供奉已經有不少時日了。望亭山莊作為風流店的據點必定也有數年之久，難道就是為了供奉這幅畫像麼？

四下裡寂靜無聲，唐儷辭在畫像前站了一陣，突然伸手把它揭了下來，收入懷裡，穿過後門，自佛堂走了出去。

佛堂後是一片花園，假山流水、奇花異卉、高林大樹精妙絕倫的造就了一片人間奇景，彷彿這世間所有令人驚嘆豔羨的美景都融入這不大不小的花園之中。唐儷辭眉頭揚起，微微一笑，建這庭院的人真是了不起，然而仙境似的庭院中仍然沒有人，一切猶如一座空莊。

沈郎魂當真在這座山莊中？唐儷辭撩開冬日梅樹的枝幹，只見石木掩映的地上靜靜地躺了一地屍首，不下二三十人，大部分是穿著黑色繡花緊身衣的妖魂死士，還有幾人不知是誰，也靜靜地躺在地上。屍體上看似無傷，但眉心正中都有一點紅印，唐儷辭抬起頭來，只見在樹林之中，一個鐵籠懸掛半空，那鐵籠之外密密麻麻爬滿了枯褐色的毒蛇，故而他方才一時沒有看見，鐵籠中隱約有一人。

「嘿嘿，是你……」半空中有人衰弱無力的道，語氣淡淡的，卻不脫一股冰冷嘲諷的味兒。

唐儷辭嘆了口氣，「你說話真是像他，聽說被人扒光了衣服，怎還會有無影針留在手上殺人？」這滿地的屍首，都是死在沈郎魂「無影針」下，自眉心射入，尚未察覺就已斃命。

「我的無影針一向插在髮中，聽說暗器高手能把幾十種暗器揣在懷裡，我可沒有那本事，還不想莫名其妙被揣在自己懷裡的毒針要了命。」籠子裡的人咳嗽了兩聲，暗啞地道：「我聽說……池雲死了？是你殺的？」

「我殺的。」唐儷辭柔聲道：「你怕麼？」

沈郎魂似乎是笑了一聲，「殺人……不就是殺人而已……咳咳，你什麼時候把我從這籠子裡弄出來？」

唐儷辭自地上拾起一柄長刀，躍起身來一陣砍殺，鐵籠外的毒蛇一一跌落，終究是看清沈郎魂的模樣，他的確是全身赤裸，但好歹還穿了條褲子。但見他靠著籠子坐著，一動不動，渾身上下血跡斑斑，也不知受了多少傷，唐儷辭持刀在手，拈個刀訣，眉目含笑，「看傷痕，千刀萬剮的。」

沈郎魂笑了一聲，「受了三十八刀……但還沒死……」

「三十八刀，他們想從你身上逼出什麼？」唐儷辭嘆了口氣，仍是拈著那刀訣，刀鋒似出非出，「留你一條命，又是為了什麼？」

沈郎魂苦笑了一聲，「當然是勸我趁你不備的時候給你一刀。」

唐儷辭嘆了口氣，「看守你的人呢？不會只有地上這幾十個不成器的死人吧？」

沈郎魂沙啞地道：「白素車出門去了，原本院子裡還有兩個人，但現在不在，我聽著你和官兒那死丫頭在前面說話，出手射死了這群飯桶。那小丫頭明知道後院沒有人手，所以才要和你做遊戲拖延時間，咳咳……」

「你劫走了柳眼，再見我的時候，不怕我殺了你？」唐儷辭的聲音微略有些低沉，一陣風吹過，他眉目含笑，刀訣拈得很輕，彷彿全然沒有出刀的意思。

沈郎魂靜了一靜，「很早之前我就說過，在他把你害死之前，我會殺他。」他的語調淡淡，「到現在我也還沒殺他，難道還要向你道歉？他媽的！」

「噹」的一聲脆響，唐儷辭揮刀斷牢，掛在半空的鐵籠應聲而開，「你罵人的時候，真是像他……」他一句話未說完，躺在鐵牢中半死不活的沈郎魂右手一抬，將一柄一直壓在身下的短刃插入唐儷辭腹中。

「啪」的一聲響，長刀落地。唐儷辭站住了一動不動，反倒是沈郎魂滿臉驚詫，目不轉睛地看著自己握住短刃的手，鮮血自傷口微略濺了些出來，噴上他的手背，他瞪大眼睛看著唐儷辭，「你——」

他以為這一刀絕不會中，所以他很放心，他刺得很重、很有力。

唐儷辭臉上瞬間沒有什麼表情，沈郎魂低聲問：「你怎會——避不開——」

庭院中突然多了許多人影，有撫翠、有白素車，也有那位神祕的黑衣人。沈郎魂憤怒地看著唐儷辭，「你他媽的怎會避不開？你明明起疑了！你明明知道要問我為什麼他們不殺我為什麼只割我三十八刀，我明明告訴你他們要我趁你不備的時候給你一刀，你他媽的怎會聽不懂？你怎會避不開？你怎會……」

「啪啪」兩下掌聲，白素車冷冷的鼓掌。撫翠咬著隻雞腿，笑咪咪地看著沈郎魂，「不愧金牌殺手，這一刀刺得又快又準，就算是一頭豬也給你刺死了。你老婆的屍體就在左邊客房裡，拿去葬了吧。」

沈郎魂咬牙看著唐儷辭，唐儷辭對他笑了笑，探手入懷取出一件東西按入他手中，低聲道：「去吧。」

沈郎魂全身起了一陣痙攣，「你──你──你他媽的，就是個白癡！」他大吼一聲拔刀而起，鮮血噴出，濺在他渾身傷口之上，淒厲可怖。唐儷辭順刀勢跌坐於地，手按傷口，咳嗽了兩聲，略有眩暈之態，身前鮮血點點滴滴，濺落在沙石地上。

沈郎魂低頭一看唐儷辭按入他手中的東西，那東西綴滿綠色寶石，黃金為底，竟是一支華麗髮簪，「啊──」的一聲他縱聲狂叫，全身瑟瑟發抖，這是春山美人簪！這就是能將荷娘的屍身從落魄十三樓裡換回來的寶物！他緊緊握著春山美人簪，闖進左邊客房，只聽「碰」的一聲他撞爛了一扇窗戶，穿窗而入。撫翠哈哈大笑，只聽房內發出一聲淒厲的狂吼，一隻母豬的屍身自屋裡橫飛而出，尚未落地，已轟然被切割成糜爛的血肉，四散紛飛一地。沈郎魂手握春山美人簪，雙目血紅，自屋內一步一步走了出來，他渾身是血，也分不清楚是人血豬血，猶如厲鬼上身，僵直地走了出來。

「東公主。」白素車淡淡地道：「殺了他以絕後患。」

撫翠「呸」的一聲吐出雞骨頭，單掌一揚，對著沈郎魂的頭顱劈了過去。白素車拔出斷戒刀，一刀向地上的唐儷辭砍去。

「轟」的一聲白霧瀰漫，眾人眼前突然失去目標，只恐是雷火彈，一起拔身後退。一串紅色火光沖天而起，撫翠大喝一聲，連劈數掌將濃霧逼開，卻見庭院中空空如也，沈郎魂竟然沉得住氣沒有衝過來拼命，而是將地上的唐儷辭救走了！她頗覺詫異，悻悻的「呸」了一聲，「沒想到姓沈的溜得倒快，對唐儷辭竟是有情有義。」

白素車喝道：「他們身上有傷，分四個方向追敵！」

妖魂死士應聲越牆而出，向四個方向追去。

那黑衣人搖了搖頭，低沉地道：「沈郎魂是江湖第一殺手，隱匿行蹤之術天下少有，今日不甚讓他脫逃，要找到他非常困難。慶幸的是……」他冷冷地道：「他刺的那一刀，刺得的確很賣力，唐儷辭就算不死，短期之內也絕無法行動。」

「是屬下失職，未能一刀殺了此人。」白素車肅顏道。

撫翠斜眼看她，「素素，妳剛才那一刀，很有爭功的嫌疑啊……」白素車低下頭來，既不承認，也不否認，眼神淡淡的。

沈郎魂背著唐儷辭翻出望亭山莊，幾乎是同時，身後妖魂死士列隊追來。他渾身是傷，體力遠不如平時，背著一個唐儷辭更是舉步艱難，奔出去數十丈已經力竭，心念電轉，一時間竟想不出什麼逃生的法門，情急之下低聲喝道：「怎麼辦？」

唐儷辭手按腹部傷口，咳嗽了一聲，「直走，轉向左邊的山丘。」

沈郎魂振作精神，奮起一口氣奔向左邊的山丘。那山丘看來雖然不遠，奈何以他現在的體力，騰躍之際只覺自己胸膛火燒似的難受，每呼一口氣都像是死了一回。好不容易一路施展隱匿之術到了山丘之後，沈郎魂忍耐住胸中的氣息，伏在草叢中抬眼一望。

樹林草地之中坐著幾人，兩位女子一位書生，甚至還抱著個孩子。沈郎魂忍不住劇烈的咳嗽起來，吐出了一口血沫，唐儷辭心中的救星，難道就是這幾個連江湖第三流角色也算不上的男男女女嗎？

聽到他劇烈的咳嗽，山坡上的男女轉過頭來，沈郎魂背著唐儷辭踉蹌地走了出去，那山坡上的人他全都認得，和林逋雖然沒有見面，但他跟蹤柳眼的行跡，林逋和柳眼的邂逅他一直看在眼裡。

阿誰尚未看清楚從草叢裡鑽出來的人是誰已經驀地站了起來，玉團兒驚呼一聲，「沈大哥……他……他怎麼會變成這樣？」

沈郎魂喘了幾口氣，暗啞地道：「風流店的人在後面，咱們必須……馬上逃……」

阿誰緊緊地抓住唐儷辭，「唐公子傷得如何？」

沈郎魂低聲道：「傷及……內腑……」

阿誰臉色慘白，「怎會如此？」

沈郎魂低沉地道：「是我受了撫翠的慫恿和挑撥……呸！是我刺了他一刀，多說無益，我們這許多人要怎麼逃？」

「改……裝……」唐儷辭微微睜開眼睛，手指著乘風鎮許多民宅，低聲道：「尋一間最……平凡無奇的，闖進去……把男女老少都綁了，然後我們……住進去……」他手指玉團兒，玉團兒並不笨，連連點頭，轉身飛奔而去。江湖之中，最陌生的面孔就是她，縱然風流店對書眉居長期監視，但玉團兒的面貌是逐漸變化，變得越來越年輕，所以此時此刻她最不易被人認出。

「我的傷……不要緊。」唐儷辭細細地道，眉眼並不看沈郎魂，靠在阿誰懷裡眼簾微闔，「刺中了……那顆心……而已……」他顫抖了一下，唇色顯得蒼白，臉頰仍然紅暈，「但它仍然在跳。」阿誰緊緊抓住他的手，唐儷辭一下掙開，「我們逃不過風流店的人馬追蹤，只能冒險……」

他受傷的時候，特別排斥有人接近。阿誰嘆了口氣，「我來替大家改裝吧。」

未過多時，玉團兒很快回來，指著鎮邊的一處小屋，「那裡。」

當下沈郎魂背起唐儷辭，背上匆匆披著林逋的長袍，一溜煙往鎮中掩去。林逋和阿誰等他們離去之後，再慢慢的跟上，他們兩人不會武功，懷抱嬰兒比較不易引起注意。

到了那民宅，沈郎魂暗贊一聲小丫頭聰明。這小屋在乘風鎮的邊緣，和其他人家還有少許距離，非常不引人注目，但房屋卻是不小，顯示家境並不太壞。玉團兒已把住在這屋裡一家五口點了穴道縛在床底下，擅闖民宅這等事她是做得慣了，半點不稀罕。沈郎魂將唐儷辭放在屋內床榻上，長長吐出一口氣，自己往地上一坐，半晌站不起來。

阿誰很快的將這戶人家櫥子裡的衣裳翻了一遍，取出兩件女裙，自己和玉團兒先換上了，再翻出兩件男人的衣服，讓沈郎魂和林逋換了。這戶人家乃是農戶，衣裳都很粗陋，阿誰從灶臺裡敲了些煤灰，拍在自己和玉團兒臉上，林逋略有書生氣，瞧起來比年齡更小些，只是沈郎魂面上那塊紅蛇印記無法消除，玉團兒從灶臺裡夾起一塊燒紅的炭頭，「我把它烙壞了就誰也看不出來了。」

阿誰嚇了一跳，連忙阻止，玉團兒這說法卻讓她另有想法，她將自己的白色方巾撕成幾條白布，沾了沈郎魂身上的血跡，把他半個頭包了起來，裝作頭上有傷，連刺有紅蛇的臉頰一併遮住。

玉團兒拍手叫好，但阿誰心裡清楚，這等拙劣的變裝，若是撞上了白素車或者撫翠，必定當場揭穿，此時此刻只能盼這些人都不來。四人匆匆忙忙將自己收拾好了，一起望向床上的唐儷辭。

要將他改扮成什麼好？若是改扮農夫，唐儷辭相貌秀雅皮膚白皙，委實不像；若是不扮農夫，那要扮作什麼？他腹部有傷，不能行走，風流店必定針對腹部有傷之人展開搜查。

阿誰跺了跺腳，「唐公子，我看只能把你藏起來，就算你改扮成農夫，到時也必定被人看破。」

唐儷辭手按腹部，那一刀刺中方周的心，然而人心外肌肉分外緊實，沈郎魂的刀刃刺入其中並未穿透，所以血流得並不算太多，此時已漸漸止了。眼見四人草率改裝，唐儷辭搖了搖頭，抬起手來，「誰身上帶了胭脂……水粉……」

玉團兒探手入懷，臉上一紅，「我有。」

阿誰不施脂粉，身上從不帶胭脂，倒是沒有。唐儷辭接過玉團兒遞過來的一盒胭脂、一塊水粉、一支眉筆，示意阿誰從灶臺上取來一個雞蛋。他腹上刀傷刺得雖深，卻並未傷及他本身的臟器，當下坐了起來，眼簾微微闔上再緩緩睜開，「沈郎魂。」

沈郎魂抬起頭來，吐出一口氣，淡淡地道：「你難道會易容之術？」

他雖是殺手，但罕遇敵手，對於喬裝易容之術並不擅長。

唐儷辭淺淺地笑，這等勉力維持清醒的神態沈郎魂見過幾次，「我不會易容……」他扯下沈郎魂包頭的白布，讓沈郎魂坐在他身前的椅上，「我只會上妝……」

林逋和玉團兒面面相覷，不知唐儷辭要將沈郎魂如何。只見他敲破雞蛋，將蛋清和水粉調在一處，手指沾上水粉，緩緩塗在沈郎魂刺有紅印的臉頰上，那水粉的顏色原本蓋不住胭脂刺上的紅，但唐儷辭等水粉乾後，再往上塗了一層，如此往復，當塗到第四遍的時候，沈郎魂臉頰上的紅蛇已全然看不出來，只餘一片戴了面具般的死白。

這張死白的臉只怕比刺有紅蛇的臉頰更引人注目，玉團兒心頭怦怦直跳，怕風流店的人突然闖進來，幸好喧嘩聲漸漸往遠處去，白素車喝令妖魂死士往四方追去，此時越追越遠，一時半刻不會折回。唐儷辭將沈郎魂的臉塗成一片死白之後，微略沾了些胭脂，自臉頰兩側往鼻側按，那胭脂本來大紅，但他沾得非常少，按在臉上只顯出微微的暗色，那片死白頓時暗淡起來，林逋驚奇地看著唐儷辭的手法，經他這麼一塗一按，沈郎魂的臉頰似乎瘦了下去，下巴尖了起來。唐儷辭將紅色的胭脂抹在指上，輕輕按在沈郎魂眼角，隨即用眉筆在他眼瞼上略畫。

沈郎魂只覺渾身僵硬，唐儷辭的指尖溫暖柔膩，那眉筆劃在眼睛上的感覺刺痛無比，等唐儷辭眉筆離開，他鬆了口氣，對面三人一起「啊」的一聲低呼，滿臉驚奇。

玉團兒張口結舌地看著沈郎魂，沈郎魂相貌普通之極，但經唐儷辭這麼一畫，竟似全然變了一個人。唐儷辭把他畫得臉頰瘦下去，鼻子似乎就尖挺了起來，眼睛彷彿突然有神了許多，讓人辨認出沈郎魂那雙眼瞳生得非常漂亮，對著人一看，就像窗裡窗外的光彩都在他眼裡閃爍一般。

「天啊……你把沈大哥畫成了……妖怪……」玉團兒低低地道：「怎麼會變成這樣……」

唐儷辭額上已有細碎的冷汗，手上合搓了少許蛋清，拍在沈郎魂臉上，那些粉末的痕跡突然隱去，彷彿沈郎魂天生就長著如此一張俊美的臉。唐儷辭食指一劃，在他右邊臉頰上劃出一道長長的傷口，鮮血沁出，很快結疤，沈郎魂經他一番整理，已是面目全非，判若兩人，尤其臉頰上一道血疤引人注目。唐儷辭淺淺地吐出一口氣，微微一笑，指著林逋剛剛換下的儒衫，「你……你可以走了……給自己編個名號，就算施展武功也不要緊。」

林逋駭然看著面目全非的沈郎魂，玉團兒「撲哧」一笑，「我給沈大哥起個名字，就叫做『疤痕居士』潘若安怎麼樣？」

沈郎魂苦笑，拾起林逋的儒衫穿好，待他一身穿戴整齊，真是人人矚目，任誰也想不出這位俊美書生就是沈郎魂。

阿誰為他整了整髮髻，「沈大哥，去吧。」

沈郎魂點了點頭，唐儷辭抬起手來，與他低聲說了一陣密語，從懷裡取出一樣東西交給沈郎魂，他連連點頭，大步向外走去。

這裡緊鄰望亭山莊，非常危險，能走得一個是一個，唐儷辭難以行動，不得不留下，而沈郎魂離去，是務必找到能解決困境的方法。

必須想到方法把風流店的人馬全部引走，或者是找到舉世無雙的高手，在不驚動風流店的情況下將唐儷辭帶離此地。

可能嗎？中原劍會形勢複雜難料，他只能向碧落宮求援。沈郎魂不動聲色地走在乘風鎮的街道上，先找了家酒店吃了個飽，隨後向北而去。

宛郁月旦會出手相助麼？沈郎魂心裡其實沒底，說不出的盼望望亭山莊裡頭的一干人等全悉暴斃，死得一個不剩。

第三十七章 腹中之物

望亭山莊安靜了七八日，雖然每日都有不少人進出庭院，傳遞消息，但並沒有人追查到沈郎魂和唐儷辭的下落。撫翠一心以為那兩人必定同行，但探子查來查去，沒有人見到有面刺紅蛇的男子，腹部有傷的男人抓了不少，但無一是唐儷辭。左近的村鎮也都搜過幾次，沒有人見過與之相似的可疑人，沈郎魂和唐儷辭就如在那陣煙霧中消失了一般，毫無痕跡可尋。

冬日清寒，這幾日下了雨雪，今日終是見了晴。唐儷辭已在鎮邊的民宅中養息了七八日，屋子的主人收了他一千兩銀子的銀票，歡歡喜喜的藏在地窖中，平日一聲不吭，對頭頂發生之事不聞不問。

唐儷辭並未在阿誰三人臉上施以脂粉，他只是略教了幾人繪妝的手法。阿誰幾人在自己臉上塗上些炭灰和蛋清，將一張清秀的面孔塗得灰暗難看，眼下微略上了胭脂，顯得一雙眼睛又紅又腫，雖然不及唐儷辭手法的高妙，卻也和原來大不相同。

唐儷辭在自己臉上略施脂粉，打扮成一個女子，阿誰在他腹部傷口紮上布條止血，為防被人發現他腹上有傷，她索性在他腰上重重纏繞布條，將他扮成身懷六甲的孕婦。他那頭銀髮引人注目，阿誰將墨研開，敷在束起的銀髮上，染為黑色，髮上再包上暗色髮帶，遮住顏色古怪的頭髮。

鳳鳳就整日趴在唐儷辭的床上，唐儷辭倚床而坐，鳳鳳就趴在床尾，將頭埋進被褥中，背對著他露出個小屁股。唐儷辭大部分時候並不理睬他，有時候天氣著實寒冷，鳳鳳凍得哆嗦，他會替他蓋蓋被子，但他一動手鳳鳳就大哭，彷彿被他狠揍了一頓。

日子就如此過去了七八日，唐儷辭腹部的傷口逐漸痊癒，阿誰隔幾日便為他換藥，雖然傷口好得很快，她心裡卻沒有任何歡喜之情。沈郎魂那一刀刺得很深，並且和他腹上兩道舊傷重疊，撕裂了舊傷的傷口，傷口很大，幾乎看得清傷口下的臟腑。她第一次為他上藥的時候，隱約看見了腹內深處有一團血肉模糊的東西，那就是方周的心吧……但……一瞥之間，她覺得那東西不像人心。

是一團……很不祥……很可怕的東西……

人心埋在腹中，經過數年的時間，到底會變成什麼？依然是一顆心嗎？

她沒有機會再看仔細，唐儷辭的傷口痊癒得很快，到第八日已經結疤結得很好。養傷的時候，唐儷辭就坐在床上看書，她不明白為什麼他還能看得下如《三字經》、《千字文》之流的書本。唐儷辭看得很慢，有時候殘燭映照，窗外是紛紛雨雪，那書卷的影子映在他秀麗的臉頰上……彷彿有一種溫柔，在那燈影雪聲中繾綣。

林逋是飽學的書生，經卷的大行家，唐儷辭並不和他談書本或者詩詞，他看書只是一個人看，不和任何人交談、也不發表任何看法。倚床而坐，他對著一頁書卷凝視很久，而後緩緩翻過一頁，再看許久。

這種時候，他的心情想必很平靜，雖然沒有人知道他究竟在想什麼，但他的確很平靜。

冬日的晴天，天高雲闊，大門咯吱一響，玉團兒買菜回來，見屋裡一片安靜，吐了吐舌頭，悄悄地往裡探了探頭。唐儷辭倚在床上看書，他今日並未改扮女子，阿誰支頷坐在廚房的凳子上，望著洗刷乾淨的灶臺靜靜地發呆，鳳鳳坐在唐儷辭的床上認真地看屋頂上飛舞的兩隻小蟲。

「唔……唔唔……」鳳鳳看見玉團兒回來，手指屋頂上的飛蟲，「嗚嗚嗚嗚……」

玉團兒踏入門裡一揚手，那兩隻小蟲應手落下，鳳鳳立刻笑了，向她爬過來，又指指地上又指指牆上，柔潤的小嘴巴嘟了起來，「呼……呼唔……」漂亮的眼睛睜得很大，「咕咕咕……」

玉團兒見他嘟著嘴巴指指點點，眼神專注得不得了，卻不知道在說什麼，鳳鳳爬過來抓住她的衣袖，「嗚嗚嗚……嗚嗚嗚……」

「你再『嗚嗚嗚』一百次我也不知道你在說什麼啊！」玉團兒捏了捏他的臉，小嬰兒的臉頰粉嘟嘟的很是可愛，但她手一伸剛捏住他的臉，鳳鳳一轉頭咬了她一口，滿臉不高興，又爬進被子下躲了起來。

「哇！」玉團兒揉著手背，「會咬人……」

唐儷辭翻過一頁書卷，悠悠地道：「他叫妳打死牆上和地上的小蜘蛛。」

玉團兒瞪了他一眼，「你知道他在說什麼，為什麼不打？」

唐儷辭合起書卷，「妳幫他打死一次，明天妳不繼續幫他，他就會哭的。」他的手平放在被褥上，那床被子是水綠色的，映得唐儷辭手白如玉，「妳能時時刻刻幫他打蜘蛛嗎？」

玉團兒歪著頭看他，「你真狠心，小時候你娘一定不疼你。」

唐儷辭坐得很正，擺的是一份端正華麗的姿態，彷彿他面前是一座宮殿，「妳娘很疼妳。」他微微一笑，「所以妳什麼也不怕。」

「我怕死哩。」玉團兒看見阿誰的目光轉了過來，她轉身就往廚房去，「我很怕死，除了死我什麼都不怕。」

唐儷辭微微垂下眼睫，玉團兒提著菜籃和阿誰嘰嘰呱呱地說今日的午飯要做幾道菜，他在想……姓玉的小丫頭，除了死，什麼都不怕。

要她死很容易。

唐儷辭攤開右手，他的手掌很白，褶皺很少，既直且潤，這隻手掌殺過很多人。有時候他會在指甲邊緣塗上一層「秋皂」，那是一種毒藥，不算太毒，但它會令皮膚潰爛，留下深深的疤痕。

他喜歡在別人身上留下痕跡，最好是永遠不會消褪的那種。小時候他在小貓小狗身上刻字，有時候刻得太深，流了一地的血，差點死了，遊戲很無趣。後來他在人身上留下傷痕，凡是永遠不會消褪的，都讓他很愉悅。

玉團兒什麼也不怕，只怕死。要殺了她很容易，但她死了，便真的什麼也不怕了。唐儷辭翻開剛才的書卷，垂下視線靜靜地看，人總是要有恐懼的東西，人人都一樣。

「阿誰姐姐妳剛才在想什麼？」玉團兒把蘿蔔拿出來，擺了一溜在案板上，「鳳鳳叫人打蜘蛛妳都沒聽見？」

阿誰搖了搖頭，她方才在出神，「沒有，我在想唐公子。」言下接過蘿蔔，在清水中洗了洗，開始削皮。

「想唐公子什麼？」玉團兒掰了塊脆蘿蔔就吃，咬在嘴裡的聲音也是一片清爽，「想他的傷好了沒有？」

阿誰搖了搖頭，輕輕笑了笑，「不知道……想來想去，好像什麼也沒想，又好像想了很多很多。」

玉團兒湊過她耳邊，悄悄地道：「喂，阿誰姐姐，人的肚子上劃了那麼大一個口子還能活嗎？他會不會是……妖怪？」

「妖怪？」阿誰怔了一怔，將裝滿蘿蔔的盆子放到一邊，「能活下來是因為唐公子武功高強，底子很好吧？他當然不是妖怪。」

玉團兒小小的哼了一聲，「我覺得他挺像妖怪。」她蹲下身去點火，不再說唐儷辭了。

妖物麼……阿誰將切好的豬肉拌上佐料，默默地看著灶上的鐵鍋，如果她不曾識得唐儷辭，或許也會以為這樣的男人就是個妖物而已，但如今總覺得……再多幾個人說他是妖物，他或許真的就……完全化身為一種「妖物」。

一種刻意完全掩蓋了人性的妖物，以操縱他人的喜怒為樂，無所不能，無堅不摧，永遠不死。

唐儷辭就會化身成這種妖物，自從池雲死後，這種趨勢是更加明顯了。

但……變成妖，真的會比人好嗎？難道不是因為受不住做人的痛苦，所以才漸漸的變化為妖？方周死了、池雲死了、邵延屏死了……有許多事即使再拼命努力也無法挽回，他所失去的豈止是人命而已？唐公子就是……非常膽怯的人而已，他太容易崩潰了，為了不讓人發覺和不讓人恥笑，寧願妖化。

阿誰將豬肉在鍋裡略炒，蓋上鍋蓋悶著，抬起眼向屋外看了一眼，她看見唐儷辭攤開自己的手掌，細細地看手指，不知在想什麼。

玉團兒洗好了青菜，站起身來，正要另架一個炒鍋，突聽腳步聲響，林逋匆匆自外進來，「阿誰姑娘、阿誰姑娘。」

阿誰放下鍋鏟，「林公子？」

林逋手裡握著一卷告示，「今日乘風鎮口那塊碑上貼了一卷告示，說乘風鎮中藏有妖孽，望亭山莊為除妖孽，每日要從鎮裡選一人殺頭，以人命做法，直到妖孽現身被滅為止。妖孽一日不見，望亭山莊就殺一人。現在乘風鎮的百姓已逃走大半，風流店的人也抓了不少人吊在山莊外面的樹上，說一日殺一人。」

「風流店派出大批人馬找不到我們，所以就設下誘餌，要我們自動現身去救人。」阿誰跺了跺腳，「他們已經開始殺人了嗎？」

林逋搖了搖頭，「不，他們說今夜三更，如果抓不到妖孽就殺人。」聽說消息以後，他已讓地窖裡的一家快快逃走，以免遭到風流店的毒手。

「他們抓了幾個人？」唐儷辭的聲音溫和的傳來。

阿誰和林逋一驚，玉團兒搶先道：「喂！你要去救人嗎？你的傷還沒好呢！他們就是要引你出去啊，你要是去了就正中人家的計了。」

唐儷辭手握書卷，微微一笑，「我的傷已經好了很多。」

「救人的事，我們來想辦法，你萬萬不能去。」阿誰走到門口，低聲道：「他們必定設下天羅地網要抓你。」

唐儷辭翻過一頁書卷，並不看她，柔聲道：「妳是想說妳願意替我去死嗎？」

阿誰微微一震，「唐公子身負江湖重任，如果我死能夠換唐公子平安，阿誰死不足惜。」

「乓」的一聲一片水花在阿誰面前濺開，幾塊碎瓷迸射，在阿誰臉上劃開幾道細細的傷痕。

玉團兒大吃一驚，「你幹什麼？」

林逋也是吃了一驚，唐儷辭聽到阿誰那句「死不足惜」之後，猛地把書卷摔了出去，那書卷夾帶著凌厲的怒氣和真力，轟然擊碎桌子，桌子上的茶壺飛了起來炸裂在阿誰面前，射傷了她的臉。

「你幹什麼？好端端的摔什麼東西？阿誰姐姐哪裡得罪你了？」玉團兒把阿誰攔在身後，怒目瞪著唐儷辭，「她是為你好，換了我才不肯替你去死呢！你幹嘛弄傷她的臉？」

林逋一拉玉團兒的衣袖，「玉姑娘。」

玉團兒回過頭來，「幹嘛？」

林逋手上加勁，把她拉出房外，關上房門。

鳳鳳從被子裡爬了出來，看著他們兩個。

阿誰臉頰上傷痕慢慢沁出細細的鮮血，唐儷辭看著一地七零八落的碎木和瓷片，眼中毫無悔意，冷冰冰地道：「總有一天，要妳真心實意的為我去死。」

阿誰閉上眼睛，搖了搖頭，低聲道：「如果我永遠不真心實意，你是不是永遠不肯放過我？」

「就算找到了比妳更頑固難馴的人，我也不會放過妳。」唐儷辭陰森森地道：「絕對不會放過妳！」

阿誰臉上傷口的血凝成一滴，緩緩順腮而下，就如眼淚一般，「讓我……讓我真心實意的為你發瘋為你去死，能讓你得到什麼？看我為你去死……難道當真……當真那麼有趣，那麼值得期待？」

「能讓我高興。」唐儷辭自床榻起身，彎腰捏住阿誰的下頷，將她的頭微微抬起，「妳是一樣稀世珍寶，天生內媚能引誘所有的男人，妳征服所有的男人，我征服妳，豈不是很好？」他柔聲道：「妳也可以想像……這是因為我被妳深深吸引，是我愛妳的一種方式。」

「你不愛我！」阿誰一把將他推開，別過頭去，胸口起伏，「有很多人愛我，有很多人為我癲狂，但我知道你沒有！」

唐儷辭笑了，將她從地上緩緩扶起，臉頰挨著她的臉頰，緩緩下蹭，溫熱的唇來到她的耳後頸側，輕輕呵了一口氣。阿誰全身一顫，只聽他柔聲道：「這就是了，他們為妳瘋狂為妳去死，妳為我瘋狂為我去死……這就會讓我很高興。阿誰姑娘……」他吻了她的耳後，「妳很榮幸。」

阿誰癱倒在他懷裡，唐儷辭的吻無疑比她經歷過的任何一個男人都銷魂，但眼淚自顧自的奪眶而出，「如果我為你去死，我死以後你很高興，我在九泉之下會非常傷心……你是不是從來……不在乎我傷心？」

唐儷辭細細看著倒在臂彎裡的女人，柔聲道：「當然，妳傷心是妳的事。」

阿誰幽幽地道：「你曾經說過，你覺得我好，希望我永遠活著、希望我笑、希望我幸福。」

「我說過，我說的時候滿塘月色，荷花開得很大。」唐儷辭微笑了，聲音越發溫柔，「花香酒色，那時候妳很疲憊，很想念孩子。」

阿誰睜著一雙眼睛無神地望著屋梁，緩緩地問：「那句話……是假的嗎？」

唐儷辭將她抱起，慢慢吻了下她的額頭，「那句話是妳想聽的。」

阿誰緩緩地道：「我只是想要一個人帶著鳳鳳，不想認識什麼唐公子、郝侯爺、柳尊主……不需要任何男人來愛我，我自己可以過得很好。」

「但那不是幸福。」唐儷辭摟住她的腰肢，將她整個人橫抱起來，轉過去對著冬日的陽光，「要有一個人能緊緊地抱著妳，抱著妳看朝陽，看夕陽；在妳傷心的時候緊緊地抱著妳，在妳做夢的時候緊緊地抱著妳，在妳做錯事的時候緊緊抱著妳；從來不責怪妳，永遠都覺得妳美麗……」他吻著她姣好溫潤的後頸，那種溫熱混合著唐儷辭特有的柔膩氣息，「那才是幸福。」

阿誰靠在唐儷辭懷裡，與他一起看著陽光，顫聲道：「你為什麼不期待『幸福』，卻要期待有人為你去死？」像他這樣的人，要找到真心相愛的女人有什麼難？為什麼他不肯？為什麼他只期待有人真心實意的為他去死？

「就算是『幸福』，也未必能留下永遠的東西。」唐儷辭柔聲道：「而『死』能。」

阿誰迷離地看著眼前的陽光，抱著她的這個男人真的是……瘋了吧？眼淚一滴一滴的往下落，她不知道自己在哭什麼，是很想要理解這個男人、很想知道為什麼他會如此瘋狂、很想知道他到底深深渴望著什麼、缺少了什麼？很想說服自己要同情他、很希望他能幸福，但——要她敞開心扉等待唐儷辭一點一點侵入她的心占據她的靈魂，任憑自己的人生崩潰，棄鳳鳳於不顧，她無法得到這樣的勇氣……

「我……怎麼樣都愛不上你……我心裡想著別人……我心裡……」她喃喃地道：「我心裡……」

唐儷辭將她輕輕放下，自己在椅子上坐下，徐徐含笑，「妳心裡想著誰？」

「傅……主梅……」她踉蹌退開兩步，遠遠靠著牆站著，眼神一片迷離。

唐儷辭抬起眼看著她，她再度順著牆滑坐到地上，他的眼神很奇怪，非常奇怪……她眼裡望出去的唐儷辭在朦朧中變形又變形，說不上是變成什麼東西，耳邊聽他柔聲問：「為什麼？」

為什麼？

她望著眼裡不住變化的妖物，嘴邊旋起淺淺的微笑，癡癡地道：「因為小傅他很好，他比你好。」銀角子酒樓的白衣小廝，春天的時候帶著他的烏龜到郊外走走，去看有沒有一樣大的母烏龜，回來的時候折了一枝柳條。那雪白的衣裳、青綠的柳條……湛藍的天空和無盡的白雲，那時候她跟在後面一直看著看著，一直幻想有一天他能看到自己，有一天能和他一起趕著那烏龜，到更深的山谷裡去找那隻母烏龜……

她的夢很虛幻，很小。

所謂夢，就是荒誕無稽的妄想。

傅主梅……

唐儷辭從椅子上站了起來，退了一步，反手扶住床柱。這不是他第一次聽到有人說「小傅他很好，他比你好」，上一次說這句話的人是唐櫻笛。唐櫻笛是他爸爸，他說一個他從來沒放在眼裡的下人比他好，不但比他有天賦，品性和才能也比他好，他爸爸對傅主梅充滿了期待和讚賞。

那個晚上之後，他請樂隊其他三個人喝酒，在酒裡下毒，放了一把大火，打開了越界的通道，準備帶著傅主梅去死……他們四個人的人生就此一變不能回頭。

三年了。

他以為他已經擺脫了那個噩夢。

傅主梅原來是一個魔咒，不論他走到哪裡、無論他做得有多優秀多出色多努力，在傅主梅面前永遠一文不值。那個傻瓜不必付出任何東西，大家都覺得他好；因為他笨，所以他只要付出一點點努力，大家就都覺得他拼命盡力了，都要為他鼓掌、為他歡呼喝彩。

只要他在場，大家的注意力就都是他的，人們總是喜歡只要呼喊一下名字，就會露出笑臉響亮回答的白癡。那就是個白癡而已，遇到問題的時候不知道怎麼解決，永遠只會問他的白癡！既沒有品味也沒有眼光，連該穿什麼樣的衣服都要來問他的白癡！他讓他坐就坐、站就站、趴倒就會趴倒的白癡！一個因為莫名其妙的理由中毒，連累自己差點喪命洛陽的白癡！

因為小傅他很好，他比你好。

聽到這句話的瞬間，他真想殺了這個女人，如果不是他已經聽過一次，真的會殺了這個女人。

沒有人……想過他為了能這麼優秀付出了多少麼？

為什麼總會覺得那種白癡比較好？

只是因為大部分人做不到那麼白癡麼？做不到對任何人都露出笑臉、做不到聽到誰呼喚自己的名字都回答、做不到有人叫你坐就坐、叫你站就站、叫你臥倒就臥倒……切！那是狗做的事吧？對誰都搖尾巴，還是隻笨狗才會做的事，但就是討人喜歡。

一滴冰涼的水珠滴落在手背上，他抬起手背掠了一下額頭，渾身的冷汗。阿誰以迷茫的眼神怔怔地看著他，在他看來那是一種可以肆意蹂躪的狀態，隨手從地上拾起一塊碎瓷，他慢慢地彎下腰，握住那塊碎瓷，慢慢往阿誰咽喉劃去。

阿誰一動不動，彷彿沒看他在做什麼，她陷在她自己迷離的世界之中，眼前的一切全是光怪陸離。

碎瓷的邊緣一寸一寸的接近阿誰的咽喉，連他自己也不明白，究竟是想在阿誰脖子上劃上一道重重的傷口、或者是真的就此殺了這個女人……

「喂！你在幹什麼？」

眼前一道粉色的光華閃過，「嗒」的一聲微響，唐儷辭手中的碎瓷乍然一分為二，跌落下來，阿誰咽喉前前擋著玉團兒的臉，但見她手握小桃紅，對他怒目以視，「你發高燒糊塗了嗎？你要殺人嗎？你想殺誰啊？莫名其妙！還不回床上去睡覺！」

阿誰悚然一驚，抬起頭來，茫然看著唐儷辭。唐儷辭看著玉團兒和阿誰，那一瞬間她幾乎以為他要把她們兩人一起殺了，但他手握碎瓷，握得很緊，握得鮮血都自指縫間流了出來，「小丫頭，把妳阿誰姐姐扶出去，煮碗薑湯給她喝。」他說得很平靜。

他竟然能說得很平靜。

玉團兒指著他的鼻子，怒道：「下次再讓我看見你對阿誰姐姐不好，我才要殺了你！」

唐儷辭充耳不聞，平靜地道：「出去。」玉團兒還要開口，唐儷辭那沾滿鮮血的手指指著門口，「出去。」

阿誰拉著玉團兒的手，踉蹌走了出去。

唐儷辭看著那關起的門，右手傷口的血液順著纖長的手指一滴一滴的滑落，腹中突然一陣劇痛，他習慣地抬起左手按上腹部，突然驚覺，那長期以來如心臟搏動的地方——不跳了。

方周的心不再跳了。

他澈底死了嗎？

是被沈郎魂那一刀所殺的嗎？

紊亂瘋狂的心緒遭遇毫無徵兆的巨大打擊，唐儷辭屏住呼吸，努力感覺著腹內深藏的心，腹內劇烈的疼痛，但他只聽見自己的心跳急促而慌亂，方周的心一片死寂，就如從不曾跳動過一樣。

他愕然放下按住腹部的手，抬起頭來，只覺天旋地轉，天色分明很亮，但眼前所見卻突然是一片黑暗。

焦玉鎮麗人居眾人未見柳眼，卻得了一封柳眼所寫的書信。那書信中的內容隨著各大門派返回本門而廣泛流傳，這七八日來已是盡人皆知。風流店在麗人居外設下埋伏，意圖控制各派掌門，計謀為唐儷辭所破，各大門派均有感激之意，但事後唐儷辭並未返回好雲山，不知去了何處。

碧落宮。

宛郁月旦聽著近來江湖上的各種消息，神情很溫柔，淺淺地喝著清茶。傅主梅坐在一旁，他也喝著茶，但他喝的是奶茶。碧落宮中有大葉紅茶，他很自然地拿了大葉紅茶加牛奶拌糖喝，這古怪的茶水男人們喝不慣，碧落宮的女婢們卻十分喜歡，學會了之後日日翻新，一時往奶茶裡加桂花糖、一時加玫瑰露，凡是整出了新花樣都會端來請傅公子嘗嘗。傅主梅從不拒絕，並且很認真的對各種口味一一評判指點，很快大家便都能調製一手柔滑溫潤，香味濃郁的好奶茶。

「小傅杯子裡的茶，總是比別人泡的香。」宛郁月旦聞著空氣中淡淡的奶香，微笑著說，他的聲音很閒適，聽起來讓人心情愉快。

傅主梅聽他讚美，心裡也覺得高興，「小月要不要喝？」

宛郁月旦其實對牛奶並沒有特別愛好，卻點了點頭，傅主梅更加高興，當下就回房間調茶去了。

鐵靜看著他的背影，臉上露出淡淡微笑，這位傅公子當真好笑，從頭到腳沒有半點武林中人的模樣，只要有人對他笑一笑，他便高興得很。宛郁月旦手指輕輕彈了彈茶杯，「聽到柳眼的消息，紅姑娘沒有說要離開碧落宮？」

鐵靜輕咳了一聲，「這倒沒有聽說。」

宛郁月旦微笑，「那很好。」

鐵靜看著宛郁月旦秀雅的側臉，「但聽說近來出現江湖的風流店新勢力，七花雲行客之首『一闋陰陽鬼牡丹』，有意尋訪紅姑娘的下落。」

「我想要尋訪紅姑娘下落的人應當不少。」宛郁月旦眼角的褶皺舒張得很好看，「但我也聽說了一樣奇怪的消息。」他的手指輕敲桌面，「我聽說趙宗靖和趙宗盈已經找到了失散多年的『琅玡公主』，正上書皇上給予正式封號。」

鐵靜奇道：「難道紅姑娘不是公主？她不是公主，怎會有那塊『琅琊郡』玉佩？」

宛郁月旦眼睫上揚，「聽說被奉為公主的，是鐘春髻。」

鐵靜真是大吃一驚，瞠目以對，碧落宮和雪線子的「雪茶山莊」毗鄰多年，他從不知道鐘春髻竟然是公主之尊，「鐘姑娘是公主？但從未聽她說過她的身世。」

宛郁月旦搖了搖頭，臉色甚是平靜，「鐘姑娘不是公主。」

鐵靜低聲問：「宮主怎能確定？」

宛郁月旦緩緩的道：「因為她是雪線子的親生女兒，雪線子既然不是皇帝，她自然不是公主。」

「鐘姑娘是雪線子的女兒？」鐵靜頭腦亂了一陣，慢慢冷靜下來，這其中必然有段隱情，「他為何說鐘姑娘是他拾來的棄嬰？只肯承認是她的師父？」

宛郁月旦沉吟了一會兒，突然微笑道：「其實……鐵靜你把門帶上，不許任何人進來。」

鐵靜莫名所以，奔過去關上了門。宛郁月旦從椅子上站起來，在屋裡踱步踱兩個圈，舉起一根手指豎在唇前，「噓……等大家都走開了。」

鐵靜忍不住笑了出來，要說宮主沉穩吧，他有時候仍是孩子氣得很，「宮主要說故事了？」

宛郁月旦點了點頭，他也不回那塊雕龍畫鳳的椅子，就地坐下，拍拍身邊。鐵靜跟著他往地板上一坐，抬起頭來望屋頂，「宮主，這會讓我想起小時候。」

宛郁月旦微笑得很愉快，「鐘姑娘是雪線子的女兒，其實不是什麼複雜的故事，你知道雪線子前輩素來喜歡美人，他年輕的時候脾氣也是這樣。雖然他在三十六歲那年娶了一房老婆，但喜歡美人的脾氣始終不改，他那老婆又難看得很……所以有一次……呃……」他有些難以啟齒，想了半天，「有一次他在路上救了個相貌很美麗的姑娘，那姑娘以身相許，雪線子前輩一時糊塗，就做了對不起妻子的事。」

鐵靜聽著前輩的風流韻事，甚是好笑，「他喜歡美人，怎會娶了醜婦？」

宛郁月旦悠悠地道：「這事他就沒對我說，但以前輩的武功脾氣，如果不是他心甘情願，誰能勉強得了他？總之他在外頭惹了一段露水姻緣，那姑娘十月懷胎，就生了鐘姑娘。姑娘抱著孩子尋上雪茶山莊，非要嫁雪線子前輩為妾，結果雪線子前輩的髮妻勃然大怒，當即拂袖而去，不見了蹤影。」

「這……這只能怪前輩不好。」鐵靜又是想笑，又是替雪線子發愁，「之後呢？」

宛郁月旦悄悄地道：「前輩逼於無奈，孩子都生啦，他只好娶了那美貌女子為妾。」

鐵靜嘆了口氣，誰都知道如今雪線子無妻無妾，孑然一身，誰知他也曾有嬌妻美妾的一日。

宛郁月旦繼續道：「他那髮妻聽說他成婚的消息，一氣之下孤身闖蕩南疆，就此一去不復返。雪線子思念髮妻，於是前往南疆找尋，一去就是兩年，等他尋到妻子，已是一具白骨，聽說是誤中瘴毒，一個人孤零零死在密林之中。」

鐵靜安靜了下來，心裡甚是哀傷，宛郁月旦又道：「等他安葬了妻子，回到雪茶山莊，卻發現妾室坐在山前等他歸來，身受高山嚴寒，已經病入膏肓，無藥可救。」

鐵靜戚然，重重吐出一口氣，「兩年？」

宛郁月旦點了點頭，「他去了兩年，回來不過一個月，妾室也撒手塵寰，留下兩歲的鐘姑娘。他從不認是鐘姑娘的生父，我想……也許是因為愧對他的髮妻和妾室，也可能是不想讓自己的女兒知道娘親是因他而死，總之……」他悠悠嘆了口氣，「前輩的半生不盡如意。」

「但鐘姑娘怎會被誤認為琅玡公主？」鐵靜低聲問：「她自己只怕不知道身世，一旦真相大白，豈非欺君之罪？」

宛郁月旦搖了搖頭，「這事非常棘手，極易掀起軒然大波，紅姑娘雖然並無回歸之意，但柳眼必然知道她的身世。」他輕輕吁出一口氣，「她癡戀柳眼，必定對他毫無保留，而柳眼若是知道，或許鬼牡丹也會知道。一旦鬼牡丹知道紅姑娘才是公主，他就會拿住紅姑娘，威脅鐘姑娘。」

「威脅鐘姑娘和趙宗靖、趙宗盈，以禁衛軍之力相助風流店？」鐵靜聲音壓得越發低沉，「可能嗎？」

宛郁月旦又是搖了搖頭，「禁衛軍不可能涉入江湖風波，就算要用其力，也是用在宮裡。」

鐵靜深為駭然，「鬼牡丹想做什麼？」

宛郁月旦嘆了口氣，「我不知道。」

兩人一起沉默了下來，方才輕鬆愉快的氣氛蕩然無存。

過了好一會兒，鐵靜低聲問：「這種事，唐公子會處理麼？」

宛郁月旦微微一笑，「會。」

鐵靜苦笑，「這等事全無我等插手的餘地，說來唐公子真是奔波勞碌，時刻不得休息。」

宛郁月旦靜了一會兒，「他……」鐵靜聽著宛郁月旦繼續說，靜待了片刻，只聽宛郁月旦的聲音很溫柔，「他若是沒有這麼多事，想必會更寂寞。」

兩人坐在地上，一隻雪白的小兔子跳了過來，鑽進宛郁月旦懷裡，他輕輕撫了撫兔子的背，「江湖腥風血雨，我覺得很無趣，但有人如果沒有這腥風血雨，人生卻會空無一物……」

「宮主！宮主——」門外突然有腳步聲疾奔，隨即一人「碰」的一聲撞門而入，鐵靜掠身而起，喝道：「誰？」

宛郁月旦站了起來，只見闖進來的人滿身鮮血，碧綠衣裳，正是本宮弟子。鐵靜將他一把抱住，那弟子後心穿了個血洞，眼見已經不能活了，緊緊抓住鐵靜的衣裳，喘息道：「外面……有人……闖宮，我等擋不住……宮主要小心……」話未說完，垂首而死。宛郁月旦眼神驟然一變，大步向外走去。鐵靜將人放在椅上，緊隨而出。

但見偌大碧落宮中一片譁然，數十名弟子手持刀劍與一人對峙，碧漣漪長劍出鞘，正攔在來人之前。

宛郁月旦瞧不見來人的模樣，卻能感覺一股冰冷入骨的殺氣直逼自己胸前，彷彿對面所立的，是一尊斬風瀝雨而來的魔，天氣冰寒森冷，在那尊魔的身軀之內卻能燃燒起熾熱的火焰一般。

持戟面對碧落宮數十人的人，正是狂蘭無行。方才他走到碧落宮門口，看門弟子認得他是狂蘭無行，知道此人在宮內療養甚久，便未多加防範，結果朱顏一戟穿胸，殺一人重傷一人。

「宛郁月旦？」朱顏的聲音冷峻，帶有一股說不出的恢宏氣象，彷彿聲音能在蒼雲大地間迴響。

宛郁月旦站在人群之前，右手五指握起收在袖內，「正是，閣下受我救命之恩，卻不知為何恩將仇報，殺我門人？」他的聲調並不高，聲音也不大，然而一句話說來恩怨分明，不卑不亢。

朱顏長戟一推，「受死來！」

他對宛郁月旦所說的話充耳不聞，褐色長戟挾厲風而來，直刺宛郁月旦胸口。碧漣漪大喝一聲，出劍阻攔，長劍光華如練，矯如龍蛇，與長戟半空相接，「嗡」的一聲長音，人人掩耳，只覺耳鳴心跳，天旋地轉。碧漣漪持劍的右手虎口迸裂，鮮血順劍而下，他架住朱顏一戟，手腕一翻，「唰唰」三劍向他胸口刺去。

「碧大哥，回來！」宛郁月旦在那滿天兵刃破空聲中喝了一聲，他的聲音幾乎被長戟破空之聲淹沒，碧漣漪卻是聽見，身形一晃，乍然急退。朱顏往前一步，驀地袖袍一拂，只見他一袖紫袍上密密麻麻扎滿了肉眼幾不可見的細細銀針，他抬頭森然望向宛郁月旦，宛郁月旦右手拿著一樣形如雞蛋的東西，對他晃了一晃，微微一笑。

那是「五五四分針」，粹有劇毒，這種機關暗器使用起來手法複雜，常人一雙手一起用上也未必能操作得宜，宛郁月旦卻是用一隻右手便全部射了出去。朱顏長戟以對，刃尖直對宛郁月旦的胸口，誰都看得出他正在盤算如何對準宛郁月旦的胸口，然後飛戟過去，先擊碎宛郁月旦的胸骨、再擊穿他的胸膛。

「宮主……」碧漣漪接住朱顏方才一戟，氣血震盪已受了內傷，眼見朱顏舉起長戟，就要擲出，他低低地叫了宛郁月旦一聲，盡力提起真氣，準備冒死擋住這一擊。這一擊和方才一戟必定不可同日而語，狂蘭無行為何會突然折返要殺宛郁月旦，其中的緣故他並不明瞭，但絕不能讓此人在碧落宮中為所欲為，更不必說讓他殺死宮主！

就算他死！也絕不會讓狂蘭無行傷及宛郁月旦一分一毫！

長戟揮舞，「霍」的一聲在空中翻了個觸目驚心的圓，朱顏揮戟在手，微風吹過他雜色的亂髮，光潔的刃面上映著他妖邪的面容，「呼」的一聲，長戟應手而出。

帶起的風並不是很大，和人們驚心動魄的想像並不一樣，碧漣漪長劍揮出，橫掠出數十道劍影斬向那長戟。朱顏手一翻戟一橫，「噹噹噹」一連數十聲，戟掃如圓，嗡然一聲一柄長劍脫手飛出，閃爍著日光的影子落向一旁。在眾人驚呼聲中，碧漣漪口噴鮮血，一連倒退三步，「碰」的一聲撞上鐵靜的身子才站住。鐵靜將他扶住，指節握得咯吱作響，硬是忍住沒有做聲，站在宛郁月旦身旁。

如果連碧漣漪都不是對手，他更不是。

「霍」的一聲，長戟再度翻了個圓，一模一樣的姿勢，刃尖直至宛郁月旦。朱顏臉上帶著一抹冰冷的嘲諷，似乎在笑碧落宮偌大名聲，卻著實不堪一擊。碧落宮弟子各握刀劍，暗暗準備他這一戟若是擊出，自己要如何招架、如何為宛郁月旦擋下一擊。

「嗚——」的一聲，長戟再度晃動，風聲依然很小，眾人的刀劍不約而同一起揮出，但聽「劈里啪啦」一陣脆響，如跌碎了一地瓷盤，刀折、劍斷、人傷！一柄長戟自數十柄刀劍的重圍中霍然突出，宛似絲毫不受阻礙，直刺宛郁月旦胸口！

刃如光、戟似龍，追風耀日，天下無雙！

「宮主！」眾人齊聲驚呼，鐵靜袖中鏈揮出，「噹啷」繞了那長戟一圈，然而戟上蘊力極強極烈，細長的鋼鏈一摧而斷，絲毫沒有阻礙長戟前進！

電光石火的瞬間，宛郁月旦甚至來不及往旁側退一步！

「噹」的一聲脆響！

那柄所向披靡的長戟突然從中斷裂，刃尖微微一歪，擦著宛郁月旦的衣角飛過，轟然插入他身後磚牆，灌入四尺之深，足以將磚牆對穿。眾人駭然抬頭，只見一物盤算飛回，落入一人手中，剛才正是這人出手斷戟，救了宛郁月旦一命。

來人一身白衣，髮髻微亂，右手持刀，左手還端著一杯茶，正是傅主梅。

朱顏眼見長戟被斷，並不在乎，抬起頭來，狂傲的眼神往傅主梅身上灼燒而去，「是你。」

傅主梅左手端茶右手持刀，似乎有些摸不著頭腦，將奶茶往宛郁月旦手裡一遞，他握刀在手，「是我。」

朱顏右手向前，五指微曲，擺出一個奇怪的架勢，「小子，你要是敗不了我，碧落宮滿宮上下我人人都殺，雞犬不留！」

傅主梅眼簾微閉，緩緩睜開，他的眼神變得清澈而冷冽，空氣中似也變得更冷更清寒，漸漸地他的周身隱約籠罩著一層白霧，「我在這裡，就不許任何人傷害碧落宮裡任何一樣東西。」

一人自庭院後搖搖晃晃地走來，手裡提著一壺酒，往嘴裡灌了一口，醉眼朦朧地看著朱顏和傅主梅二人。朱顏那五爪式是一門罕見的絕技，叫做「狂顏獨雁」，比起任何一派名門的爪功都不遜色，傻小子的飛刀絕技雖然驚人，但未必避得過朱顏的五爪。這醉酒觀戰的人是梅花易數。

微風徐吹，傅主梅身周清冷的空氣緩緩的往朱顏身前飄拂，朱顏右足一頓，一身紫袍突然顫慄顫抖，衣角紛飛，再過片刻就似地上沙石也跟著那衣角顫抖起來，日光之下，隨衣角顫抖的影子就彷彿無形無體的黑蛇，不住的翻湧長大。碧漣漪略調了下氣息，讓鐵靜、何簷兒等人護著宛郁月旦緩緩後退。碧落宮眾越聚越多，佇列整齊，陣勢龐大，數名元老也一起站出，將朱顏和傅主梅團團圍住。

「呵——」一聲低吟，朱顏口中吐出一口白氣，剎那身形已在傅主梅面前，五指指甲突然變黑，一股濃郁的腥臭之氣撲鼻而來，那並非指上有毒，而是氣血急劇運作，連自己的指甲都承受不住那種烈度，剎那焚為焦炭。傅主梅看得清楚，御梅刀飛旋格擋，寒意彌散，就如於指掌間下了一場大雪。

「啪啪」一聲響，兩人瞬間已過了五十餘招，觀者皆駭然失色，朱顏指上真力高熱可怖，五指掠過之處，略微帶及傅主梅的衣裳，那衣裳立即起火。傅主梅刀意清寒如冰，刀刃過處，火焰立刻熄滅，刀上所帶的寒意令冬日水氣成霜，經朱顏指風一烤，白霜化為水霧紛紛而下。他二人一白一紫，就在眾人圍成的圈子裡動手，指刀之間忽雨忽雪，紛紛揚揚，氣象萬千。

「難得一見……」聞人壑喃喃地道：「這兩人都是百年難得一見的奇才。」宛郁月旦雖看不見，卻能想像得到眾人眼前是多麼令人驚駭的景象，微微一笑。碧漣漪看著那二人動手的奇景，兩人的招式變化都非常快捷，咽喉前不到五寸的空間之中刀刃與指掌不斷變化招式，有許多戳刺點都是不住重複，但那兩人卻能以一模一樣的力度和角度格擋。

超乎尋常的集中力……而若非彼此都有高超的控制力和穩定性，若非遇上了同樣意志力驚人的對手，絕不可能迸發出如此奇景，就如一曲高妙動人的琵琶正彈到了最快最綿密的輪音。

弦撥愈急、音愈激越，殺伐聲起，如長空飛箭萬馬奔騰，金戈舞血空塗長歌哭，剎那間人人心知已到弦斷之時！

「嗡」的一聲響振聾發聵，傅主梅的刀終於尋得空隙，對朱顏的右肩直劈而去！那一刀精準沉斂，「刀」之一物，最強之處豈非就是劈和砍？這一刀劈落，刀風穿透朱顏五指指風，剎那間「嗡」然震動之聲不絕，人人掩耳，彷若傅主梅不是只出一刀而是撞響了一具巨大的銅鐘，身後屋宇的窗櫺「格啦」作響，裂了幾處。朱顏側身閃避，然而刀意遠在刀前，刀未至，「潑」的一聲他肩上已開了一道口子，鮮血泉湧而出！

朱顏的眼驟然紅了，瞬間腮上青紅的一片赫然轉為黑紫之色，「哈——」的一聲吐聲凝氣，聞人壑脫口大叫，「魑魅吐珠氣！」

碧漣漪奪過身邊弟子的長劍，馭劍成光華，不由分說一劍往朱顏背上斬去。

魑魅吐珠氣，是一門吃人的魔功，但凡修煉這種內功心法的人無一例外都會突然死去，並且全身發黑、血肉消失殆盡，只餘下一具骷髏模樣的乾屍。武林中對這門功夫聞之色變，其惡名不下於《往生譜》。七十年前曾有一人練成這門武功，而後濫殺無辜，最後神智瘋狂自盡身亡。聽聞他之所以能練成「魑魅吐珠氣」，是因為他體內臟腑異於常人，共有兩顆心兩個胃兩副肝臟。眼前朱顏竟能施展「魑魅吐珠氣」，難道他也一樣天賦異稟？魑魅吐珠氣悍勇絕倫，聽聞強能摧山裂地，拍人頭顱就如拍爛柿子，並且身中「魑魅吐珠氣」的人，也會全身發黑、血肉消失殆盡而死……

「漣漪！」聞人壑失聲驚呼，朱顏發黑的五指已對著傅主梅的胸膛插落，指上五道黑氣如霧般噴出，傅主梅馭刀在先，刀光乍亮，朱顏右肩上傷口再開，「格拉」一聲似乎是斷了骨頭，然而那五指已觸及傅主梅的胸前。碧漣漪適時一劍斬落，朱顏右手驀地收回反抓，碧漣漪劍刃在朱顏身後斬出一道傷痕，朱顏的五指業已插入他胸膛半寸！傅主梅大喝一聲，血光飛濺，御梅刀如冰晶寒月般倒旋而回，朱顏的一條右臂被他一刀劈了下來！

「小碧！」傅主梅斬落朱顏右臂，那條手臂自碧漣漪胸前跌落，他一把抱回碧漣漪，片刻前冷靜自若的神態蕩然無存，「小碧！小碧小碧小碧！」

碧漣漪手裡仍牢牢握著長劍，忍住湧到嘴裡的一口熱血，低沉地道：「我沒事！保護宮主！」

傅主梅連連點頭，連忙奔到宛郁月旦面前將他擋住，想想不妥，又把碧漣漪抱了過來，交給鐵靜，臉上全是驚慌失措。碧漣漪看在眼裡，微略咳了兩聲，這人自己身中劇毒的時候全不在意，看到別人受傷卻是一副快要哭出來的臉……

「咳咳……」

「怎麼辦？怎麼辦？」傅主梅眼裡看著斷了一臂的朱顏，但實際根本沒在看他，「小碧你痛嗎？痛不痛？」

宛郁月旦的聲音很溫柔，沉靜得宛如能夠撫平一切傷痛，「他沒事。」

鐵靜咬住牙勉力維持著一副冷淡的面容，他的劍在碧漣漪手上，碧漣漪沒有鬆手，那劍就像牢牢的握在自己手上一樣。

碧落宮眾拔出刀劍，互擊齊鳴，臉上均有憤怒之色。朱顏斷了一臂，緩緩站了起來，他連一眼也沒有瞧自己斷落的手臂，只是目不轉睛地看著傅主梅，突然轉過身去，厚重的紫色長袍發出一聲震響，拂然而去，右肩傷處血如泉湧，他垂下眼睫，大步離去。

即使是斷了一臂的狂蘭無行，依舊無人敢擋。

碧落宮弟子讓開一條去路，朱顏踏過的地方一地猩紅，成片的血跡，沾染了血跡的腳印、棄之身後的斷臂和灌入牆角的半截長戟，冬日的風吹過，不知怎的，給人一種異常落寞的感覺。

第三十八章　碧血如晦

「呃……咳咳……咳咳咳……」

玉團兒再度端來一盆熱水，阿誰坐在床邊扶著不斷嘔吐的唐儷辭，他渾身冷汗，從方才將阿誰趕出去之後一直吐到現在，一開始吐食物和水，漸漸連血都吐了出來，到現在沒什麼可吐的了，仍然不住的乾嘔。玉團兒發現他樣子不對破門進來，唐儷辭已經說不出話，除了嘔吐和咳嗽，他一句話都沒有說。阿誰拿著熱毛巾不斷為他擦拭，他那身衣服還是很快被冷汗浸透，冬日氣候寒冷，摸上去冰冷得可怕，就像衣裳裡的人完全沒有溫度一樣。

「他……他是怎麼了？不會死掉吧？」玉團兒看得心裡害怕，低低地問阿誰。

阿誰默默地為他擦拭，受恐嚇和傷害的人是她吧？為什麼這個施暴和施虐的人看起來比她更像受害者？他看起來比她更像是……要死去的樣子？他……他……

他心裡究竟……想要她怎麼樣他才不會受傷害呢？難道是因為她不肯聽話不肯心甘情願真心實意的愛他，不肯為他去死，所以他才會變成這樣？她的眼圈酸澀，怎能有人如此霸道、如此瘋狂、如此自私、如此殘忍？但……但他就是這麼瘋狂又脆弱，就是讓人完全放不下……

好像一個……拼了命要贏得喜歡的人關注的孩子……那麼拼命、那麼異想天開、那麼羞澀又那麼卑微可憐，脆弱得彷彿得不到重視就會死掉一樣。

阿誰的眼淚在眼眶裡轉，你……你……那麼脆弱，可是你最傷人的不是你脆弱，是那個你想要贏得關注的人，根本不是我。

我覺得那根本不是我。

是吧？你想得到誰的關心、想得到誰「可以為你去死」的愛呢？

阿誰的眼淚順腮而下，我根本不敢愛你，因為你根本不會愛我，可是每當你做了傷害我的事，為什麼我總是會覺得傷心、覺得失望呢？無論我心裡想得有多清楚，總是會很失望，我想……那是因為我看著你對別人都好，都會保護別人，卻偏偏要傷害我，我覺得……很不甘心吧？

她望著唐儷辭的眼神漸漸變得溫柔，在水桶裡換了一把毛巾，你把我當成了誰的替身？是誰對不起你，沒有關心你寵溺你，讓你如此傷心和失望呢？

她想……她已經觸摸到了唐儷辭心中的空洞，只是……救不了他。

「阿誰姐姐！妳摸摸這裡，他這裡很奇怪。」玉團兒正在扯唐儷辭身上的衣服，要為他換一身乾淨的中衣，按到他腹部的時候，感覺到一團古怪的東西，比尋常人要略為硬了一點。阿誰伸手輕按，那團東西莫約有拳頭大小，她一用力，唐儷辭眉頭蹙起，渾身出了一陣冷汗，雖然他不說話，但一定非常疼痛。

這就是那團她瞧見了一眼，但覺得不像人心的東西。沉吟了好一會兒，她讓玉團兒出去，關上房門，解開唐儷辭的衣裳，唐儷辭的肌膚柔膩光潔，但裸露的肌膚上有許多傷痕，較新的傷痕共有兩處，許多舊傷不知從何而來。解開衣裳之後，她輕輕按壓，那團東西在腹中埋得很深，唐儷辭衣裳半解，一頭銀灰色的長髮流散身側，練武之人全身筋骨結實，曲線均勻，沒有一絲贅肉。也許是嘔吐到脫力，唐儷辭一動不動，任她擺布，眼睫偶爾微微顫抖，就是不睜開。

她為他擦乾身上的冷汗，換了一身乾淨的中衣，坐在床沿默默地看他，看了好一陣子，心中流轉而過的心事千千萬萬，說不出的疲倦而迷茫。

「唐公子。」她低聲道：「你……埋在腹中的心可能起了某種變化。」

唐儷辭閉著眼睛，一動不動，就似根本沒有聽見。她繼續道：「它……也許比沈大哥的刀傷更可怕。」

唐儷辭仍然一動不動，但她知道他並不是神志不清，等了好一會兒唐儷辭仍然沒有回答，她盡力柔聲問道：「怎麼了？身上覺得很難過麼？」她的手抬了起來，鼓足了勇氣輕輕落在唐儷辭頭上，緩緩撫了撫他的灰色長髮。

唐儷辭的右手微微動了下，她停下手，看著他右手五指張開，牢牢抓住她的衣袖。他並沒有睜眼，只是那樣牢牢的抓住，雪白的手背上青筋綳緊，像要握盡他如今所有的力氣，好像不牢牢抓住一點什麼，他就會立刻死掉一樣。

她沒再說話，靜靜地坐著陪他。

天色漸漸的暗了，黃昏的陽光慢慢的自窗口而來，照在她淡青色的繡鞋上，繡線的光澤閃爍著舊而柔和的光澤。

夜色慢慢降臨，整個房間黑了起來，漸漸看不清彼此的面容。

唐儷辭仍然牢牢握著她的衣袖，她聽著他的呼吸突然急促起來，那種急促而紊亂的呼吸持續了好一會兒，「它為什麼不跳了？」

他說了一句話，但她全然沒有聽懂，「什麼……不跳了？」

他的呼吸更為煩亂焦躁，「它為什麼不跳了……」阿誰怔怔地看著他，她不知道他在說什麼，他的手越握越緊，「好奇怪……好奇怪……」

他反反覆覆地說「好奇怪」，她不知道他覺得什麼很奇怪，慢慢抬起手，再一次輕輕落在他頭上，第二次撫摸他的長髮，比第一次更感覺到害怕，但如果她不做點什麼，也許……也許他便要崩潰了吧？

好奇怪……為什麼從來不覺得會改變的東西，總是會改變？相信的東西本來就很少了，卻總是……總是……會變壞、會不見……唐儷辭用右手緊緊抓住阿誰的衣袖，抬起左手壓住眼睛。為什麼他們不愛他？他是他們親生的……但他們總是希望他從來不存在……為什麼傅主梅會比較好？從來都不覺得的，到現在也不覺得的……為什麼阿眼要變壞……為什麼方周會死……為什麼池雲會死……

好奇怪……為什麼連方周的心都不跳了？

他已經這麼拼命努力，他做到所有能做的一切……為什麼還是沒有守住任何東西？

一隻溫暖的手落在他額頭上，他沒有閃避。

「我……想……我是怎樣也不能明白你在想什麼的吧？」阿誰低聲道：「其實我很多時候都以為距離明白你只差一步，但這一步始終是非常非常遙遠。你說好奇怪，是在奇怪些什麼呢？」她的手緩緩離開了他的長髮，「我常常覺得奇怪，什麼叫做天生內媚，它又是怎樣吸引人？為什麼總會有不相識的男人會喜歡我……我很不情願，一直都非常不情願，也會害怕，但是從來都沒有人想要知道我的想法，很多人說愛我，卻說不清我到底好在哪裡；有人為我傾家蕩產、為我拋妻棄女，甚至為我而死……可是他卻只是把我當作女奴。如果只是想要一個女奴的話，是我或者是別人有什麼不同呢？」她幽幽地嘆了口氣，「我覺得很空洞，這些年來發生的種種讓我覺得很累，但不論我認識了多少人，其中又有多少人對我非常友善，仍然……沒有人想要知道我心裡……到底覺得怎樣。」她說著，不知不覺再輕輕撫摸了下唐儷辭的長髮，「是我表現得太平靜了嗎？我覺得我不該訴苦，也許最痛苦的是受我這張面容蠱惑的男人們，他們為我盡心盡力，甚至為我喪命，是我虧欠了他們，所以我不能訴苦，我該儘量的對他們好，儘量讓他們不覺得憤怒和失望……」她的聲音停住了，過了好一會兒，她緩緩地道：「我不停的照顧人，遇見這個就照顧這個，遇見那個就照顧那個……而在男人們心中，我先是奴婢，而後變成了娼妓。」

她望著唐儷辭，眼神很蕭索，「我做錯了什麼……非得變成這樣？」

唐儷辭壓在左眼上的手臂緩緩放了下來，他睜開了眼睛，但沒有看她，只是靜靜地看著屋梁。屋內一片黑暗，他的一雙眼眸在黑暗中熠熠生輝，就如窗外的星星一樣。

「篤篤」兩聲，門外玉團兒輕輕敲了敲門，悄聲問：「阿誰姐姐，他死了沒有？」

阿誰淡淡一笑，拉開唐儷辭的手，站起身來開門出去。

玉團兒就站在門口，指指屋內，「他死了沒有？」

阿誰搖了搖頭，「他沒事，只是心裡難過。」

玉團兒奇道：「他也會心裡難過？」

阿誰握住她的手，「無論是誰都會心裡難過，妳也會，對不對？」

玉團兒「嗯」了一聲，又道：「但再難過也沒有用，他總是比較不想我的啦。對啦，快要三更了，林公子問要怎麼去救人呢？再不去望亭山莊外面就剩下人頭了。」

救人？阿誰恍惚了一下，只是一日而已，卻彷彿過了很長很長，怎麼去救人呢？

她掠了下頭髮，「妹子，妳的暗器手法如何？」

玉團兒瞪大眼睛，「不知道呢！我打過樹林裡的鳥和野貓。」

阿誰探手入懷，取出白素車給她的那柄「殺柳」，「這是一柄削鐵如泥的寶刀，我想風流店既然把人掛在樹上，應該有繩索，妳把繩索射斷，他們應該就能下來了。」

玉團兒接過「殺柳」，卻問：「要是他們被點了穴道呢？要是他們的手腳也被繩子綁住怎麼辦？他們都不會武功呢！就算下來了怎麼跑也跑不過風流店的追兵的。」

阿誰低聲道：「要妳出手射斷繩子就已經很危險了，如果風流店的人向妳追來怎麼辦？我不知道怎麼保護妳，也不知道怎麼保護林公子。」

玉團兒「哎呀」一聲，「阿誰姐姐也有不知道怎麼辦的時候，我以為妳什麼都不怕呢！」

門檻一響，林逋負手而來，「望亭山莊外點起許多火把，就算要悄悄靠近也不容易，已經有兩個人被吊了起來，刀架在頸上……」他搖了搖頭，目中流露出淡淡的悲憫之色，「只怕……」

三人面面相覷，連累無辜之人為己喪命，於心何忍？

阿誰突然道：「有一個辦法，我去自投羅網，說唐公子已經走了，讓他們放了那些人。」

玉團兒連聽也不想聽，「胡說八道，他們抓到妳立刻殺了，哪會聽妳的話？」

阿誰搖頭，「他們不會殺我，但若是妳或林公子被找到，不一定能活命。她咬了咬牙，往裡看了一眼，「鳳鳳就拜託——」

她的話音戛然而止，林逋轉過身來，「怎麼？」

阿誰指著唐儷辭的房門，鳳鳳還坐在床上，剛才還躺在床上的唐儷辭卻蹤影不見，不知何處去了。

「他難受成那樣，要怎麼去救人？」玉團兒失聲道：「剛才我還以為他要死了呢！怎麼一下子不見了？」

阿誰怔怔地看著空蕩的床榻，他是去救人了吧？

當人……心智狂亂到他那樣的地步之後，還知道要救人嗎？

他只能救別人，卻一直救不了他自己。

狂蘭無行走了。

他帶給碧落宮的驚心卻還沒有消散，碧落宮致命的弱點仍在，缺乏第一流高手作為中流砥柱，雖然說如朱顏這等武功的高手少之又少，世上最多不過三五個，但今日若是傅主梅不在，就當真被朱顏橫掃而過。朱顏雖然已經離開，他帶來的滿地血汙還未擦拭，碧落宮一度人心惶惶，但很快眾人便忘了驚惶，轉為碧漣漪的傷勢擔憂。

碧漣漪傷得很重，除了受朱顏強勁真力震傷內腑之外，危殆的是胸口結結實實的中了「魑魅吐珠氣」，朱顏五指所留下的傷口很快發黑，所流的鮮血卻異樣的紅，望之甚是可怖。聞人壑讓他服下治療內傷的藥丸，對那邪門的「魑魅吐珠氣」卻是束手無策，那胸口的傷口無法癒合，不住流血，灼熱的真氣沿著他血脈往內腑侵蝕，若非碧漣漪本身根基深厚，只怕早已在「魑魅吐珠氣」下燒成一具焦黑的乾屍。

房中，傅主梅正在為碧漣漪運功逼出「魑魅吐珠氣」，聞人壑配合他的行氣扎針，但這種邪門武功強勁非常，究竟能不能救得了人，誰也說不準。宛郁月旦在碧漣漪房裡待了一陣，靜靜地退出，不打擾碧漣漪休息。

和碧漣漪的房間隔了幾個院子，紅姑娘坐在房裡，她聽見外邊喧嘩了好一陣子，但並沒有出去查看到底發生了什麼事。看著碧落宮弟子匆匆集結，而後陸續返回，她聽大家私下議論，是狂蘭無行闖入碧落宮，要殺宛郁月旦。眾人都很義憤，狂蘭無行分明是碧落宮所救，此舉恩將仇報，未免太過喪心病狂。

紅姑娘聽著，朱顏要殺宛郁月旦必然是受了桃姑娘的挑撥。她和真正的「狂蘭無行」朱顏並不相識，所見的都是中毒之後失去神智的朱顏，但聽說過朱顏的少許傳聞。聽說他癡戀一名女子，當年加入「七花雲行客」便是為了那名女子，如今要殺宛郁月旦也多半是為了那名女子，那名女子姓薛，叫做薛桃，她曾見過薛桃的畫像，生得和桃姑娘幾乎一模一樣。

她是不知道那位薛姑娘究竟好在哪裡，但能令狂蘭無行這樣的人物為之出生入死，必然是與眾不同的女子。怔怔地想了好一會兒，想到連她自己都不知道自己在想什麼，幽幽地嘆了口氣，尊主有了消息，卻依然不知身在何處，她必須想到法子讓宛郁月旦將柳眼找到，然後藏匿到一處無人知曉的地方。在風流店中她尚有一小股心腹，憑著尊主的九心丸，有她代謀，日後尊主仍有問鼎江湖的機會。

「我看我們還是去看下吧……」庭院外隱約傳來人聲，方才折返的幾名碧落宮弟子又折了回來，「碧大哥傷得很重，現在不去看，也許……也許……」

另一人噓了一聲，「別說了，聽了怪傷心的。」

第三人也道：「嗯，碧大哥總是跟著宮主，和咱們不熟，不過剛才他挺身救人，雖然不敵那個狂蘭無行，但是真是很有英雄氣概。」

第一個說話的人的聲音很哀戚，「我一直以碧大哥為表率……」

說著說著，那幾人漸漸走過了。

紅姑娘怔怔地看著門口，碧漣漪受了重傷，就要死了？她已有幾天沒有見到碧漣漪，但他生得什麼模樣她卻記得清清楚楚，一個俊朗挺拔的男子，堅毅、沉靜而且溫柔，真的要說他有什麼不好，只能說他就不好在他不是柳眼。碧漣漪的武功很高，高過碧落宮內很多人，但他說為碧落宮鞠躬盡瘁，便是為碧落宮鞠躬盡瘁，一點也不假。

碧漣漪當然沒有柳眼俊美，當然……也沒有柳眼那種彷彿無論如何都不會高興的陰鬱，沒有那種缺乏了什麼的空寂，他既不會彈琴、也不會寫詞，但……但他怎能就這樣死了呢？她奔到門口，看著那幾人的背影漸漸遠去，碧漣漪就快死了，當真麼？

碧漣漪房中。

傅主梅為他運功已過了大半個時辰，聞人壑甚是心焦，換了旁人，源源不斷的使用真力救人，恐怕早已力盡衰竭，但傅主梅顯然並不想何時會傷到自己，而只是在想盡力逼出碧漣漪胸口邪門的真力。

但他運了如此久的真力，只見碧漣漪胸口起伏，那焦黑的傷口與胸口略顯蒼白的肌膚相映，觀之十分可怖，卻不見好轉。聞人壑在碧漣漪全身大穴下了十二支銀針，配合傅主梅的運功，只能勉強阻止碧漣漪胸口那劇烈的熱力不至於過度侵入他的氣血，一時間也想不出什麼新的辦法。

柔和的陽光漸漸地傾斜，冬日的陽光總是分外溫暖，慢慢照入房內。碧漣漪的呼吸逐漸急促，縱使傅主梅和聞人壑全力施為，終是難以阻止他的傷勢逐漸惡化。

一道人影隨著陽光慢慢映入房內。

聞人壑回過身來，站在房前的是紅姑娘，他打心底不喜歡這個效忠風流店的年輕女子，眼見她站在門口，重重哼了一聲，轉身便走。碧漣漪身上的銀針已經插完，有傅主梅在此，料想這女子也不敢對碧漣漪如何。

傅主梅雖在運功，卻可以睜目說話，眼見紅姑娘站在門口，很想對她笑一下，但又怕她突然生氣，於是想笑又不敢笑，憋得滿臉通紅。紅姑娘見狀，極淡的一笑，緩步走了進來。

碧漣漪慢慢睜開眼睛，看了她一眼，隨即闔上。傅主梅覺得他胸口的真氣略略一亂，隨即寧定，心裡頓時說不出的佩服，如果換了是他受了這種很可能治不好的重傷，心愛的人來看望，心情一定會很激動吧？

「你……」紅姑娘彎下腰來看碧漣漪，聲音很輕，「快要死了嗎？」

「咳咳……」碧漣漪睜開眼睛，「是。」

紅姑娘目不轉睛地看著他，彷彿在試探他有沒有說謊，看了一陣，她緩緩地道：「你……你要是為了我去死，或許……我是不會來看你的。」晚風吹拂，她伸手挽了一下頭髮，那姿態很嫻雅，「就像我如果為了尊主死去，他也一定不會來看我一樣。但是我沒有想到你……你還可以為了別的東西拼命……」

傅主梅呆呆地聽著，他似乎聽得有些懂，但大部分是不懂的，很認真的反駁了一下，「啊，妳在說阿眼嗎？他不會喜歡妳為他死的，他會很難受的。」

紅姑娘沒有理睬他，仍是淡淡地道：「這就是男人嗎？」

「我不會讓碧落宮受任何損傷。」碧漣漪的眼神很平靜，彷彿並不覺得自己受的是無藥可治的傷，也彷彿並不覺得痛苦，「只是如此而已。」

紅姑娘看著他胸前的傷口，「就算自己受到這樣的傷也不怕？」

碧漣漪道：「不怕。」

「你不怕死嗎？」紅姑娘低聲問：「這樣就死了，你這一生什麼都沒有，只為碧落宮而活，不遺憾嗎？」

碧漣漪閉上眼睛，聲音雖然很輕，卻依然很低沉，「不遺憾。」

紅姑娘看著他，他的確連睫毛都未顫動一下，「你……你真的是個很堅定的人。」她的聲音起了一絲輕顫，「你難道從來沒有……懷疑過、害怕過？從來沒有不甘心，從來不患得患失嗎？」

碧漣漪沉默，傅主梅目瞪口呆地聽著她說話，只覺得自己的頭腦本就不太聰明，聽紅姑娘說話是越聽越糊塗了。

「我不相信人能這樣堅定。」她繼續低聲道：「有一種……有一種……」她緩緩地道：「有一種不想讓任何人擔心的嫌疑。」

碧漣漪微微一震，傅主梅覺得他體內穩定運轉的真氣突然亂了，紅姑娘的聲音拔高了，「我不相信有人能沒有遺憾，不管是要死的人還是繼續活著的人，只要是活著的人……我覺得每天都有遺憾，總有事情沒有做完、總有各種各樣的希望、總有計劃和對將來的想法！總會有很多事做錯很多事失敗很多事沒有指望，那就會不停地後悔和遺憾！就像你喜歡我，而我不但不把你當回事，還一而再再而三的傷害你那神聖不可侵犯的碧落宮！你說你不遺憾嗎？你說你不想改變嗎？你敢說沒有期待嗎？」她頓了一頓，「即使是快要死了，正是因為你快要死了……不肯承認你不甘心，要掩蓋你的遺憾，裝出一副不會讓任何人擔心的樣子，那才讓人覺得……」她的聲音低了下去，過了一會兒，她道：「很遺憾，很不甘心。」

傅主梅極力護著碧漣漪的真力不走入岔道，這一瞬間他的內息紊亂得幾乎找不到頭緒，「咳咳……」碧漣漪胸口的傷處變得更為焦黑，傅主梅覺得他的聲音比內息平靜了一百倍不止，「紅姑娘，請回吧。」他平靜地道：「天色不早了。」

「喂，這次你要是不死，我……」紅姑娘並不走，緩緩地道：「我……有一個想法。」

碧漣漪道：「姑娘，早回吧，妳打擾我……」

紅姑娘打斷他的話，「以後，你不要為了碧落宮去死，我也不要為了尊主去死，好不好？」她低聲問：「好不好？」

傅主梅睜大了眼睛，他有些懂了她的意思。

碧漣漪胸口起伏，氣息有些亂，「我……」

「我一點也不希望你死，你知道嗎？你是我一生之中，唯一一個真心關心我的人。」紅姑娘繼續低聲道：「我……我想以後對你好些，所以……不要裝出一副不會讓任何人擔心的樣子，不要以為這樣就有人相信你死得其所，這樣只會讓人更擔心。」她突然淡淡一笑，「不要死好不好？」

「紅姑娘，」碧漣漪唇邊有絲淡淡的笑，「妳不是一直很有勇氣，早已決定為了柳眼犧牲自己，隨時可以為他去死？」

紅姑娘轉身往外走去，「嗯，但我今天開始明白，為了什麼東西去死，未必就是一件……」她走出了門外，低聲道：「……一件好事。」

傅主梅看著她頭也不回地走掉，「小碧，我覺得她真的再也不會為了阿眼去死啦！」

碧漣漪閉目咳嗽了幾聲，「你收手吧。」

傅主梅吃了一驚，「為什麼？」

碧漣漪低沉地道：「一個時辰了，再繼續下去你會內力耗竭，元氣大傷，如果朱顏再來……咳咳……」他的臉色越來越蒼白，「碧落宮危殆。」

「我不會放手的。」傅主梅嘆了口氣，「反正現在朱顏又沒有來，如果啊如果的，如果的事都還沒有發生……你傷得很重，我怎麼能放手呢？」他是不如碧漣漪想得周到，也沒有什麼退敵的妙計，但要他放手看碧漣漪死去，那是萬萬不可能的。

「咳咳……」碧漣漪突然劇烈嗆咳起來，「我……」

「別裝出一副不會讓任何人擔心的樣子，」傅主梅把他那略帶童稚的聲音努力放柔和了，「紅姑娘說得沒錯，她擔心你，我也擔心你，大家都很擔心你。現在這樣很好啊，我覺得她有一點點改變了，以後可能真的會對你比較好哦，你沒覺得好期待嗎？」

「我……」碧漣漪突然張口吐出一大口血來，「但是我……」一瞬間，堵在他胸口的那團阻塞突然衝破，真氣暢通無阻，傷口處的血頓時止了。傅主梅鬆開手，碧漣漪咳嗽不止，一連吐了好幾口血出來，那鮮血噴了出來燙得猶如烈火一般，濺落在床榻上被面竟受熱扭曲成一團。「咳咳咳……」碧漣漪幾乎不能呼吸，那團彷彿能將血肉燒成焦炭的灼熱真氣吐出之後，胸中似乎充滿了鮮血，而無法呼吸到空氣。

「喂！小碧？」傅主梅看見他吐出那些古怪血液出來，就知道一定燙傷了他的雙肺和氣管，手忙腳亂的扶他坐起來，幸好聞人壑插下的十二銀針起了作用，靜坐片刻，出血漸漸止了，碧漣漪極微弱的呼吸著，卻是一句話也說不出來了。

小碧有救了。傅主梅讓他靠著牆閉目養神，小心翼翼地從床上下來，生怕驚擾了碧漣漪任何一根頭髮。

一切都會慢慢好起來的，小碧對紅姑娘的感情、碧落宮的未來、江湖的未來、阿儷的未來……他揉了揉頭髮，總是相信什麼都會變好的，卻其實不是什麼都真的變好呢！但不管以後是不是真的會越來越好，他也一樣是這樣期待的。

碧漣漪重傷之後，宛郁月旦在他房裡待了一會兒，很快回到自己的住所，鐵靜隨侍在他身後，見他自己摸索著拿了一件衣裳，幾兩銀子，幾瓶藥丸，打成一個包裹。

剛剛發生朱顏闖宮之事，鐵靜分外謹慎，見他打了個包裹，失聲問道：「宮主要外出麼？」

宛郁月旦微笑，「我要出去幾天。」

鐵靜皺眉，「我去通知簷兒，宮主要去何處？」

「我這次出去，不帶任何人馬。」宛郁月旦提起方才他打好的包裹，整了整自己的衣裳，「也說不準什麼時候回來，在我回來之前，宮中事務交由碧大哥主持打理，碧大哥若是傷後虛弱，你和簷兒可先詢問畢長老，再徵求聞人長老的意見。」

鐵靜吃了一驚，「宮主你不帶任何人馬？那怎麼可能？宮中上下無論是誰都不會放心宮主這樣出門，讓鐵靜和簷兒與你同去。」

宛郁月旦轉過身來，對鐵靜招了招手。鐵靜關切地走近，「宮主有何吩咐——」突覺腰側一麻，宛郁月旦的右手自腰間放開，鐵靜駭然頹倒，宮主用腰間「麒麟刺」一擊倒了他，為什麼？只見宛郁月旦對他露出歉然而溫柔的微笑，雙手用力將他拖動，一直拖到自己床榻旁邊。他本想把鐵靜抱到床上躺好，然而手上氣力不足，終究是抱不動，只得讓鐵靜躺在地上，將床榻上的錦被取下來蓋在他身上，又把玉枕也挪下來放在鐵靜頭下，仔仔細細整得鐵靜全身上下妥帖舒服，方才站了起來。

鐵靜看他整理錦被，心裡越來越驚駭，宛郁月旦做出這種準備，那是當真打算一人離開，但他雙目失明，一個人要怎麼離開？又能去哪裡？正在疑惑擔憂之時，門外一陣窒悶的微風吹入，帶來熟悉的熱力，他看到一個人影映在牆壁之上，來人身材高大，滿頭亂髮，微風吹來的時候，似乎隱約帶了血腥之氣。

難道是——鐵靜瞧見那人影缺了右臂，心中驚駭已經到了無法表述的地步，難道是——狂蘭無行？不可能的！他剛剛才鎩羽而去，他剛剛被傅主梅砍斷一臂，他剛剛才身受重傷，怎麼可能突然返回？哪有人能如此悍勇？

「來得真快。」宛郁月旦的聲音響了起來，與門外吹入的熱風相比，他的聲音纖弱柔和，微略帶著一點雀躍，像個猜中燈謎的孩童，「能使八尺長劍和丈餘長戟的勇夫，想必不會知難而退，應是越戰越勇才是。我料先生必然再來，卻想不到這麼快。」

朱顏的聲音不見絲毫重傷後的疲弱，彷彿他從來沒有那條右臂，「你打好包裹，是自信我不會殺你？」

宛郁月旦的眼角略略上揚，黑白分明的眼睛睜得有些認真，「我一向很有自信。」

朱顏右臂的斷口已敷藥包紮，也不知他單憑一隻左手是如何做到的，包紮得十分妥當，他左手拄著一支竹竿，雖是一支竹竿，握在他手上實和長戟並無差別，「殺你，不需吹灰之力。」

「碧落宮與先生無冤無仇，先生要殺我，應當有什麼理由吧？」宛郁月旦背著那打得有些亂的包裹，看似一個乾淨稚弱的溫柔少年，「是先生有什麼心願不能達成，而有人允諾你了麼？」他柔聲道：「殺我，即使先生悍勇絕倫也必然會惹上許多麻煩，如果先生相信宛郁月旦之能，可否告訴我，有人允諾了你什麼？有什麼必須用我的人頭去換，而別無他法？」他望著朱顏的方向，神態很溫和，「碧落宮對先生，從來沒有傷害之意。」

朱顏目光流轉，如果宛郁月旦看得見，那目光非常凌厲，充滿了茹毛飲血般的暴戾之氣，這等妖魔般的眼神持續了甚長時間，他低沉地道：「我要找一個人。」

宛郁月旦自懷裡緩緩舉起一張畫卷，「先生要找的，可是這位姑娘？」

朱顏目光一掠，剎那間左手竹竿爆裂，竹節被焚為灰燼，他一字一字低沉地問：「這幅畫像，你在哪裡找到的？」

便在這時，一人聲音不高不低、不快不慢地道：「這幅畫像是我的。」

宛郁月旦微笑，一人自屋梁飄然而下，相貌俊美，面上一道傷疤讓人印象深刻，正是化身為「潘若安」的沈郎魂。

原來沈郎魂恰在今日早晨趕到碧落宮，草草說明唐儷辭所處的困境，並把唐儷辭在望亭山莊揭下的那幅畫像交給了宛郁月旦。那幅畫像和西方桃非常相似，懸掛在風流店隱祕的據點之中受供奉，必定是關係重大的人，並且很可能已經病重或者去世。唐儷辭希望宛郁月旦能著手查明畫中人究竟是誰，如果畫中女子已經去世，方周那失落的冰棺說不定便是被西方桃取去給這名女子使用，這女子必定干係風流店中一項重大辛祕。

宛郁月旦自是瞧不見那畫中女子的相貌，但他已從梅花易數那裡詳細聽說狂蘭無行和假名「西方桃」的玉箜篌都對玉箜篌的表妹薛桃有一段情，這畫中女子如果長得和「西方桃」非常相似，不是薛桃又是誰呢？而狂蘭無行如此武功，世上除了「情」之一字，還有什麼能令他赴湯蹈火，甚至泯滅恩義毫不在乎呢？剛才狂蘭無行突然而來，他沒將這畫像帶在身上，此時卻是早已準備妥當。

果然畫像一出，狂蘭無行氣勢驟變，沈郎魂適時現身，宛郁月旦心氣逾定，微笑道：「這位姑娘可是薛桃？」

朱顏目不轉睛地看著那畫像，畫中人的相貌幾乎和西方桃一模一樣，但在他看來顯然有天壤之別，「她人在何處？」朱顏目中璀璨的光芒越閃越盛，凌厲駭人，「說！」

沈郎魂平靜地道：「這幅畫像是我的。」

朱顏驀地抬目看他，沈郎魂淡淡地道：「這幅畫像是我和唐儷辭唐公子在望亭山莊內找到的，望亭山莊是風流店的祕密據點，畫如果在那裡，我想人也許也在。」他卻不說這畫中人姿態古怪，彷彿並非活人。

宛郁月旦眼角細細的褶皺微微舒開，舒得很清朗，「玉箜篌……」他一說到「玉箜篌」，朱顏身上殺氣驟然濃烈了許多，宛郁月旦只做不知，繼續道：「……對薛姑娘也有情，以他的為人，即使今日你取了我的人頭回去，他當真會把薛姑娘交還給你麼？」他的眼眸瑩瑩，隱約包含了悽楚之意，眼角卻仍在微笑，「或者說——他會把什麼樣的薛姑娘——交還給你？」

朱顏負手在後，靜靜地沉思，他武勇絕倫，但並非莽夫。玉箜篌陰毒狠辣，得不到的東西絕不可能平白放手，「你說——他會還給我一具屍首？」他低沉地道：「他敢嗎？」

宛郁月旦反問：「他不敢嗎？」

朱顏「嘿」了一聲，「你的意思就是要我到望亭山莊去找人，而不能等玉箜篌交出人來，以免他喪心病狂，殺了薛桃。哼！你以為我不知你之意——你與他都想拆散望亭山莊，只是你們無此能力——」

「不錯。」宛郁月旦微微一笑，坦然承認，「我希望先生能將望亭山莊夷為平地，你想救薛桃姑娘，我也有想救之人，你想殺玉箜篌，我也想殺玉箜篌，如此而已。」他緩緩地道：「我不想在望亭山莊中見到一具屍首，亦不想先生在望亭山莊中見到另一具屍首，我等武功不足，不能撼動望亭山莊，但要找到薛姑娘的下落，先生亦需要我等相助，不是麼？若是此行救不出薛姑娘，宛郁月旦仍在先生指掌之間，要殺要刮，悉聽尊便。」

朱顏霍然拂袖，森然道：「可以！」他不在乎與誰合作，亦不在乎和誰對話，任何方法都可以，只要能讓他儘快見到薛桃。

他必須見到薛桃，他有——一句話要對她說！

沈郎魂看了宛郁月旦一眼，他到碧落宮求援，只希望碧落宮能派遣相當人手到乘風鎮救人，卻不料宛郁月旦親自出行，不帶一兵一卒。更沒有料到碧落宮遭逢狂蘭無行之劫，宛郁月旦敢以性命為博，險中求勝。這位少年宮主溫柔纖弱，站在狂蘭無行面前便如一隻白兔，但話說得越多，便越來越感覺不到他的「弱」，反是一股優雅的王者之氣，自他一舉一動中散發。

他只看到宛郁月旦的智與勇，卻不知其實宛郁月旦決定與虎謀皮，並不完全是因為他無意讓碧落宮眾去乘風鎮冒險，也不完全是因為要從朱顏手下取得一線生機，而是他真的希望透過望亭山莊一行，能對狂蘭無行有所幫助。

宛郁月旦是情聖，而狂蘭無行是情顛。

執著於感情是一件美好的事，但非常執著、執著到不在乎遭人利用，到最後仍然得不到所要的結果，那便是一件悲哀至極的事。

聞人暖死了，他希望薛桃並沒有死。

即使薛桃已經死了，他也不希望狂蘭無行是踐踏了道義與名望之後，在西方桃手中見到薛桃的屍體。

情聖對於情顛，總是有一份同情。

夜黑如寐。

望亭山莊門口火把高舉，二十個身著繡花黑衣的蒙面人站成一排，山莊門口左近的樹林裡，樹上掛滿了人，而在山莊門口豎起了兩根木樁，上面懸掛了一個孩童、一個老人。兩人都被綁住四肢，卻沒有堵住嘴巴，孩子哭得聲嘶力竭，老人沙啞的呻吟微弱的響著，不遠處樹林裡的親人一樣撕心裂肺地哭喊著，悲號的聲音雖然響亮，在這個寂靜的夜裡卻是顯得異常孤獨，勢單力薄。

撫翠端著一盤鹵豬腳，坐在木樁下不遠處津津有味地吃著，白素車站在一旁，她不看撫翠的吃相，也不看掛在木樁上的兩人，目光平靜地望著一片黝黑的遠處，似在等待著什麼。

大半個夜過去了，唐儷辭一行人並沒有出現，白素車仔細觀察，無邊無際的黑暗中彷彿江湖、天下只剩下火光映亮的這一角，只剩下身邊的二三十人，什麼公義、正道、善惡、蒼生都在黑暗中泯滅了。她看著黑暗，目不轉睛，每個晚上都是如此黑暗，每個晚上她都渴望看見心中想見的面容，希望能給予自己繼續走下去的勇氣，但無論她如何去想，窗前什麼都沒有出現，甚至連喪命在她手下的枉死鬼都沒有前來向她索命。

池雲死了……

她比想像的要感到悲哀，她從來沒有打算嫁給池雲，對於這一點她毫不愧疚，但她也從來沒有善待過池雲，對於這一點……她覺得很悲哀。如果他們並非如此這般的相識，如果不曾有風流店之亂，如果不曾有唐儷辭，如果她不是被父母指令嫁給池雲，也許……也許……一切就不會是這樣的結局。

夜色很濃，像能吞噬一切，即使火把燃燒得很豔，手指依然很冷。

「唔——我看是不會來了，砍了。」撫翠將那鹵豬腳吃了一半，看似滿意了，揮了揮手，毫不在乎地道：「砍了！」

兩位黑衣人「唰」的一聲拔出佩劍，往木樁上兩人的頸項砍去，長劍本是輕靈之物，兩人當作長刀來砍，倒也虎虎生風。

「且慢。」遙遠的樹林中有人說了一句話，聲音微略有些虛弱，語氣卻很鎮定，「放人。」他只說了四個字。

撫翠把嘴裡的豬腳叼住，隨即吐在盤子裡，「呸呸！唐儷辭？你他媽的當真還沒死？」

樹林中緩緩走出一人，他的身後有不少老少男女匆匆奔逃，正是剛剛被人從樹上解下。白素車緩緩眨了眨眼，她一直看的是那個方向，眼神幾乎沒有絲毫變化，仍舊目不轉睛地看著來人的方向，彷彿眼內沒有絲毫感情。

唐儷辭穿著一身藕色的長衫，那是阿誰用農家的被面幫他改的，衣裳做得很合身，只是比之他以往的衣著顯得有些簡陋。橘黃的火光之下，他的臉色顯得很蒼白，步伐不太穩定，一直扶著身邊的大樹。白素車的瞳孔微微收縮，即使是這樣的狀態，他也堅持要出來救人嗎？

撫翠哈哈大笑，手指木樁，「馬上給我砍了！」

那二十名黑衣人不待她吩咐，已把唐儷辭團團圍住，那二人長劍加勁，再度往木樁上的兩人脖子上砍去。劍到中途，「噹噹」二聲，果然應聲而斷，撫翠一躍而起，「看來沈郎魂在你身上刺那一刀，刺得果真不夠深。」

唐儷辭仍舊扶著大樹，方才擊斷長劍的東西是兩粒明珠，此時明珠落地，仍舊完好無損，在火光下熠熠生輝。撫翠笑嘻嘻地站到木樁之前，「哎呀，這珠子少說也值個百兩紋銀，唐公子出手的東西果然不同尋常，就不知道萬竅齋那些堆積如山的金銀珠寶今夜能不能救得了唐公子的命了。」

唐儷辭臉色很白，白素車見過他幾次，從未見他臉色如此蒼白，只見他看了木樁上的人一眼，「放人。」

「笑話！」撫翠手一抖，一條似鞭非鞭、似劍非劍的奇形兵器應手甩出，那兵器上生滿倒勾，比軟劍更軟，卻不似長鞭那般捲曲自如，「今天殺不了你，我就改名叫做小翠！」

唐儷辭手按腹部，精神不太好，淺淺地看了撫翠一眼，「你知不知道——我殺韋悲吟只用一招？」

撫翠臉色微微一變，「呸！你怎知我殺韋悲吟不用一招？素素退開，今夜我獨鬥唐公子！」

白素車本來拔刀出鞘，聞聲微微鞠身，退了下去。

「一個人？」唐儷辭微微吁了口氣，「不後悔？」

撫翠兵器一抖，便如龍蛇一般向他捲來，「五翠開山！」

唐儷辭右手五指微張，眾人只見數十隻手掌的影子掠空而過，「啪啪啪」一連三聲，撫翠那長滿倒刺的奇形兵器鞭稍落在唐儷辭手中，身上各中三掌，「哇」的一聲口吐鮮血。唐儷辭手一抖，那古怪兵器自撫翠手裡脫出，他就像抓著條銀蛇一般抓著那兵器，眼神很是索然無味，淡淡地道：「像你這種人，完全是廢物。余泣鳳、林雙雙、韋悲吟加上一個不知姓名的武當高手，四個人尚且奈何不了我，你以為你撫翠比那四人高明很多麼？我只是有些頭昏，還不到落水狗的境地。」

撫翠勃然大怒，翻身站起，「該死的！」她探手從懷中拔出一把短刀，欺身直上，她身材肥胖，這短刀上戳下斬，卻十分靈活。唐儷辭仍是右手一拂，形態各異的掌影掠空而過，那柄短刀剎那又到了唐儷辭手中。撫翠一呆，尚未反應過來，冰冷的夜風掠面而過，唐儷辭已從她面前過去，點中那兩名劊子手的穴道，奪下一柄長劍，瞬間光華閃爍，鮮血飛濺，那二十名黑衣人慘號倒地，死傷了一大片。

白素車剛剛拔出刀來，唐儷辭的手已按在她刀背上，「不要讓我說第三次，放人。」白素車尚未回答，那些僥倖未傷的黑衣人已連忙把掛在木樁上的兩人放了下來，那兩人一落地，顧不及向唐儷辭道謝，相扶著落荒而逃。

「我的確是不太舒服，」唐儷辭淡淡地看著白素車，「但還沒有到拆不散望亭山莊的地步，要殺你們任何一個對我來說都不是難事。」他抬起手臂，支在白素車身後的樹幹上，看著白素車，「你們之所以還活著，是因為我恩賜了……真可笑，堂堂風流店東公主撫翠、堂堂白衣役主白素車竟然沒有明白……」

白素車微微後仰，唐儷辭說這話的時候眼神很寂寞，說話的人是絕對的強，但這種強充滿了空虛，沒有任何落腳之地一般。

她冷淡地道：「那兩個村民的性命，在唐公子眼裡猶如螻蟻，你既然不是來殺人，難道當真是來救人嗎？」

「人命……不算什麼，我殺過的人很多。」唐儷辭眼角微勾，卻是笑了笑，「我從來不喜歡被人威脅。」他雪白的手指指向樹林，而後慢慢指了白素車身後一片黑暗，「人命也好、螻蟻也好，都應當由我恩賜幸運，從而感激我擁戴我——生，是由我恩賜而生；要死，也要我恩准了才能死……」他柔聲道：「屠戮老弱病殘這種事我不恩准，聽懂了嗎？」

白素車漠然看著他，眼裡彷彿有流閃過瑩瑩的光彩，又似從頭到尾都是那般冷淡，「聽懂了。」

唐儷辭微笑，「很好。」他的手從白素車的刀上緩緩離開，「下次再讓我看到今天這種事，我見誰殺誰，誰的狗命也不留。」

白素車收刀，撫翠的眼神既是驚愕又是不甘心，不能理解一個人難道當真能全知全能到這種地步？

唐儷辭側過臉來，淡淡看了撫翠一眼，「妳想死嗎？」

撫翠「呸」的一聲吐出一口血，「老子和你拼了！」

她再度躍起，三刀三十三式向唐儷辭撲來，唐儷辭一甩袖，「碰」的一聲撫翠離地飛起，後心撞在一棵大樹之上，狂噴鮮血。

白素車眼見形勢不妙，清喝一聲「撤！」與剩餘的人手一起急速退回望亭山莊，「格拉」一聲山莊大門緊閉，彷彿那層薄薄的木板當真阻攔得了門外的凶神一般。

撫翠不住的吐血，「你——當真——咳咳咳……」

唐儷辭垂下衣袖，漠然看著望亭山莊緊閉的大門，眼神是冰冷充滿殺氣，卻是站著一動不動。

撫翠邊吐血邊笑，「哈哈……咳咳咳……以你的能耐，衝進去殺上一個片甲不留，不是什麼難事，但你為什麼不進去？你心虛是不是？哈哈哈……你怕，望亭山莊中藏龍臥虎，什麼人都有，你怕了……」突然「噗」的一聲悶響，撫翠的笑突然止住，張口結舌成一張詭異的笑臉，一柄長劍自唐儷辭身後射來，貫穿她的胸口，再釘入身後的大樹。

鮮血濺起，落在地上猶如水花回歸大海，撫翠的血早已在身前匯成了血泊。在她厲聲怪笑的時候，唐儷辭右足一動，足後跟撞在一柄長劍劍柄上，就此殺了撫翠。

他甚至連轉身都沒有。

闖進去嗎？

唐儷辭冰冷而充滿殺氣的看著望亭山莊，站著一動不動。

「唐公子。」女子的聲音自樹林中傳來，「你……」話聲戛然而止，唐儷辭微微側身，眼角所見，站在樹林中的女子，是阿誰。

一地的鮮血和……屍首。

阿誰茫然地看著唐儷辭，他又站在一地的鮮血和屍首中，回過頭來的眼神就像空缺了靈魂的妖物一般，如果他沒有把持住，就將要屠戮天下一樣。

「你……還好嗎？」她低聲問，也許她不問會更好一些，但她一向只是個木偶，在該做什麼事的時候就做什麼事，所以她便如木偶那般問，並且絲毫沒有期待得到回答。

「妳來幹什麼？」唐儷辭柔聲問，聲音輕柔優雅，語氣略略有絲飄，聽起來很華麗。

「我來找你。」她木然回答，「你的身子還沒好，今日還沒有吃下去半點東西，一個人闖到這裡來，大家都很擔心。」

唐儷辭沒有回答，他不回答很自然，唐公子麼，不論是微笑的唐公子、溫柔的唐公子，清醒的唐公子或是狂亂的唐公子，永遠是那麼高高在上、大部分人在他眼裡都如螻蟻一般，他要救便救、要殺便殺，正如旁人的關心他要理睬便理睬，不理睬便不理睬一樣。

阿誰不知不覺嘆了口氣，樹林裡玉團兒探出頭來，「喂！你還沒死啊！怎麼又殺了這麼多人？」

林逋站在玉團兒身側，眼神也很是關切。

「你們來幹什麼？」唐儷辭慢慢地道：「這裡很危險。」

玉團兒白了他一眼，「是啊，這裡很危險，是你不聲不響的偷偷跑到這裡來，害人到處找的嘛！你要是沒傷我才不理你呢！亂七八糟的奇怪的人，一會兒躺在床上爬不起來，一會兒又跑到這裡殺人來了。怪物！大怪物！」她對著唐儷辭吐舌頭，瞪眼睛，一副很嫌棄的樣子。

唐儷辭看著她，看了好一會兒，突然笑了出來，「呵……」

玉團兒問道：「笑什麼？有什麼好笑的？」

唐儷辭伸手掠住被冷風吹起的長髮，「我很久……沒有聽到這種話了。」

阿誰不解地望著他，他悠悠轉身往回走去，「走吧，很冷。」

玉團兒和阿誰面面相覷，這人總是喜歡說一些讓人聽不明白的話。唐儷辭走過阿誰身前，突地伸出手來，握住她的手腕，牽著她往回走。阿誰默然跟著他走，按照他的興致受他擺布，是唐儷辭的樂趣，何況……如果她不肯聽話的話，他就會像要死掉一樣。

很久沒有聽到有人罵他「怪物」了，小的時候，因為不怕受傷的緣故，經常被人叫做「怪物」。只有一個人不覺得他是怪物，在打架的時候幫他，陪他渡過了很長很長的時間……

唐儷辭握著阿誰的手腕，面含微笑走在前面，現在罵他怪物的小丫頭，某種程度上和當年堅持不認為他是怪物的人很像。

突然之間，唐儷辭的心情彷彿很好。阿誰盡力不去想他握著她手腕的手，他既然有闖來救人的能力，為什麼不離開乘風鎮？這裡是風流店的據點，仍然非常危險不是嗎？正在困惑之中，突覺手上一沉，唐儷辭往她肩上一靠，整個人倒了下來。

「唐……」阿誰連忙把他撐住，卻見他眼睫低垂，鼻息輕淺，不知是睡著了還是昏倒了，總之整個人倒了下來。

玉團兒伸手來抱人，「怎麼了？」

阿誰搖了搖頭，「不知道……」

玉團兒摸了摸唐儷辭的額頭，「哇！很熱呢。」

阿誰也摸了一下，「從剛才到現在都在發燒吧，吐了那麼多水出來，今天什麼也沒吃，大冬天這麼冷穿著件單衣跑這麼遠……唉……」她低聲嘆了口氣。

玉團兒抱著唐儷辭快步走在前面，「但他真的救了很多人呢！乘風鎮的村民一個也沒被殺，都逃走了。」

阿誰微微一笑，是啊，他總是救很多人，而大家總是懷疑他、害怕他、說他是怪物，包括自己在內。

將唐儷辭送回屋內，他的高熱一時半刻退不了。阿誰做好了飯菜，大家多少吃了一點，再多煮了些米湯，一半給鳳鳳喝，一半等著唐儷辭醒來。

「要是望亭山莊那些壞人知道他又昏了，一定要殺過來了。」玉團兒一邊用筷子戳碟子裡的青菜，「怎麼辦？」

阿誰搖了搖頭，「現在望亭山莊應該不敢過來，要試探唐公子的狀況可能也要到明日，明日唐公子就會醒來。」

林逋插了一句話，「我有一個想法，不知當不當說。」

阿誰微微一怔，溫和地道：「林公子不必與小女子如此客氣，但說無妨。」

林逋道：「我覺得唐公子留在乘風鎮不走，一半是因為身受重傷，一半是因為他對望亭山莊可能有所行動，也許他有試探望亭山莊的意思。所以不論唐公子醒還是不醒，我們都還不能離開這裡，也許我們可以幫唐公子弄明白望亭山莊裡的祕密。」

「祕密？什麼祕密？」玉團兒詫異地看著林逋，「有什麼祕密？那山莊裡全部都是壞人。」

林逋點了點頭，「比如說——今夜唐公子殺了撫翠，但望亭山莊裡應當不只有白素車和撫翠兩名高手，其他的人哪裡去了？為何不出來阻攔？」

阿誰一凜，余泣鳳何處去了？經常和撫翠在一起的那名黑衣人又何處去了？望亭山莊內謎團重重，今夜難道有什麼特別行動？他們留下撫翠和白素車意圖擒拿唐儷辭，是因為輕敵，但撫翠死後白素車不向外撤走，反而撤入山莊內，難道她當真料準唐儷辭不會闖進去殺人？還是因為——

因為其實余泣鳳等人就在莊內，有什麼特殊原因導致他們不能現身？

如果是這樣的話，今夜實是探查望亭山莊的好機會，剛才唐儷辭站在山莊前久久不走，或許正是這個意圖，可惜心有餘而力不足。

「望亭山莊內今夜必有要事，如果今夜不查，也許再無機會。」林逋的神情有些凝重，「所以我想……如果他們有特殊的事要做，連撫翠的死活都顧不上，那也許我裝作普通百姓去試探，說不定可以……」

阿誰連連搖頭，「不成，林公子不是武林中人，連累你涉入武林中事已是不該，不能讓你涉險。」

林逋微微一笑，「阿誰姑娘也並非武林中人……」

阿誰怔了一怔，淡淡一笑，「但卻已是抽身不得了。」

玉團兒插嘴，「我去查行不行？」

阿誰拉住她的手，「妳還沒有找到他，如果今夜去冒險然後遇到了危險，再也見不到他，難道不會很傷心嗎？」

玉團兒怔了一怔，「啊！那我就不去了，那怎麼辦？妳去嗎？望亭山莊又不是麗人居，他們都認得妳耶！不可能的，他們都知道妳背叛了。」

「風流店所建的房子都是依據破成怪客留下來的機關之術造成的，我在其中兩處住過不短的時間，我想也許望亭山莊也是一樣。」阿誰眺望著窗外無限的黑暗，「它應該有七條暗道，我可以從暗道進去。」

玉團兒驚詫地看著她，「不行不行，妳去了，要是撞到了裡面的人，要怎麼出來？不就死在裡面了嗎？鳳鳳還在這裡，妳要是死了，他怎麼辦？」

阿誰攤開右手，「把『殺柳』還我。」

玉團兒嚇了一跳，探手入懷握住那柄小刀，「妳要拿它做什麼？」

阿誰咬了咬唇，「我想帶在身上，或許會比較安全，我也不想死在裡面。」

「喲！幾日不見，幾個大膽起來，弱不禁風的小姑娘也想夜探望亭山莊，可見風流店真是越混越回去了。」熟悉的聲音突然從窗外傳來。

玉團兒歡呼一聲，「沈大哥！」

窗外一人探出頭來，唇掛微笑，正是沈郎魂。他已經抹去那一臉彩妝，恢復本來面目，只是唐儷辭的手指在他臉上留下的傷痕卻抹不去，將那條紅蛇從中劃斷，看起來更是古怪。

「姑娘真是膽大心細，不會武功有自信能夜探望亭山莊的人，江湖上除了姑娘恐怕沒有第二人。」窗外又有人柔聲道，聲音很溫柔，「姑娘對風流店的機關密道很熟悉是不是？看來今夜真的要借重姑娘之力了。」

阿誰轉過頭去，窗外一人淺藍衣裳，容顏纖弱秀雅，微笑起來的樣子令人感覺舒暢。另有一人她卻認得，失聲道：「狂蘭無行！」

站在那藍衫少年身邊的人高出藍衫少年一個頭，單手持長戟，臉色青白，顴骨上有一抹妖異的青紅之色，本來樣貌俊朗，因為那抹青紅卻顯得說不出的張狂可怖，正是狂蘭無行。狂蘭無行身前的藍衫少年便是宛郁月旦，兩人跟著沈郎魂日夜兼程，趕到乘風鎮的時候正好是今夜，在窗外聽見了玉團兒和阿誰的一番對話。

「他怎麼樣了？」沈郎魂推門而入。

阿誰指了指房間，「睡著了，剛剛救了風流店擒下的村民，殺了撫翠。」

沈郎魂咳嗽了一聲，「他的傷還沒好吧？就能殺了撫翠？」

玉團兒點了點頭，「他還想殺阿誰姐——唔——」阿誰一把捂住她的嘴，玉團兒嗆了口氣，從她手裡掙了出來，「總之就是很奇怪啦！好像怪物一樣。」

宛郁月旦微笑，「他的傷勢如何？」

阿誰輕輕吁了口氣，「外傷是全好了，但好像有什麼東西不跳了，他說『好奇怪，為什麼不跳了？』」

「不跳了？」宛郁月旦微微沉吟，「是因為沈大哥那一刀嗎？那一刀刺入，可有什麼不同？」

沈郎魂怔了一怔，「有什麼不同？」

「你是一流殺手，出刀殺人，傷到何種程度，難道不自知麼？」宛郁月旦摸索著走進屋來，「既然你有心殺人、既然已經得手，他怎會不死？」

沈郎魂又是一怔，那日刀刺唐儷辭的情形驀地兜上心來，回想許久，他抓了抓頭髮，「那一刀刺下去，他沒死我也很奇怪，是刀尖刺到了什麼東西。」他自腰側拔出那柄短刀，細細地看刀尖，「的確是刺到什麼東西，阻擋住了，否則我那一刀絕無可能失手。」

朱顏本來冷眼旁觀，對唐儷辭為何中刀不死漠不關心，聽幾人越說越是奇怪，突地伸手拿起那柄短刀，凝神看了一眼，「刺中骨頭。」

沈郎魂苦笑，「依照刀尖所見應是刺中了骨頭，但若是我一刀刺中了他的腰骨，他怎麼還爬得起來？」

他刀上勁道非同尋常，就算刺中一塊大石也能崩裂碎石，何況是人的骨頭？

「何況我全力出刀，只是刺入兩寸有餘，整柄短刀尚未全部刺入就已受阻。」那種位置，不可能是腰骨，腹部也不可能再有其他骨頭。他拍了拍頭，「是了，唐儷辭說過刺中了那顆心。」

「心？」宛郁月旦詫異。沈郎魂將唐儷辭腹中方周的心的來歷草草說了一遍。

阿誰恍然，「原來他說『不跳了』，指的就是方周的心不跳了，也許是中了一刀的緣故。」

朱顏卻冷冷地道：「就算是兩顆人心也阻攔不住你手下一刀，必定是刺到了骨頭，心裡面難道會長骨頭？」

心……阿誰的心頓時沉了下去，她見過唐儷辭腹中的東西，那的確不像是一顆「心」，「但那如果不是方周的心，那是什麼？」

朱顏聽而不聞，他本就無心談論唐儷辭，低沉地問，「何時出發？」

宛郁月旦微笑，「阿誰姑娘引路，讓沈大哥和朱前輩與妳同去，今夜必能找到望亭山莊中的隱祕。」他探手入懷，將那張薛桃的畫像遞給阿誰，「姑娘可有勇氣今夜一行？」

阿誰展顏微笑，「這便走吧。」她向鳳鳳看了一眼，又向唐儷辭的房門看了一眼，當先向外走去。

房內，唐儷辭仍在昏睡，絲毫沒有察覺門外的變化。沈郎魂和朱顏跟著阿誰向望亭山莊後走去，宛郁月旦留了下來，說是睏倦了。玉團兒指著林逋的房間讓他去睡覺，宛郁月旦瞧不見她指的方向，很自然的往前走去，走入唐儷辭的房間，順手關上了房門。玉團兒瞪大眼睛看著林逋，林逋也是驚愕地看著那緊閉的房門，但凝神靜聽了半天也沒聽出門內有什麼不同尋常的動靜。

難道宛郁月旦感覺不出唐儷辭就躺在床上？他會睡在哪裡？椅子上？桌子上？地上？玉團兒支頷看著那扇門，一個晚上都在想這個古怪的問題。

第三十九章 佳人何在

望亭山莊的後門外，是一片山林，林中有一條山澗流入望亭山莊，作為山莊用水的來源。阿誰踏著月色，張望一下月亮的方向，沿著山澗的來路默默地走著，沈郎魂和朱顏跟在她身後，走出去莫約十七八丈遠，漸漸看見那山澗邊搭著一間房屋，屋裡亮著燈，十分安詳的模樣。

阿誰停了一下，低聲道：「那屋裡有密道，不過多半會有不知情的人住在裡頭，兩位莫傷了無辜之人。」

沈郎魂大步上前，敲了敲門，只見門裡住的是一位臉色蒼白的年輕人，見了有人敲門，滿臉驚恐之色。朱顏一低頭，當先而入，眼裡渾然沒有此人，那人「咿唔」發出兩個單音，卻是個啞巴。阿誰心裡歉然，卻不能多言，對他微微點頭，隨即在屋裡轉了一圈，撩起床下的一塊木板，露出一條黝黑的通道：「這裡或許是一個暗道口。」

這個暗道設置和好雲山那裡的一模一樣，那啞巴突然看見自己床下多了個暗道，萬分驚詫，目瞪口呆。阿誰三人沿著臺階緩步而下，很快隱沒在通道之中。

這條暗道潮濕陰冷，似乎建成以來從未有人走過，並且這是一條出口，並非入口，有許多狹窄的關口只利於由內向外行走。幸而阿誰身材窈窕，沈郎魂和朱顏內功精純，在狹窄的地方通行無礙，走下去三十多級臺階，眼前一片漆黑。沈郎魂晃亮火摺子，眼前出現的仍然是一片黝黑的潮濕通道，阿誰往前便走，他面上不動聲色，心裡卻是微微吃了一驚。

很大膽的女子，彷彿不懼面前是否有妖魔邪物、是否有洪水猛獸。如果方才他們未及時趕到，這女子是不是真的會獨自一人前來探查？她一個人救了林逋，她一個人帶孩子，她選擇離開唐儷辭，和荷娘全然不同，她似乎並不覺得自己軟弱。斜眼看了下朱顏，朱顏眼簾微垂，直向前走，似乎根本不在乎帶路的是不是個女人。

通道很窄，窄得不可能繞過朱顏擋到阿誰前面去，然而卻非常直。沈郎魂的腳步聲幾不可聞，阿誰的腳步聲也很輕淺，唯有朱顏的腳步聲清晰可聞。他絲毫不掩飾自己的步履，猶如他絲毫不對隧道提起警戒，不論前面發生任何事，他都有絕對把握還擊，然後殺人。

地面上那房屋距離望亭山莊不過十七八丈，在這黝黑的隧道中三人卻似走了有半個時辰那麼久，前方才微微透出了光亮。

那是一種幽藍的光亮，在黑暗中看來就似有幽靈在前邊窺探一般。阿誰對沈郎魂揮了揮手，沈郎魂悄然熄滅了火摺子，三人慢慢的向那藍光靠攏。射出藍光的是木板的縫隙，阿誰讓開縫隙，朱顏凝目望去，只見木板之後是一個很狹窄的地方，點著一盞小小的油燈，之所以會透出藍光，是因為油燈下放著一個淡藍色的大箱子，丈許長短，三尺來寬，看起來像個棺材。那棺材的材質非石非木，便是在木板後也感覺得到那股冰寒，似是一口冰棺。但棺材裡並沒有人。

木板後沒有半個人在。朱顏左手一推，眼前的木板剎那間化為灰燼，絲毫沒有發出聲音，他踏過木板的灰燼，走入了望亭山莊，眼前所見是一口幽藍的冰棺，因為這口棺材的緣故，小小的木製地窖裡凝滿了白霧，甚至結了一些碎冰。

沈郎魂跟在朱顏身後，三人踏入望亭山莊，放有藍色冰棺的地方是個很小的地窖，有一列臺階向上。沈郎魂心中一轉，已經恍然，這條地道一路向外，又修得如此狹窄筆直，只供一人進出，而只要放下一樣阻路之物就足以阻止後方有人追蹤。

朱顏大步往前走去，眼眸微閉，步履聲卻隱沒了，他似乎也想及了這可能是放有薛桃的棺材，雖然閉上了眼睛，他卻能低頭繞過障礙，通暢無阻的往前走。臺階並不很長，登上十幾級臺階，阿誰緊緊握著手中的「殺柳」，從朱顏背後望去，上面是一個更大的房間，房間裡放著許多鐵籠子，鐵籠子上鏽跡斑斑，令人不寒而慄。沈郎魂的目光在那些鐵籠子上一轉，淡漠得似乎他自己不曾被這些鐵籠關過，三人再度悄然前行，鐵籠子後放著一些瓷罐子，同冰棺一樣散發著冰寒之氣，多半裡頭放有寒玉或者冰塊。再往前行，阿誰突然全身起了一陣雞皮疙瘩，前頭的房間裡掛著幾具屍首，屍首她見過幾次，並不害怕，但這幾具屍首有的被挖去眼睛、有的被割去鼻子、有的被切去一部分內臟，看起來模樣十分可怖。沈郎魂輕拍了下她的肩，阿誰咬了咬牙，只作不見，依舊低頭往前走。

她已經隱約感覺到，望亭山莊內的隱祕，只怕是超乎想像的可怖。穿過那掛著死人的房間，已是熟悉的風流店格局，和飄零眉苑相同，前頭有長長的華麗的走廊，左右兩邊都是白色的房門。從這裡望出去，所有的門都半開著，靜悄悄的，似乎沒有半個人居住。

朱顏往前便走，他的耳力非同尋常，他往前走便是說明左右的房間裡的確沒有人。沈郎魂讓阿誰走在中間，悄然無聲的跟在最後。走到走廊的一半，朱顏突然頓住，凝身傾聽。

有幾不可查的聲音從頭頂傳來，那聲音並不在這走廊之中，而在三人頭頂三尺之處，先是「吱呀」了兩聲，隨即有人輕輕嘆了口氣，「……果然，柳眼不在的話……」其餘的聽不清楚，似乎是刻意放低了聲音。隨即有人冷冷地道：「我今日才知道，原來桃姑娘是個男人。」這聲音冰冷清脆，正是白素車的聲音。

「嘿！唐儷辭撕破了他臉上的皮膚，如果不能換上去，『西方桃』要再出江湖難矣。」一個低沉得幾乎難以辨認的男聲淡淡地道：「奪取中原劍會的計畫也許不能實現。」

阿誰認得這是那蒙面黑衣人的聲音。

隨即一人怪笑一聲，「難道不假手中原劍會或者少林寺就不能得天下？桃兒只是喜歡博個好名，他若肯聽我的話，江湖、天下，甚至皇位兵權，哪樣不在我手？」

沈郎魂暗暗「呸」了一聲，這是鬼牡丹的聲音，撫翠被唐儷辭所殺，他們卻都不現身，原來是因為西方桃被唐儷辭抓傷面部，集中在此討論如何治療。

「罷了，他將我打下山崖，中原劍會有人親眼所見。」西方桃的聲音依然柔美動人，「即使他回到劍會，一時三刻也難成大氣。」她突然笑了一聲，「我本以為唐儷辭為人謹慎小心，不至於當面和我翻臉，但看來並非如此……」

幾人各自笑了幾聲，對唐儷辭夜襲西方桃之事頗為輕蔑，西方桃語調婉轉溫柔，「我的傷不要緊，請表妹上來吧，我好久沒有見到她了。」

表妹？沈郎魂心裡暗叫一聲不妙，只聽轟然一聲，身前土木紛飛，朱顏手握長戟，一戟向上擊穿走廊頂部，頂上磚石四下，露出一個人頭大小的洞穴來。隨著磚石落下，上頭暗器隨之射下，上頭說話的人顯然也頗為意外地底會被人擊穿一個洞來。朱顏一躍而起，一戟再出，轟隆聲響，那人頭大小的洞穴崩塌成一個足供成人出入的大洞，他穿洞而出，如地底鬼神現世一般落在地上。

「朱顏？」地上的人訝然聲起，似是誰也沒有想到自地底穿出的人是朱顏，白素車看了他一眼，頓了一頓，隨即往另一條隧道退去。朱顏目光一掠，已看到四散退去的人群中，有一個穿著粉色衣裙的女子，他疾掠而去，一把抓住那女子的手臂，那女子回頭嫣然一笑，五指輕柔的往朱顏面上拂來，朱顏倏然倒退，那五指指風如刀，披面而過竟是劃過兩道傷痕。

沈郎魂拉著阿誰躍上，那穿著粉色衣裙的「女子」正是西方桃，在她回頭一笑之際，沈郎魂隱約看見她臉頰之側的確是受了些擦傷，但並不嚴重。而阿誰的目光卻落在西方桃手裡拉著的另一人身上，那是個瘦小的人，穿著一襲褐色的長袍，看不清楚男女，她脫口而出，「薛姑娘！」

沈郎魂和朱顏立刻抬頭向那褐衣人望去，西方桃拉著褐衣人的手，剎那便消失在漫長的隧道中。朱顏一戟擊去，磚石碎裂桌椅翻倒，人影卻依然消失無蹤。沈郎魂一瞬之間並沒有看清那人的臉，「妳怎知她是薛桃？」

阿誰緊緊握著拳頭，聲音有絲發顫，「她……她的臉……」她撫摸著自己的臉，「她的臉被剝去了一半，我想她……她的臉在桃姑娘臉上。」

沈郎魂變了臉色，「西方桃竟把自己表妹的臉皮貼在自己臉上？這種慘絕人寰的事他怎麼幹得出來？」

朱顏自咽喉深處發出一聲低低的嚎叫，長戟揮舞成圓，面前磚石所砌的牆壁節節碎裂，他依仗功力之強悍絕倫，大步往隧道深處走去。

「先生且慢……」阿誰振聲呼喚，卻見磚石如蛛網般裂開，朱顏深入黑暗之中，早已去得遠了。沈郎魂臉上肌肉一動，側耳傾聽，四周一片寂靜，彷彿方才聚集在這裡的一群人都化為幽魂消散了，環目四顧，這是一個幽暗的大房間，前後各有隧道開口，白素車等人是從後面撤走，而玉箜篌拉著薛桃卻是從前面撤走。

朱顏正是追向前面幽暗的隧道。

「看來薛桃還沒有死，真是個意外的好消息，但為何桃姑娘要折磨她？又將她的臉皮換到自己臉上？」沈郎魂深為不解。

阿誰低聲道：「我看她行走之時手足並不靈活，可能真的身上有病，桃姑娘……玉箜篌將她藏起來，說不定是想替她治病。」

沈郎魂苦笑，「那會把薛桃的臉皮剝去一半，貼到自己臉上嗎？會想把自己打扮得和薛桃一模一樣嗎？我看是玉箜篌自己有病，把薛桃折磨得不成人形吧？」

阿誰黯然，有些人的想法常人永遠難以琢磨，比如說玉箜篌、比如說唐儷辭。

這間大房間裡仍舊有許多碩大的瓷瓶，瓶中散發著寒氣。沈郎魂凝神靜聽，左近確實沒有人聲，他探手摸出一塊巾帕，按在瓶頂瓷蓋之處，將蓋子揭了起來。

幽幽的油燈光下，那瓶子裡放的是一截斬斷的手臂，然而手臂潔白細膩，五指纖纖，看起來並不可怖。沈郎魂和阿誰面面相覷，看著身周許許多多的瓷瓶，難道這些放有寒玉的瓷瓶之中，瓶瓶都裝了人身的殘肢？如此可怖的地方是用來做什麼的？

阿誰的眼眸微微一動，「這些……這些……能裝回人身上麼？」

沈郎魂臉色陰沉，「這些……這些都是死人，怎能裝到活人身上？除非……除非……」

阿誰低聲道：「除非風流店之中，有一位醫術古怪，能把薛桃的臉皮換到玉箜篌臉上，又能把這些東西裝回活人身上的名醫……」

沈郎魂連連搖頭，「誰有這等能耐？如果當真有這等能耐，手足殘缺的人就可以重獲新生，眼盲之人也可復明，如果真有這等名醫，豈會默默無聞？」

「他們剛才在談論柳眼。」阿誰繼續低聲道：「柳眼給薛桃畫像的時候，她的臉皮還沒有受損，他們說『柳眼不在的話』，那意思是不是說柳眼不在就沒有辦法給玉箜篌醫治臉上的傷？是不是說……這位隱祕的名醫，就是柳眼？」

沈郎魂搖了搖頭，「柳眼若是會這等換皮奇術，怎不給自己換皮？」

柳眼只消給自己換了一張誰也不認識的臉皮，江湖上再多人追殺又能奈他何？阿誰想了一陣，「告訴唐公子的話，他或許可以猜到真相。」

「至少我們知道，薛桃和玉箜篌剛才聚集在此，應當是此地有什麼東西可以治療他的傷和病。」沈郎魂隨口道：「但究竟是如何治療，可能是一項機密，就算是風流店的重臣，也很少有人知道。」

阿誰點了點頭，「往前走，前面應該有通向地面的路，也許可以找到薛姑娘的房間。」

沈郎魂再揭開一個瓷瓶，那瓶中放的是一隻齊膝而斷的腳，然而腳趾精巧，膚色雪白，乃是一隻女子的腳，證實了這些瓶子裡的確都是人的殘肢。阿誰仍舊走在前邊，右手握著殺柳，往隧道走了一段，她突地伸手扳開牆壁上的機關，一個暗門靜靜地打開，露出了另外一條通路。她低聲道：「這應該是通向地面的路，朱顏往前邊追去的話，隧道的盡頭是一處坑穴，一般有毒蛇和烈火。」沈郎魂「嘿」了一聲，想及飄零眉苑中的機關，果然非同尋常。

這條向上的通道剛剛有人走過，在臺階的拐角處掛著幾縷雜色的絲線，阿誰扯下一根，「這是綢衣。」

沈郎魂扣住她的肩膀，往旁一扯，兩人閃入通道的死角之中，臺階上不遠處有人走過，突地似有所覺，舉著蠟燭一步一步往下走，「誰在下面？」

這說話的人聲音稚嫩，卻是官兒，「誰在下面？再不說話我一刀殺了你！」她以那童孩般的嗓音惡狠狠地道：「出來！」

蠟燭的光線一步一步接近，阿誰突然低聲喚了一聲，「官兒。」

「誰？」官兒快步往這裡走來，阿誰往前邁了一步，「是我。」

官兒高舉蠟燭，沈郎魂突地出手將她擒住，官兒大吃一驚，尖叫一聲，「有鬼——」

阿誰「噓」了一聲，「是我。」

官兒手中的蠟燭跌落在地，燃燒起一片火焰，她看清了阿誰的臉，「妳……阿誰姐姐！」她突然撲了過去，「阿誰姐姐，妳沒有死嗎？在好雲山的水牢裡，我以為他們把妳弄死了……」

沈郎魂倒是吃了一驚，這狠毒的小女孩兒竟然認得阿誰，隨手在官兒身上點了幾處穴道，任由她撲到阿誰身上。

阿誰抱住她摸了摸她的頭，溫柔地道：「我沒死，唐公子救了我。」

官兒緊緊地抱著她，聞言怔了一怔，「唐公子？」

阿誰點頭，「妳見過他了嗎？」

官兒低聲道：「見過了，他沒有殺我。」

阿誰的眼神變得怔忡，「是嗎……」

唐儷辭沒有殺她，殺官兒對他來說不費吹灰之力，沒有殺她是唐儷辭的一種仁慈嗎？

唐儷辭殺過很多人，但殺的都是意圖對他造成傷害的人，像官兒這種無法傷害他的孩子，他便不殺。

實情……就是這樣嗎？和平常人沒有兩樣，之所以會給人濫殺無辜和心狠手辣的印象，是因為他太狠了，出手的時候不懼染上腥風血雨，沒有絲毫憐憫，就像他殺池雲一樣。

但……其實殺人就是殺人，充滿懺悔和憐憫、滿懷歉意的殺人，和不帶感情的殺人，結果有什麼不同呢？

都是殺人而已，一人生、一人死，或者是一人生、很多人死。

「阿誰姐姐，我被關起來了，他們說要把我關在下面，一直關到……關到死。」官兒顫聲道：「因為我答應主子要拖住唐儷辭，但我做不到，讓他拿走了薛姑娘的畫像，那幅畫像本來該被換成菩薩畫像的……」

阿誰眉頭微蹙，「把妳一個人關在這裡？東公主的主意麼？」

官兒點頭，「但我聽說她……她被唐公子殺了。」

阿誰嘆了口氣，「不錯，妳在這裡被關了一夜了？沒有出路麼？」

官兒看了沈郎魂一眼，「他是什麼人？」她低聲問，「你們是來……來做奸細的麼？怎麼進來的？」

「我們來找薛姑娘。」阿誰放開她，為她掠了一下頭髮，「妳知道玉箜篌把她藏在哪裡麼？」

官兒眼珠子轉了兩轉，黯然道：「一向只有阿誰姐姐對我好，帶我出去吧，出去以後我保證不再殺人，一定……一定回去找我娘，一定變得聽話，再也不跑出來了。」

阿誰握住她的手，「官兒，我只是不想妳死在這裡，剛才說的話要妳自己相信才有用，如果是說來騙我，真的沒有意義。」

官兒微微一震，「我……我……」她拍了拍自己的頭，「我不知道薛姑娘被藏在哪裡，但我知道他們在做什麼！」她緊緊地抓住自己的衣袖，「我知道主子把薛姑娘關起來，因為她想要逃走，他就把她綁在床鋪上，綁了一年……兩年……綁了好多年，然後薛姑娘的手足就慢慢變得不能動彈了。她得了一種怪病，手足不斷發抖，不受控制，然後有一天主子就把她的手筋腳筋都挑斷了，從那以後雖然她不再發抖，卻不能再走路、也不能寫字，不管到哪裡都要有女婢伺候，永遠逃不出風流店。主子為了彌補薛姑娘被他挑斷手筋腳筋的痛苦，答應她一定會治好她的病。然後他就找了許許多多年輕女子，砍斷她們的手腳藏在寒玉瓶中，希望能給薛姑娘換上……」她捂住耳朵尖叫一聲，「那根本是不可能的！但沒有人敢說，誰說不可能他就殺誰，所以誰也不敢說。一直到尊主來了，尊主是個不可思議的人，妳知道為什麼我……我們這些做女婢的很感激尊主？我們這些無關緊要的小孩子，一旦長到主子覺得合適的年齡，說不定也會……也會被他拿去斷手斷足……但是尊主來了！他做了一種藥，讓薛姑娘慢慢的能站起來，如果主子當年沒有挑斷薛姑娘的經脈，說不定她真的可以和常人一樣。再也不用拿年輕女子的筋脈來試驗，我們得救了！但主子一點也不滿足，他還是想要給薛姑娘換筋脈，他想要她能夠站起來，有一次薛姑娘仗著剛好一點的腳，從望亭山莊逃出去了……」

「逃出去了？」沈郎魂吃了一驚，要從戒備森嚴的望亭山莊逃出去無疑難若登天，薛桃居然能從這裡逃出去？

官兒點了點頭，低聲道：「主子很生氣，他……打了薛姑娘一個耳光，不小心弄傷了薛姑娘的臉。」她指了指下巴，「這裡。」

沈郎魂咳嗽了一聲，「玉箜篌果然從頭到尾都喪心病狂，然後呢？」

官兒低聲道：「然後下巴這裡的皮膚就被撕下來一塊，癒合之後，樣子非常的醜。薛姑娘對主子不理不睬，主子非常生氣，有一天他叫尊主把他身上的一塊皮膚換給薛姑娘，把薛姑娘帶著傷疤的皮膚換到自己臉上。」她黯然道：「主子……是真的很喜歡薛姑娘，所以才做了那樣的事，結果薛姑娘的皮膚和主子出奇的相合，那塊疤很快消退，而薛姑娘卻把主子換給她的皮膚扔進火爐燒了。」

地上的蠟燭漸漸融化，剩餘一地燭淚，火光慢慢減弱，一切又緩緩陷入黑暗。阿誰靜靜地聽著，悲哀的、瘋狂的、紊亂的故事……是從什麼時候開始，自己對各種各樣的悲哀已經麻木？只有……只有對唐儷辭感到失望的時候，才會感到傷心，然後才知道原來自己的心還在？就像現在，她就不知道自己的心到哪裡去了……胸口空空蕩蕩，像靈魂早已出竅很久很久。

「原來如此，這就是望亭山莊的隱祕。」沈郎魂的聲音並不好聽，也沒有什麼特色，卻令人安心，「這條通道難道並不通往地面？」

官兒低聲道：「本來通往花園，但是東公主叫人用石頭把門堵死了。」她咬了咬牙，突然狠狠地道：「但我知道有另外一條路、有另外一條路可以出去！只是我一個人打不開。」她拉著阿誰的手，「跟我來！」

幽暗的隧道、如豆的燈火。

冰冷潮濕的磚牆，縱使有再華貴美麗的桌椅床榻，有再精緻不過的衣裙，有明鏡珠犢、胭脂美玉，那又如何呢？

一個消瘦的背影被燈火拉得很長，一頭黑髮長長的垂了下來，一直垂到床榻，也不知多久不曾剪過，褐色的衣裳，分不出男裝或是女裙，掩蓋住扭曲變形的雙腿。她坐在床上，背對著門口，雖然說朱顏闖入望亭山莊來找她，她卻沒有顯得很開心。

沉悶的爆破聲由遠自近傳來，那個人的腳步聲逐漸靠近，薛桃坐在黑暗之中，靜靜看著牆上的青磚。

風流店並沒有多少人阻攔朱顏，一路之上的兵刃之聲都是朱顏的長戟突破機關和牆壁的聲音。薛桃靜靜地聽著，殘破的顏面上兩道淚痕在微弱的燭光下閃閃發光。

異樣的寂靜和猙獰的爆破聲之中，遙遙傳來歌聲，那是玉箜篌的歌聲，不知在唱什麼。

轟然巨響，薛桃門口烈風驟起，房間內桌椅都受那熾熱的真氣所襲，不住的震動起來，「咯啦咯啦」裂了幾道紋路。薛桃回過頭來，只見門口站著一人，身材魁梧、長戟指地，那氣勢猶能翻江倒海，指日破天。她看見他斷了一臂，還沒來得及開口說句話，來人虎臂一掠，已將她夾住，旋風似的離開。

房間裡瞬間空無一物，華貴燦爛的桌椅床榻傾倒一側，櫃子的門被旋風捲開，裡頭精緻秀雅，顏色鮮豔的衣裙展露無遺，隨著那強勁的風離去，屋裡那如豆的油燈微微一晃，自行熄滅。

沒有任何人阻攔，朱顏就這麼帶走了薛桃。

一個人自隧道另外一邊慢慢走來，手裡握著一支燭臺。燭臺上插著一支蠟燭，蠟燭是紅色的，一路走、一路滴落步步燭淚。玉箜篌仍舊穿著那身「西方桃」式的桃色女裙，披散了頭髮，靜靜地走到薛桃房前。他看了一地狼藉的房間很久，慢慢蹲下身拾起散落在地上的一件女衣。

他沒有讓任何人阻攔或者追擊朱顏。

伸手撫上他受創的臉頰，其實他沒有想到朱顏竟會放棄殺宛郁月旦，折回頭救走薛桃。如果朱顏這次不來，如果他當真提了宛郁月旦的人頭來，他的確打算殺了薛桃，給朱顏一具想念已久的屍首。但朱顏卻闖了進來，按照他的性子，應當在朱顏找到薛桃之前就殺了她，得不到的東西誰也別想要，但事實上卻不是這樣。

朱顏冒死闖了進來，薛桃的眼淚奪眶而出，他心裡並沒有感到嫉恨或者怨毒，反而很平靜。這種情形，她一定幻想了很多年，一定很期待心上人如英雄一般來救她、救她離開這個地獄……他有些不忍心毀去這種幻想，雖然他要毀去很容易。

已經很久……沒有看見表妹高興的表情，雖然他此時並沒有看見薛桃高興的表情，但他在想像。因為這個想像，他慢了那麼很短的一段時間，朱顏已破開重重機關，闖到了薛桃門前，於是他索性不阻攔，就讓朱顏這麼帶走了她。

她應當會很高興，既沒有死、又遇到了心上人。玉箜篌想像著薛桃的快樂，一顆心飄飄蕩蕩，彷彿乘著風，感覺並不算太壞。把她囚禁了十年，再囚禁下去，她會死……而他也會跟著一起死……

但縱使玉箜篌心思千變萬化，也想像不到被朱顏帶走的那一刻，薛桃並沒有展演歡笑，而是無聲流淚。

第四十章　傷心欲絕

官兒拉著阿誰的手，往隧道另一頭走去，阿誰知道這條路通向地底，而非通向地面的花園。沈郎魂聽著遠處機關被毀的聲音越來越遠，心下不免充滿警戒，官兒這小丫頭究竟要把他們帶到哪裡去？

幽暗的油燈鑲嵌在隧道的牆壁上，地面上在飄雪，而地底下卻有些悶熱，青磚鋪就的通道上有些積水，但看得出已經很久沒有人走過了。

阿誰眼眸流轉，「這裡可是通向水牢的路？」

官兒點了點頭，臉色有些蒼白，「不錯，這裡和關住妳的水牢一模一樣，薛姑娘就是從這裡逃出去的。他們都以為水牢裡是一條死路，但他們在水牢裡養水蛇，那些水蛇鑽啊鑽的，在入水口下鑽鬆了石頭，留下一個很大的缺口。薛姑娘是從缺口游出去的，她從這裡逃走以後，主子就把水牢關了，他叫我把出路堵死，但我……」她咬牙道：「我只是用石頭把它堵住，隨時都可以掰下來的，這件事除了我自己，誰也不知道。」

水牢的門口是一扇銅門，阿誰幽幽地看著那熟悉的銅門，她本以為自己可以很平靜，身子卻微微顫慄起來，黑暗、疼痛、游動的水蛇、瀕死的恐懼、堅不可摧的鐵鐐……

官兒和沈郎魂絲毫沒有察覺她的恐懼，她面上的神色很平靜。只見銅門上掛著數十條鐵鍊和一塊巨鎖，將此門牢牢封死，果然是一條死路。沈郎魂自懷裡摸出一條細細的鐵絲，伸入鎖孔之中，見他撥弄了幾下，那巨鎖應聲而開。官兒驚奇地看著他，沈郎魂對這等行徑不以為意，雙手一推，銅門轟然而開，映入眼中的果然是封閉多時的水牢。

窒悶的空氣撲面而來，阿誰閉上眼睛，胸口窒悶，說不出的想嘔，關於水牢的記憶揮之不去，那門內是充滿惡意的地獄，彷彿她往裡面再看一眼，就會突然發現其實她沒有得救，她仍然在那黑暗恐怖的水牢之中，現在的一切不過是瀕死之時做所的夢。強烈的恐懼充斥心頭，胸口煩惡欲嘔，她咬了咬牙，突然想到……原來……原來太強烈的情緒，真的會讓人嘔吐。那唐儷辭在聽她說「喜歡小傅」之後，幾乎將她殺死，而後劇烈的嘔吐，也是出於強烈的感情吧……她睜開眼睛，所有的恐懼突然變成了酸澀，那……那些強烈得讓他嘔吐的感情，究竟是出於憤怒，還是出於其他……恐懼嗎？失望嗎？傷心嗎？

他想要被人「可以為他去死」的愛著，但是……其實沒有誰真實的愛著他，因為沒有一個人不怕他。

「撲通」一聲，沈郎魂跳入水中，摸索著自水底搬開一塊大石，水牢中的水剎那流動得更為劇烈，空氣也似清新了一些。官兒將隧道壁上的油燈拿了進來，但燈光昏暗，水流之下仍是一片黝黑，看不清任何東西。水中仍然有不明的東西在游動，很可能是水蛇，沈郎魂摸索了一陣，「這下面的確有一條通道，官兒妳可以從下面逃走。」

官兒看著那黑色的水面，心裡顯然很是害怕，「你們呢？你們不走嗎？」

「我想找到薛姑娘，印證妳說的話。」沈郎魂平靜地道：「何況我和阿誰姑娘進來，就是為了助狂蘭無行將薛姑娘從這裡救走，現在他不知去向，至少我等也要確認他和薛姑娘平安無事才能離開。」

官兒怒道：「你瘋了？現在是他在上面搗亂，主子才沒心思來找你們，大好時機，你們要是不走，過一會兒到處都是主子的人，你們還想逃到哪裡去？」

阿誰低聲道：「沈大哥說得沒錯，我們要先找到薛姑娘。」

官兒跺了跺腳，「你們……你們都有毛病，冥頑不靈！我不知道薛姑娘住在哪裡，這下面九條隧道，看你們怎麼找去！」

阿誰探手入懷，摸出一袋銅錢，「官兒，姐姐沒有什麼可以幫妳，妳若逃出去，這點錢給妳當路費。以妳的能耐，或許真的有一天可以找到妳娘，不要自暴自棄，不要殺人，否則將來妳定會後悔的。」她拍了拍她的頭，「去吧。」官兒呆在當場，突然放聲大哭起來。

沈郎魂靜聽上邊機關摧破之聲，奇怪的是雖然機關之聲不絕於耳，卻沒有聽見有人動手的聲音。

他拉住阿誰的手，「我覺得情勢不對，快走，追上狂蘭無行。」

阿誰點了點頭，沈郎魂抓住她沿著來路疾奔，穿過這條久無人跡的通道，原路折返，自狂蘭無行走過的地方急追而上。一路上竟然沒有任何人阻攔，彷彿風流店的重要人物都悄然自這四通八達的地下迷宮裡撤走了。

一路都是殘損的機關，很快沈郎魂和阿誰就到了薛桃那間凌亂不堪的閨房，可見她已經被狂蘭無行帶走。沈郎魂一眼掠過，心頭一涼，拉著阿誰往外便闖，然而人影一閃，一人攔在門口，對著二人淺淺一笑。

來人黑髮及腰，桃色衣裙，正是玉箜篌。沈郎魂手握短刀，阿誰臉色微變，看玉箜篌的神色，他似乎已經在這裡等了很久了。

「兩位匆匆而來，難道不喝一杯酒水再走嗎？」玉箜篌淺笑嫣然，那容顏當真是嬌美絕倫。在他一笑之際，身後人影閃動，余泣鳳、白素車、紅蟬娘子等人位列其後，遙遙的還有一位黑衣蒙面人站在不遠處，玉箜篌手中斜斜握著一柄短劍，「想不到阿誰丫頭竟然是位巾幗英雄，在麗人居樓頭救林逋也就罷了，今夜竟然敢帶人潛入——難怪柳尊主為妳神魂顛倒、郝文侯為妳送命，也難怪唐公子為妳動心了。」

「唐公子豈會為我這種女子動心？」阿誰低聲道：「桃姑娘高估我了。」

玉箜篌盈盈地笑，「我只要把妳吊在門外的木樁上，就知道他到底有沒有為妳動心！」從頭到尾他沒有看沈郎魂一眼，卻柔聲問：「沈郎魂，你還想動手嗎？」

沈郎魂怒目看著玉箜篌，撫翠雖然死了，但她將一頭母豬稱作他妻子，騙他刺唐儷辭一刀，害得唐儷辭傷重，自此他與風流店仇深似海！

雖然明知不敵，他緊握短刀，目中沒有半分退讓之意，「不男不女的人妖！風流店從上到下沒一個是人，全都是比頭母豬還不如的畜生！」他輕輕將阿誰往身後一推，「妳快走，這裡妳認得路。」

阿誰知他要搏命為她斷後，清秀的臉頰煞白，她將緊握在手中的「殺柳」遞給沈郎魂，咬了咬牙，「我馬上便走！我……我一定會救你！」言畢，她轉身狂奔而去，隱沒在黑暗的通道之中。

玉箜篌不以為意，望亭山莊天上地下都是他的天地，都在他指掌之間，阿誰不會武功，不論跑到哪裡他都有把握把她抓回來。眼前沈郎魂左手「殺柳」，右手短刀，殺氣騰騰擋在面前，他嫣然而笑，「清虛子、余泣鳳，三十招內，我要拿下沈郎魂。」

那一直蒙面的黑衣人動了一下，余泣鳳換了一柄劍，是一柄劍身漆黑如墨的怪劍，兩人緩步走上前來。玉箜篌施施然自沈郎魂身邊繞過，沈郎魂大喝一聲，短刀突出，剎那間那黑衣人的手掌已拍到他肩頭，沈郎魂沉肩閃避，余泣鳳長劍遞出，隧道裡強風驟起，沈郎魂不得不收回短刀，與二人纏鬥在一起。

玉箜篌依舊施施然自沈郎魂身邊繞過，隱入通道之中，此時他愉悅的心情，就像一隻捉老鼠的貓，期待著那隻老鼠給他新鮮的樂趣。

阿誰沿著隧道往前狂奔，這裡的通道和好雲山的一模一樣，風流店其實並沒有機關設計的人才，所有精妙的設計都抄襲自破城怪客的祕笈，而破城怪客早就被狂蘭無行殺了，再無可能對這些機關進行修改。她很快穿過幾個門，逃向那個黑暗可怖的水牢，她一定要快，必須在沈郎魂戰死之前讓唐儷辭來救他！一定要救他！不能讓沈郎魂死在這裡！絕不能……

通道的四面八方都有人在走動，她知道玉箜篌發布了追查她的命令，狂蘭無行不知何處去了，也許他已經帶走薛桃，但他全然不顧她和沈郎魂的安危。對狂蘭無行而言，世上只有薛桃是重要的，其他人的性命猶如螻蟻，毫不在乎。她並沒有對狂蘭無行感到失望，世上或許就有一兩個這樣的男子，眼裡除了蒼穹星宇，便只剩一人吧？對薛桃而言，是何其幸運，而對他人而言，又是何其不幸。

隧道的一端傳來腳步聲，她忍住急促的呼吸，往門後一躲。兩位白衣役使自通道疾奔而過，都往通向花園的出口處去找她，她靜靜數著那風聲，站起身來繼續往地底深處奔去。

「人在這裡！」通道一側突然冒出一人，疾若飄風向她抓來，阿誰吃了一驚，身後有人將她一拉，「噹」的一聲金鐵交鳴，身後人嬌叱道：「找死！」一柄劍自那人胸口貫入，那人慘叫一聲，阿誰才看清原來是看守通道的劍手。身後救了她一命的人拉著她的手往前掠去，身材嬌小出手狠辣，卻是官兒。

「妳為何不走？」阿誰低聲問。

官兒緊緊咬著她那鮮豔可愛的下唇，「我……我娘其實早就死了，在生我的時候就死了，我只是……只是一直想像她還活著，想像我只要找到她就會有人在乎我照顧我，但……」她突然哭了出來，「但她早就死了。我一直是個壞孩子，不管我殺多少人，主子也不會在乎我，他隨時都可以殺了我，只有阿誰姐姐疼我，我不想妳死在這裡。」她邊跑邊哭，「我其實早就可以逃出去，但是我不知道逃出去以後要怎麼辦，所以一直不敢逃出去……」

「傻孩子！」阿誰緊緊抓住她的手，「別哭，等妳長大了，等妳學會珍惜自己的時候，一定會有人在乎妳的。妳會嫁人，會有孩子，妳會長大，再想起這些事的時候就不再覺得難受了。」

官兒哭道：「我要怎麼樣才會長大？」

阿誰熱淚盈眶，「和我一起逃出去，只要妳出去，妳不再殺人，妳做好孩子，就會長大。」

兩人轉到通向水牢的那條路，官兒抹了把眼淚，「阿誰姐姐，妳要救沈郎魂就快走，我……我還有樣東西要拿。」

阿誰回過頭來，顫聲道：「妳——」

官兒臉上滿是淚痕，哭道：「走快啊！妳不怕他很快死掉嗎？妳要救他的不是嗎？快走啊！」

阿誰全身顫抖，「妳……妳拿了東西以後，一定要跟上來！」官兒用力點頭，牢牢握著手中的劍。

阿誰的身影沒入水牢的銅門，官兒鎖上銅鎖，將一切恢復成無人來過的模樣，往另外一條路跑去。

沒有什麼必須要拿的東西，只是……要讓一個人安全的離開，必須有另一個人留下。她們心裡都很清楚，但無論是決意赴死的，或者是斷然離開的，她們都有超乎常人的勇氣，即使一切是如此沉重，沉重得並非這兩個柔弱的女子所能承受。

官兒捂著臉往另一條路狂奔，眼前突然有人影閃動，兩名白衣役使沿路追來，喝道：「小丫頭！剛才是妳殺了道使是不是？」

官兒抬起頭來，「我沒有！」

白衣女子冷笑，「妳的劍上還有血痕，小丫頭，主子養妳幾年，想不到是養了條吃裡扒外的野狗！阿誰哪裡去了？」

官兒尖叫一聲，「我不知道！」

「唰」的一劍，白衣女子拔劍向她刺來，「我在妳身上砍上十劍八劍，看妳說不說！」

阿誰跳下漆黑的水牢，沉重的大門在身後合上，水中不知名的生物游動，響起嘩啦的水聲，一切是如此的熟悉而恐怖。她的心劇烈的狂跳，伸手在水下摸索，漸漸的摸索到一個不大的空洞，一咬牙，對著那空洞鑽了過去。

空洞後是澈底的黑，四周都是潮濕冰冷的岩壁，她不知道前方有沒有出路，只能奮力往前爬去。水流自前湧來，不住嗆入她的口鼻，她一邊咳嗽一邊爬行，四周無比狹小，一抬頭便會撞到石壁，彷彿隨時都會在這絕望的通道中窒息而死一般。

但她必須奮力前行，沈郎魂撐不了多久，官兒隨時都有危險，而且聽說……聽說有一位不良於行的女子，為了逃離地獄，曾走過這條路，證明這條路對於四肢健全的她而言，絕不該認為是條困難的路。

她必須再快點、再快點、再快點！

似乎只是爬行了很短的時間，而她卻不知實際過了多久，眼前突然出現亮光，阿誰渾然不知自己是如何從那溪水的洞穴中爬出來的，總之她很快便出來了。外面寒風刺骨，這條溪澗上結了很薄很薄的一層冰，夜空下著微雪，阿誰狼狽不堪地爬起身來，這地方竟然距離乘風鎮的住所不遠！正在驚喜之間，她突然瞧見泥雪混雜的地上躺著一人，就離她不遠。她搖搖晃晃的往房屋奔去，路過那人身邊的時候，仍是看了一眼——只看了這一眼，她突然呆了！

那人是薛桃！

薛桃……狂蘭無行冒死救出的薛桃、玉箜篌費盡心思要把她留住的薛桃，怎會像無人撿拾的布偶一般，被遺棄在這荒山野嶺的雪夜？阿誰突然生出莫大的勇氣，停下腳步又對她看了一眼——她的胸口有傷！她的胸口被什麼東西擊穿，流了很多血。

但她還沒有死，殘餘半邊臉頰雪玉秀美，眼角含著的一滴眼淚已凝結成冰。阿誰雙手將她抱了起來，不知哪裡來的力氣，抱著她向住處狂奔而去。

快點、快點，她要再快一點！

她有很多很多事要對唐儷辭說！很多重要的事！很多人命……

眼淚奪眶而出，她覺得肩頭無比沉重，人命、人命、人命……許許多多的人命，她到底要怎麼做才能圓滿？到底要怎樣努力才能挽留住一些什麼？她只是阿誰，她已經覺得負擔不起，而在唐儷辭肩上又是何等沉重？他又負擔得起麼？

「碰」的一聲，阿誰奔到門口，撞門而入。門內玉團兒嚇了一跳，眼見阿誰傷痕累累，頓時大叫一聲。林逋匆匆出來，將阿誰和薛桃扶起，宛郁月旦開門出來，阿誰喘息未定，手指門外，「沈大哥……在望亭山莊被圍困……快去救他，還有官兒……」

「放心，唐公子已經去了。」宛郁月旦彎下腰來握住她的手，微笑得很鎮定。

阿誰呆了一呆，聽到這句話她覺得天旋地轉，「他已經去了？」

宛郁月旦頷首，「他從床上醒來，聽說妳帶著沈大哥和朱顏去闖望亭山莊，就立刻趕去了，不怕，有唐公子在，誰也不會出事的。」

阿誰看著他，顫聲問道：「他的身體……」

宛郁月旦舉起手指在頭側劃了個圈，微笑道：「他只是情緒激動，我讓他服了安神的藥，喝了姑娘做的米湯，已經比剛才好了一些。妳放心，唐公子在的時候，不會讓任何人受傷，他是個能為了別人拼命的人，而以唐公子的能耐，他拼命去做的事，有什麼是做不成的？」

阿誰昏眩地看著宛郁月旦，這個人說唐儷辭是一個能為了別人去拼命的人，為什麼能說得這麼肯定？這麼順其自然？

「他……」

宛郁月旦手持巾帕，緩緩擦去她臉上的泥水和落雪，溫柔地道：「我見過另外一個能為了不相干的人去拼命的人，他是因為博愛，他對每個人都好，希望每個人都快樂，為此他可以拼命。這樣的人人人都喜歡，都會讚美。但唐公子不是這樣的，他會為了別人去拼命，不是因為他博愛，而是因為他很脆弱。」

阿誰慢慢眨了眨眼睛，她眼裡有殘雪的融水，看上去一切都是朦朧一片，只聽宛郁月旦柔聲道：「他太寂寞了，太想被人關懷，所以他拼命的拯救別人，透過拯救別人……他能得到一些滿足，他會覺得自己很重要。他對方周不死心、對柳眼不死心、拼命的去救池雲，那都是因為真正關懷他的人很少，他記在心裡，他不肯放棄。但瞭解他的人很少，唐公子表達情緒的方法很激烈，大部分的人都怕他，因為他總像一個人能完成幾十個人、甚至幾百個人做的事，彷彿只有他存在，別人就不需存在一樣。但其實不是這樣的，他只是太寂寞，他需要那種高高在上的姿態……太想要被關心、太想要被重視，他不能和普通人一樣。」

我……真的一直都很笨。

阿誰眼裡的水流了下來，「是……」

宛郁月旦柔軟地嘆了口氣，「我說句不該說的，阿誰姑娘，妳不能不瞭解唐公子。我想他執著於妳的原因，不是因為其他的理由，而是因為妳……妳身上有一種……母親的感覺。」

阿誰眼裡的水再次流了出來，分不清是雪水或是淚水，「我明白了。」這個第一次見她的溫柔少年，像能將一切迷霧看清，她終於明白唐儷辭想從她身上得到什麼，終於明白他想得到誰「可以為他去死的愛」，終於明白為何她從來沒有感受到他在愛她，為何他對她很好但她總是會感到失望——原來——

原來如此……

只是因為如此……

她哭了出來，伏地慟哭，他只是想要一個能為他去死的母親，但她卻一直會錯了意。她永遠不可能是他的母親，但她一樣對他關懷備至，可是……可是……他所要的只是母親，不是別的。

而她真的……永遠不可能是他的母親。

沈郎魂與余泣鳳和清虛子已經過了二十二招，以真實實力而言，沈郎魂或許能接余泣鳳百招，但必定敗於二百招以內，可他不是劍士，他是殺手。殺手最清楚如何生存，所以即使他明明接不下余泣鳳與清虛子聯手的任何一招，他卻能支持到二十二招。

但二十二招已是極限，沈郎魂心裡很清楚，第二十三招將是他的絕境。余泣鳳已摸熟了他閃避的路子，清虛子掌法沉穩，絲毫不被他眼花繚亂的刀法所混淆，第二十三招兩人默契已生。於是余泣鳳劍掃右膝，清虛子躍高向沈郎魂後心擊落，沈郎魂避無可避，大喝一聲，短刀殺柳齊出，硬架身前身後的一劍一掌！

白素車一邊觀戰，神色冷淡，卻又不離開，似乎正看得有趣，突地她目光微微一閃。沈郎魂見她目光，瞬間猶如有靈光閃過頭腦，驀然放棄招架身後的一掌，「殺柳」寒光閃爍，脫手飛出，夾雜數十枚「射影針」激射余泣鳳胸口咽喉！

余泣鳳在他這門暗器下吃過大虧，急急舞劍遮擋，沈郎魂短刀撲出，連下殺手，竟是逼得余泣鳳連連倒退。身後清虛子一聲清喝，與一人動上了手，只聽「碰」的一聲雙掌相接，余泣鳳臉色一變，撤劍後退。白素車微略頓了一頓，對著沈郎魂微微一笑，隨即退去。沈郎魂鬆了口氣，回過頭來，卻見唐儷辭一人獨立，清虛子竟是退得比余泣鳳更快，沿著隧道的另一端退走了。

「身子無恙麼？」沈郎魂鬆了口氣，「阿誰好麼？真沒想到她當真能及時找到你。」

唐儷辭仍是穿著那件褐色的單衣，一頭銀灰色的長髮垂在身後並未梳理，聞言蹙眉，「阿誰？她人呢？」

沈郎魂吃了一驚，「你不是見到她的人才來趕到這裡來的？」

唐儷辭道：「聽說你們三人來闖望亭山莊，我料朱顏不可能與你們兩人同路太久，所以來看看，果然……」

沈郎魂變了臉色，「阿誰不知有否從玉筮篌手下脫身，我讓她獨自回去找你。」

唐儷辭微笑了，「不妨事，我會將這裡從上到下、從頭到尾，仔仔細細地搜一遍，生要見人、死要見屍。」

沈郎魂長長吐出一口氣，臉上掛滿苦笑，這人無論什麼時候，都是這種樣子。

自余泣鳳和清虛子驚退之後，望亭山莊的隧道裡又空無一人。

沈郎魂四顧一眼，「你是怎麼進來的？」

唐儷辭往後一指，「望亭山莊上面的花園裡空無一人，地上有一層薄雪，有些地方雪化了，有些地方雪沒化，雪化開的地方應有暖氣，我尋到一處入口，下來便聽見余泣鳳的劍鳴。」

沈郎魂哈哈一笑，「他那把劍如果無聲無息，我這條命豈不是白送了？」

唐儷辭「霍」的一聲負袖在後，眼緣微挑，轉身往來路走去，「走吧，他還在裡面，逃不了的。」

黑暗的隧道裡沒有一個人，前方道路上卻像遍布惡鬼的眼眸一般，充滿了殺機和惡念。

玉筮篌現在並沒有和余泣鳳與清虛子在一起，他慢慢地尋找阿誰的蹤跡，卻讓他看到了一具又一具的屍首。

有白衣役使，也有一個是專門看守通路的劍士，有些人是一劍穿心，有些人是中了見血封喉的劇毒，而那射出的暗器非常奇異，乃是骰子。

第七具屍體。

玉箜篌輕輕嘆了口氣，前面不遠處有很輕的腳步聲，聽起來是小孩子正在往前疾奔，「官兒。」

那腳步聲突然停了。

玉箜篌負著手慢慢走了過去，通道裡微弱的燈光下，不遠處全身瑟瑟發抖猶如老鼠一般的小女孩正是官兒，他凝視她好一陣子，「妳真了不起。」

「我……我……」官兒手裡的劍已經丟了，滿身滿臉的血，模樣狼狽不堪，但她仍然活著，那些阻攔她的人卻已經死了。

「白衣役使幾十人，被邵延屏放跑了一大半，只剩下十三人，妳一個人殺了六個，在好雲山一戰裡戰死的人也沒有這麼多。」玉箜篌柔聲道：「我本來應該賞妳。」

官兒面無人色，踉蹌退了幾步，「他們要殺我。」

玉箜篌嫣然一笑，「我知道。小丫頭，小小年紀不但心狠手辣，而且吃裡扒外，若非如此我也不想殺妳。」他柔聲道：「妳是個人才，真正的人才，妳才十四歲就能殺七個比妳高大、強壯，甚至武功練得比妳好的人，妳有天分，可惜——很可惜——妳不聽話。」

「我……我如果現在聽話，主子能饒我一命嗎？」官兒突然撲地跪倒，拼命磕頭，「我不想死，我還沒有找到我娘，我錯了我鬼迷心竅，主子你饒了我吧！我好害怕，不要殺我。」

玉箜篌笑了，「我可以不殺妳，阿誰呢？妳把她弄到哪裡去了？」

官兒蜷縮在牆角，全身仍然不斷的發抖，「我不知道，我沒見到她。」

玉箜篌「嗤」的一笑，「妳真沒見到她？」他仔細地看著自己修剪整齊的五指，活動一下指節，似乎正在思考要如何揮出一掌姿態會更加飄逸。

官兒越抖越厲害，「我……我見到她往其他方向跑了，但沒和我一路。」

「放屁！」玉箜篌破口罵了一聲，聲音震天動地，官兒臉色慘白，卻聽他柔聲道：「妳若沒見到她、妳們若不是同行、妳若不是要掩護她，妳犯得著連殺七人嗎？妳瘋了嗎？胡話就少說了，她到哪裡去了？」

官兒咬牙，「我不知道。」

玉箜篌提起手掌，「妳再說一次不知道，我可就饒不了妳了。想一想，妳還這麼年輕，又這麼聰明漂亮、又那麼怕死……人生還有許多可能，還沒有嫁人生子，要是就這麼死了，妳不會覺得很遺憾嗎？我再問妳一次，她到哪裡去了？」

官兒反而頸項一昂，大聲道：「我不知道！你殺了我，我也不知道！」

「妳真是出乎我的意料。」玉箜篌吃吃地笑了起來，搖了搖頭，「很可惜，收養妳，當初如果發現妳是這樣的苗子，我該一早殺了妳！」言下手掌一揮，「啪」的一聲官兒腦漿迸裂，當場慘死，臨死之時猶自緊緊抿住嘴唇，當真死也不開口。

風流店中竟然有小丫頭對阿誰講情誼，這真是件匪夷所思的怪事。官兒的血濺上玉箜篌的鞋面，他取出懷中的繡花手帕慢慢擦著，慢條斯理，擦得非常仔細。

就在他揮掌殺官兒的同時，余泣鳳和清虛子同時飄身而退，唐儷辭闖入隧道，一切似乎才開始，但對官兒來說已經太遲了。

她始終沒能長大。

遙遠的通道中傳來驚呼奔跑之聲，玉箜篌眼神陡然一變，剎那充滿了暴戾狠毒之色，手握那柄短劍，沿來路退去。

通道之中，白素車和余泣鳳正疾奔而來，清虛子自另一個轉角飄身過來，玉箜篌掠目一看，「真是沒出息。」

白素車容色肅然，鞠身一禮，「唐儷辭有備而來，我等不是他一人之敵。」

玉箜篌哼了一聲，「把水牢打開，去查缺口是不是有人通過？」

白素車應聲而去。玉箜篌眼眸流轉，看了余泣鳳和清虛子一眼，輕輕一笑。這一笑便笑得余泣鳳和清虛子垂首無言，他們二人都是一代宗師之能，卻被唐儷辭嚇得掉頭就跑。

「其實你們兩個足可以和唐儷辭過上兩百來招……」玉箜篌柔聲道：「他重傷初癒，說不定在這兩百招裡就會力竭，說不定你們其實會贏。」他頓了一頓，冷冷地道：「現在可有一點後悔了麼？」

余泣鳳陰沉著一張臉不說話，清虛子面戴黑紗，看不出神色，但顯然臉色也不好看。玉箜篌負手站在通道中，余泣鳳和清虛子各站兩旁，黑暗的遠處什麼聲音都沒有，但誰都知道唐儷辭和沈郎魂正沿路而來。

唐儷辭雖然武功高強，沈郎魂也不是弱者，論實力，他們決計抵敵不過玉箜篌、余泣鳳和清虛子。但唐儷辭有音殺之術，音殺之術驚世駭俗，少有人能抵擋，即使玉箜篌也是不行。

玉箜篌卻並不撤走，他不撤走的原因很簡單，望亭山莊之中除了余泣鳳和清虛子，還有鬼牡丹。唐儷辭的音殺之術再厲害，也需要有閒暇吹奏，有幾位武功絕倫的高手，絕對能確保唐儷辭沒有施展音殺之術的時間。

漫長的隧道遙遙亮起一團燈光，隨即熄滅，往前又亮起一團燈光，又再熄滅。那是嵌在隧道兩側的油燈被吹滅之前的亮光，油燈的光線很暗淡，只照得隧道裡分外的黑。油燈一節一節的熄滅了，彷彿漫長的隧道一節一節的變短了一般。

唐儷辭來了。

玉箜篌負在身後的手悠閒地轉了幾轉，對眼前侵近的濃郁黑暗沒有半點在意一般。

乘風鎮的小屋內。

阿誰沉沉睡去，她奔波了一夜，又屢經刺激，身體和精神都已疲憊不堪。玉團兒讓她睡在鳳鳳身邊，鳳鳳卻不睡，精神很好地坐在床上東張西望，看看宛郁月旦、又看看玉團兒，烏溜溜的眼睛又圓又大，彷彿很好奇。但他似乎知道娘親累了，只是東張西望，不吵不鬧，右手牢牢抓住阿誰的衣袖。

玉團兒和林逋正合力將薛桃抱上床榻，玉團兒剛剛給她胸前的傷口上了藥，但傷得很重，簡單的敷些金瘡藥不知有否效果，而當初柳眼用來醫治林逋的黃色水滴又不知要到哪裡去找，只得聽天由命了。

宛郁月旦坐在一旁，剛才玉團兒把她所知的阿誰、柳眼和唐儷辭的事嘰嘰呱呱說了一遍，以他的聰明才智，不難瞭解其中的關鍵之處。而阿誰把薛桃橫抱了回來，究竟是誰在她胸口刺出這樣的傷口卻不得而知，答案似乎很明確，卻又令人很迷惑。

她和朱顏在一起，有誰能傷得了她？即使傷得了她，朱顏為何留下她一個人在荒山野嶺？答案只有一個：重傷薛桃的人，正是朱顏。

但他為什麼要殺薛桃？

難道他不是為了薛桃赴湯蹈火？不是為了薛桃要殺宛郁月旦，甚至為了薛桃逆闖望亭山莊，突破重重機關才將她救出的嗎？怎會轉眼之間就對她下這樣的重手？

「小月。」玉團兒對著薛桃凝視了好久，「她好漂亮。」

宛郁月旦卻看不見，只得微笑，「是嗎？」

玉團兒點頭，「我要是有這麼漂亮，不知道他會不會多想我一點，唉……」

宛郁月旦道：「這個……世上也不見得人人愛美，我聽說有些人特別喜歡胖姑娘，有些人特別喜歡老姑娘，所以男人想不想念一個女人，很大程度上是看她有沒有給自己留下深刻的印象吧？呃……深刻的好印象。」

玉團兒看著宛郁月旦，「我要是長著你的嘴巴就好了，我喜歡你的嘴巴的形狀，小小的，像小娃娃的嘴巴。」

宛郁月旦在陪她說話，她卻在想宛郁月旦的唇形，林逋「噗哧」一聲笑了出來，這兩人說話，全然文不對題。

宛郁月旦不以為意，略略按了按薛桃的手背，她的手背熱得燙手，傷勢看來十分凶險。想了一陣，宛郁月旦突然問：「唐公子穿過的衣裳在哪裡？」

林逋怔了一下，那件衣裳被沈郎魂的短刀撕破一個大洞，染滿鮮血，捲了起來藏在衣櫃裡生怕被風流店的人發現端倪，至今沒人動過，「在櫃子裡。」

「拿來瞧瞧，衣袋裡說不定會有藥。」宛郁月旦黑白分明的眼睛靈活地轉了轉，「他身上一向帶著不少好東西。」

林逋站起身來，匆匆從衣櫃裡翻出唐儷辭的血衣，探手入衣袋裡一摸，裡頭果然有許多瓶瓶罐罐，一一取出來放在桌上。

只見有一個淡青色的小方玉盒、一個羊脂白玉美人瓶、一串珍珠、幾塊小小的玉石、幾錠小金錠，還有一顆圓形的藥丸。

宛郁月旦將東西一樣一樣放在鼻尖輕嗅，「唐公子看來很喜歡玉器，這些都是氣質品相絕佳的上等美玉，用作器皿委實有些可惜。嗯……薯莨、七葉蓮、黃藥子……盒子裡的是傷藥。」他拿起如手指大小的羊脂白玉美人瓶，這玉瓶做工精細，手感潤滑，絕非凡品，打開瓶塞微微嗅了一下，林逋立刻聞到一股非常古怪的氣味，頓時打了個噴嚏，宛郁月旦微微皺起眉頭，將瓶中物倒了一片出來。林逋見他倒在手上的是一種白色藥片，與藥丸不同，那藥片形圓且扁，是一種從未見過的藥物。宛郁月旦顯然也嗅不出那是什麼，秀雅纖弱的臉上微微浮起一絲困惑之色，將藥片放回玉瓶，拿起另一顆圓形的藥丸，「這是紫金丹，雖然少見於世，但古籍裡記載的有此物，古人說服用紫金丹能羽化登仙，我是不太相信，但此藥應當另有獨到之處。」

「薛姑娘傷勢危重，」林逋道：「我看這藥不如讓薛姑娘服下，看看有沒有起死回生的奇效。」

宛郁月旦輕輕敲開藥丸外的蠟殼，裡面是一顆色澤金亮，猶如龍眼大小的藥丸，他手指溫熱，一拿起藥丸，那藥丸便要融化，宛郁月旦只得急急把藥丸放到薛桃嘴上。

偌大一顆紫金丹接觸到她灼熱的嘴唇，很快化為汁液，順她唇縫流入腹中。林逋和宛郁月旦都嗅到一陣幽雅馥鬱的藥香，看來這紫金丹果然與眾不同，更與方才那羊脂美人瓶裡的藥片不可同日而語。

服下紫金丹之後，薛桃燒得通紅的臉頰略有恢復，過了一會兒，她的眼睫微微顫動，玉團兒「咦」了一聲，「薛姑娘？」

薛桃緩緩睜開了眼睛，那雙眼睛清澈秀美，如一泫秋水，玉團兒輕輕摸了摸她的頭髮，「大家都說阿誰姐姐是難得一見的美人，可是我覺得妳比她漂亮多了，妳真美。」

薛桃那雙秋水似的眼睛慢慢望向宛郁月旦，「你……是……誰……」

「姑娘且安神休養，妳不在望亭山莊，也不在朱顏身邊。」宛郁月旦樣貌神態看來溫柔無害，所以薛桃一直看著他，胸口急促起伏了幾下，唇齒微張似乎要說什麼，卻始終說不出來。玉團兒一直看著她殘餘的半張臉，薛桃的眉目鼻子生得都是她喜歡的樣子，越看越是喜歡，不免豔羨起來。

宛郁月旦聽著薛桃急促的呼吸，心知她有話要說，柔聲道：「姑娘想說什麼？」

薛桃張開嘴唇，無聲的翕動，林逋看著她的口型，「我……對……不……起……他……」

宛郁月旦微微一笑，「他重傷了妳，心裡多半已經後悔啦，別想太多，等妳好起來才有力氣對他說很多話。」

玉團兒詫異地看著他，「你知道她在說誰？」

宛郁月旦微笑道：「她說的是『狂蘭無行』朱顏。」

玉團兒嘆了口氣，對薛桃道：「他不是很愛妳嗎？為什麼要殺妳？他費了這麼大力氣把妳救出來，就這樣把妳扔了？」

一顆眼淚自薛桃的眼角滑落，她終於發出微弱的聲音，「他……一生只對我一個人好……可是我……我卻對不起他……」

玉團兒奇道：「什麼對不起他？妳被玉笠篌抓住關了起來，那又不是妳的錯，何況這麼多年妳吃了這麼多苦，他好不容易找到妳，怎麼不好好對妳？」

薛桃茫然的看著屋頂，「十年了……真長……他為什麼不在八年前、六年前甚至四年前救我出來？」

玉團兒抬起手來，就想給她一個耳光，「妳胡說什麼？八年前、六年前、四年前他都中了玉笠篌的毒藥，神志不清傻裡傻氣的，什麼都不知道，怎麼能救妳出來呢？他一清醒就救妳出來了，難道還不行？」

「我想他打破牆壁，穿過一重又一重的障礙來找我，這十年裡我每天都想。我想他也許會在窗戶前出現，看見我被綁在床上，我想他會很心疼，我就會很高興……但他始終沒有出現。我被綁了一年又一年、一年又一年……每天的每個時辰我都在想他將如何來救我……也許是今天也許是明天，不這樣想我就不能活下去……但他始終沒有來。」薛桃微弱地道：「我有時候很傷心，有時候很失望，有時候絕望有時候憤怒，但不管我怎麼想，他就是不來。我恨表哥，妳無法想像我是怎樣恨他，但這麼多年來，我傷心的時候諷刺我的是他，我失望的時候嘲笑我的是他，我絕望我憤怒的時候陪著我的還是他，十年來我只看見他一個人……其他的人好像消失不見了一樣。」薛桃的眼淚流了出來，像流著她那瘦弱身軀裡的最後一滴血，「我恨他，但有一天我發現……表哥雖然陰險狠毒，雖然他做盡了慘絕人寰的事，雖然他將我綁起來綁到我生病，但是他一樣很痛苦。有時候……他比我還痛苦，我還有指望，我盼著朱顏來救我，他看著我、他綁著我，他什麼指望都沒有。我很痛苦，他也會心痛也會後悔，但他不能放開我……」她急劇地喘息起來，「他只能坐在那裡看著我。有時候我知道他也不想來看我，他也不想陪著我，他也想殺了我，可他做不到，我盼著他殺了我，他卻抱著我哭……我……我……」

玉團兒睜大眼睛靜靜地聽著，薛桃淚流滿面，「我怕他哭，從小到大他都是好強的人，他一哭我的心就像要碎了一樣……他一哭我就心軟，我就不敢絕食不敢自殺……後來……後來……」她長長地吐出一口氣，眼神漸漸寧定了下來，「後來他抱著我哭，我也抱著他哭，他說他想殺了我，也說他想殺了大表哥，但大表哥已經死了，他心裡很恨，他恨這個江湖害死了大表哥，所以他要將江湖上每個人一一毀掉……他也說他想和遼國打仗，他說他想入朝為官，他說他看不起天下所有人，除了我，他說他覺得自己是個奇才……我相信他對我說的都是真心話，我卻只說一件事……我每天都問他為什麼朱顏不來救我？他說他永遠不會來救我，他永遠都不讓他來救我……」

玉團兒眼睛裡充滿了眼淚，薛桃怔怔地看著她，「妳哭什麼？」

玉團兒抹著眼淚，指著宛郁月旦，哽咽道：「他也在哭啊，又不只有我想哭。」

薛桃看著宛郁月旦，宛郁月旦眼裡有一泫清淚，不知想起什麼，悠悠嘆了口氣。

薛桃望向林逋，林逋的神色也很哀戚，她反而淡淡一笑，「後來有一天，他放開了我，我卻不能走路了。表哥比我還痛苦，他恨不得能把他自己的腳接在我身上，但當然在證明能接給我之前，他要嘗試到底行不行，結果他抓了許許多多年輕漂亮的女子，把她們的手腳砍了，意圖裝在我身上。我害死了千千萬萬的人命，自那以後我更恨他了，我不在乎手腳會不會好，也已經不在乎朱顏是不是會來救我，我就是不想見他，心想就這樣死了算了。」

玉團兒握著她的手，「妳真可憐。」

薛桃低聲道：「那些無辜而死的女子更可憐，我有什麼可憐之處？我造了孽，害死了好多人。我的病越來越不好，手腳不住發抖，表哥迫於無奈，把我的手筋腳筋都挑斷了，我本就想死，筋脈斷不斷倒是無所謂，他卻天天折磨他自己。有一天，山莊裡來了一個人，我沒見過他的面，但他給我一種藥物，服用了以後手腳慢慢有力氣，一點一點能站起來了。表哥欣喜若狂，我卻心喪若死，我已經不再想朱顏會來救我，我滿心滿腦的想的都是表哥的事……我恨他害我、恨他禍害無窮，但我也怕他會失敗、怕他會死……我已經不是從前的我……」她木然道：「所以我想從他身邊逃走，我怕我自己終有一天會心甘情願的留下來。」

「所以妳就從水牢的通道裡逃走了？」玉團兒驚奇地看著她，這個瘦小的女子竟然有這麼大的毅力和勇氣，能從望亭山莊那樣的地方逃出來。

薛桃低聲道：「他把我抓了回來，很生氣，打了我，弄傷了我的臉。我很高興他弄壞了我的臉，我想他也許以後可以不再想著我，但他卻澈底瘋狂了，他把他身上其他地方的皮膚給了我，卻把我臉上那塊疤痕換到他自己臉上……哈哈……他想替我變醜，結果卻變得和我一模一樣……他開始對他自己的新模樣著迷，他穿我穿過的裙子，他學我梳頭的樣子梳頭，他開始在臉上施脂粉，哈哈哈……別人都很怕他，我卻知道他心裡痛苦，他想殺了我，卻又離不開我，所以他就想變成我，他想如果他變成我，殺了我以後他就不會再想我……」

「但他始終沒有殺妳。」宛郁月旦柔聲道：「他愛妳。」

薛桃閉上了眼睛，「他愛我，他也愛他自己，他不能為了愛我而不愛他自己，也不能只愛他自己卻不愛我。而我……我不能愛他，他是個壞人……」她顫聲道：「我不想愛他，所以我就不見他。他一直想殺我，卻一直下不了手。我以為我不見他就不會想他，但我想……我日日夜夜地想……」

「然後今日，朱顏突然出現，把妳救了出來。」宛郁月旦柔聲問：「妳卻很傷心？」

薛桃慢慢地道：「我聽著他闖進來的聲音，一陣又一陣，驚天動地，我聽見他的腳步聲，那種熟悉的氣勢和氣味……和我從前想像的一模一樣。表哥躲了起來，他沒有阻攔朱顏帶走我，他也沒有要我死……我……我很失望。」她緊緊抓住被褥，「我很傷心，他竟然沒有阻攔也沒有殺我，就這樣讓我走了，我不知道是不是讓他失望，或者是他太愛我所以真的讓我走了，不管是什麼理由我都覺得很傷心，我愛他，我已經不愛朱顏，不在乎朱顏來不來救我，我只想留在表哥身邊，不論他做了多少壞事害死了多少人，我想和他在一起。」她淒然道：「我不能騙朱顏，我告訴他我不愛他了，他就出手給了我一戟。」

玉團兒「啊」了一聲，「他怎麼這樣？」

薛桃輕輕地道：「我不怪他，他就是這樣的人，他一輩子只對我一個人好過，我背叛他，就是他的整個人生都背叛了他，是我對不起他。」

宛郁月旦嘆息了一聲，「妳沒有想過，告訴朱顏妳不再愛他，會加劇他對玉箜篌的仇恨……他將妳扔在地上，自己卻去了哪裡？」

薛桃變了臉色，「他會去找表哥！」

宛郁月旦的聲音溫柔而無奈，「他現在一定又回望亭山莊去了，望亭山莊一場大戰難以避免，我們只能靜待結果。」

薛桃呆呆地看著宛郁月旦，紫金丹給予她的力量一點一滴消失。

朱顏要殺人幾時失手？她胸口是穿透的戟傷，鮮血又緩緩滲出，玉團兒一直拿著唐儷辭那方形玉盒裡的傷藥，不斷的敷在她傷口上，薛桃的呼吸越來越急促，神智漸漸不清，又昏沉了過去。

「她會死嗎？」玉團兒看著薛桃，覺得很難過。

宛郁月旦咬住嘴唇，「也許會。」

玉團兒低聲道：「如果她不說這麼多話，說不定不會死。」

宛郁月旦搖了搖頭，微笑道：「這些話哽在她心裡，她不說出來會更難受，十年了，除了玉箜篌沒有人和她說話，她真的是很可憐的。」

玉團兒又在抹眼淚，「我覺得她很可憐，她被姓玉的人妖害得這麼慘，竟然還想留在他身邊。」

宛郁月旦又搖了搖頭，「感情的事很難說，可以選擇的話，我想玉箜篌和朱顏都寧願不愛任何人，感情只會妨礙他們的武功和霸業。」說完了這一句，他支頜托腮對著玉團兒，改了話題，「玉姑娘，妳出身山林，可知自己爹娘是誰？」

玉團兒學著他支頜托腮，因為宛郁月旦手腕白而纖細，支頜的樣子很好看，「我娘說她原來是縣城裡李氏包子鋪的女兒，小時候跟著城裡武館的師父學了點武藝，人又長得漂亮，在縣城裡是有名的美女。我爹嘛……她說有天我爹路過縣城，多看了她的包子鋪兩眼，她看上我爹俊逸瀟灑、唇紅齒白、風度翩翩，就故意挑釁，說我爹偷她的包子。」她淺淺地笑了起來，「然後我爹居然承認了，我娘要他賠包子的錢，我爹說請我娘喝酒，我娘就答應了。」

這怎麼聽起來都有些像美貌女子被登徒子占了便宜？

林逋肚裡好笑，卻不敢笑出來。

宛郁月旦很認真地聽著，「妳娘當日一定很高興了。」

玉團兒笑道：「當然了，那天夜裡，我爹請我娘喝酒，兩個人就好上了，我娘肚裡就有了我。」

林逋嗆了口氣，「咳咳……」

宛郁月旦微笑道：「後來妳爹娶了妳娘？」

玉團兒搖了搖頭，「後來我爹就走啦，第二天就走啦，我娘再也沒見到我爹。她沒嫁人就生了我，爺爺很生氣，而且我還天生怪病長得很醜，娘在縣城裡待不下去，就帶著我到山林裡躲了起來，一躲就是十幾年。」

林逋臉上的笑容尚未展開，怔了一怔，又黯淡下來，「妳爹一直沒有找過妳娘？」

玉團兒搖頭，「我娘說我爹長得很好看，遇見的女子一定很多，他多半不會記得我娘的。但我娘一點也不後悔，她說看見我爹以後，她不會再喜歡上別的男人啦，如果爺爺硬把她許配給其他人家，她一定會傷心一生，所以雖然爹走了再也不回來，她一點也不後悔。」

「妳爹叫什麼名字？」宛郁月旦柔聲問。

玉團兒又是搖頭，「我不知道，連娘也沒問，娘只知道他姓玉。娘說早知道是留不住的姻緣，問了名字又有什麼用呢？有了名字就會想找人，找到了人也許更傷心。」她聳了聳肩，「不管是什麼，反正娘覺得好就是好，她留著爹一件衣服，有時候穿起來扮爹的樣子給我看，我挺高興的，她也挺開心。」

宛郁月旦眉眼一彎，微笑得很是溫潤柔和，「妳娘性子真好。」

玉團兒笑道：「當然了，我娘是很好很好的。」

天色漸漸的亮了，薛桃的呼吸越來越微弱，宛郁月旦閉目假寐，神色還很寧定，玉團兒和林逋擔憂薛桃的傷勢，又擔憂望亭山莊的戰局，卻是半點也睡不著。

第四十一章　七花雲行

幽暗的隧道一節一節的變短，黑暗一節一節的逼近，玉箜篌不以為意，余泣鳳和清虛子卻暗提真氣，警戒到了十分。唐儷辭武功之強，他們都已領教過，其人雖然相貌秀麗舉止文雅，招式之悍勇狠辣卻是人莫能及，一不小心中了他一招，就有喪命之虞。

突然之間，玉箜篌「嗯」了一聲，「不對！」

余泣鳳沉聲問道：「怎麼？」

玉箜篌衣袖微擺，「滅了六盞油燈，是六哥。」

黑暗的隧道中有人笑了一聲，「哦！原來七弟與我心有靈犀，我也沒告訴你弄滅六盞油燈就是我來了，你怎會猜到是我？」

玉箜篌嫣然一笑，「六哥一向喜歡自作聰明，我怎會不知？你不是陪你師父逍遙江湖去了，回到望亭山莊，是想告訴我什麼好消息嗎？」

自隧道裡搖扇走出的人黃衣紅扇，臉頰紅潤，正是方平齋，「我一向沒有什麼好消息，只有倒楣的消息，聽說你網羅了三哥為你殺人，他人在何處？」

玉箜篌越發笑吟吟，「你要殺三哥之心，真是始終不死。不是七弟我潑你冷水，以六哥之能，殺遍大半個江湖可以，但要殺三哥，不可能。」

方平齋紅扇一搖，「耶，你不必給我潑冷水，我很有自知之明，我不是來殺人，只是來問他是不是人在此處？」

玉箜篌嬌笑起來，「既然殺不了人，問有何用？」

「你把他害得神志不清，他沒有殺你反而被你網羅，必定是為了薛妹子了。」方平齋也笑吟吟地道：「你們兩個為了薛妹子從十幾年前鬥到現在，我看戲也看了十幾年，已經看到麻木。他若在此，我想請他出來敘舊，雖然我想殺他，但當年為他下毒酒害了十年歲月，實在非君子所為，六弟我是誠心誠意來向三哥道歉的。」

「君子？道歉？你以為三哥是什麼人？你是不是給他下毒、你把他害成什麼樣，甚至你是六弟還是七弟、八弟，他根本不在乎。」玉箜篌悠悠地道：「這世上除了薛桃和武功比他高的人，他誰也不看在眼裡，你要和他說話，他只當你是颳風下雨，根本不會聽進耳內。」

方平齋嘆了口氣，「我比看不慣老鼠還看不慣這種人這種個性，但我做錯了事我會道歉，這事關人格，而非為了取得三哥的諒解——實際上他是不是諒解，我也不在乎，我在乎的是我的人格。」

「六哥你——」玉箜篌搖頭，「越來越君子只會讓你自己越來越縛手縛腳，你有才華你有能耐，只要你願意你有我與大哥缺乏的那部分能力，可惜你不珍惜自己，你浪費自己的能力，甘願做一個插科打諢的小丑。君子？小丑？那是你麼？真的是你麼？你有沒有經常捫心自問，你疊瓣重華方平齋，真正想要默默無聞過一生麼？」

方平齋歪著頭看著他，玉箜篌黑髮及腰，桃衣如畫，彷若妙齡少女，「我只想說——你這樣打扮，看起來比大部分年輕美貌的姑娘好看多了。三哥他在這裡麼？在你就說在，不在就說不在，我雖然英俊瀟灑，對美女卻沒興趣。」

「不在。」玉箜篌轉過身去，「他帶著薛桃走了。」

方平齋睜大眼睛，像聽見什麼千古罕見的奇聞怪事，「什麼？」

玉箜篌淡淡地道：「他帶著薛桃走了。」

方平齋詫異地看著他，「你就這樣讓他走了？」

玉箜篌抬起頭，語氣越發淡漠，「不錯。」

方平齋喃喃地道：「你一定有什麼地方搞錯了……」他以紅扇拍了拍頭，「既然人不在，我這就走了，救命之恩，六哥這裡謝過了。」

余泣鳳與清虛子一邊聽著方平齋和玉箜篌談話，方平齋與余泣鳳也算舊識，笑嘻嘻的對著余泣鳳打了個招呼，余泣鳳就如沒有看見一般。昔日劍中王，今日階下臣，畢竟不可同日而語。方平齋對著清虛子看了幾眼，沒認出來這位是誰，於是揮了揮扇子，打算轉身離去。

他一轉身，身前那片黑暗中突然露出一支鞋子，白色雲鞋，淡藍色的繡線，方平齋咳嗽了一聲，差點嗆了口氣。玉箜篌回過身來，方平齋身前的黑暗中一人緩步而出，銀灰色的長髮，秀麗文雅的容色，正是唐儷辭。

沈郎魂卻不在他身邊，不知潛入了何處。

玉箜篌的視線從方平齋身上轉到唐儷辭身上，「六哥，你是幫他、還是幫我？」

方平齋紅扇揮舞，「我只是過路而已，你們繼續、繼續……不必為我壞了興致。」

他自唐儷辭身邊繞過，一步一搖往前走，突然通道中亮光一閃，有火光閃起，玉箜篌、唐儷辭一起抬目望去，只見方平齋臉上笑容僵住——一柄長戟抵在他胸口，逼得他步步倒退，那長戟刃上以油脂抹拭以免生鏽，此時為來人劇烈的真氣所激，竟然熊熊燃燒起來，刃上火焰閃爍，來人亂髮蓬張，氣勢十分駭人。

朱顏！

唐儷辭和玉箜篌都有些詫異，按照常理而言，他帶走了薛桃必定遠走高飛，怎會突然折返？

玉箜篌首先變了臉色，「你把她怎麼樣了？」

方平齋身形一晃，自朱顏刃尖遠遠逃離，他雖然想殺朱顏，但此時萬萬低敵不過，就算是兩個方平齋也未必擋得住朱顏一戟，何況他還沒有孿生兄弟。

朱顏並不回答玉箜篌的問題，長戟一揮，帶起一陣淒厲的呼嘯，驚雷霹靂一般往玉箜篌胸口插去，眼神猙獰可怖，就如陷入瘋狂一般。唐儷辭一閃讓開，玉箜篌出手如電，一把扣住長戟杆身，厲聲喝道：「你把她怎麼樣了？」

朱顏仍然不回答，那長戟上的火焰慢慢燒到了玉箜篌的衣袖，朱顏十足真力運勁前挺，玉箜篌強力扣住，兩人眼神相對，勃然如燃起一場大火。兩人不再答話，驟然間如暴風驟雨般動起手來，長戟震天動地，身周牆壁崩壞之聲不絕於耳，玉箜篌赤手空拳，然而拳風掌影之強絲毫不弱於朱顏，一招一式全是致命殺招！

余泣鳳和清虛子同時望向唐儷辭，唐儷辭若在此時加入戰團，玉箜篌必定落於下風。唐儷辭對二人露齒一笑，提起手掌，卻正是打著插入一腳的主意，余泣鳳黑色長劍一揮，清虛子掌成太極圓轉之勢，兩人一齊上前將唐儷辭攔住。方平齋紅扇一搖再搖，他若加入戰局，不論加入何方，那一方都會獲勝，但他顯然不打算加入任何一方，卻開口道：「三哥，當年敬你一杯毒酒，害你如此，那是小弟的不對，這廂給你賠罪了。」他朝著朱顏和玉箜篌的戰局行了個禮，施施然打算離開。

「六弟你欠我一杯酒，這樣就想走了嗎？」有人陰森森地問了一句，方平齋欲離開的腳步再次停下，滿面苦笑，他今日來得真不是時候，每每要走總有人擋住去路。朱顏和玉箜篌聽到來人聲音，驟然分開，各自躍過一邊。玉箜篌吐出一口氣，「大哥！」

這黑暗中拖著一物慢慢走來的人黑衣繡著牡丹花，容貌猙獰可怖，正是鬼牡丹。至此，七花雲行客四人聚首，除了梅花易數之外，活著的人已全數在此。方平齋慢慢倒退，鬼牡丹慢慢前行，他手裡拖著一物，卻是一頭死山羊，也不知他是從山上抓來的，還是從乘風鎮裡搶來的。

「你既然親自來到望亭山莊，我若再留不下你，那就對不起我『一闕陰陽』鬼牡丹身為七花雲行客之首的名號了。」鬼牡丹陰測測地道：「今日既然大家都在，我不如把話挑明了吧？六弟，今夜我要殺唐儷辭，你若出手相助，你欠我的那一杯酒我還留著；你若出手阻攔，嘿嘿……那一杯酒我就真正拿去餵狗，自此以後，你滾出七花雲行之列，你我割袍斷義，日後江湖相見，我手下絕不容情！」他撂下一句話，身形閃動，直撲唐儷辭與余泣鳳、清虛子的戰局，玉箜篌殺氣瀰漫地看著朱顏，朱顏究竟把薛桃如何了，他心裡已有三分底。以他梟雄之才，一陣驚恐傷心之後，已略為鎮定，鬼牡丹向唐儷辭撲去，他掠了戰局一眼，唐儷辭比之余泣鳳清虛子自然是勝了一籌，但加上鬼牡丹之後他卻是略遜一籌，如果他老老實實的這麼打下去，打到千招之後必然戰敗，但唐儷辭顯然並不會按照他預定的路數走。

唐儷辭的目的他很清楚，他救了沈郎魂之後卻不走，冒險深入，必定是沒有見著阿誰那丫頭。他如果是進來找人，未必會甘心於纏鬥，而那三人雖然勝他一籌，卻攔他不住，一旦今日唐儷辭揚長而去，日後再難找到這種他自投羅網的機會。玉箜篌很快冷靜下來，觀察著朱顏的一舉一動，也觀察著唐儷辭的身形變化，準備隨時出手殺人。

方平齋聽著鬼牡丹那句話，嘆了口氣，兄弟什麼的，他在十年前就已拋棄，但聽這句話，似乎鬼牡丹和玉箜篌還當真對他有幾分兄弟之情。手裡紅扇雖然搖得瀟灑，他心裡卻有些黯然起來，意氣風發的日子距離他已經太遠，現在的他到底想要什麼，連他自己也不太明白。

唯一一件很明白的事，就是要殺朱顏。

他看了身邊持戟而立的偉岸男子一眼，在朱顏還沒有加入七花雲行客之前，他與二哥、四哥、五哥幾人並稱「風月四行客」，那時候是真正的逍遙江湖，吟詩對酒。那時候他是老四，年紀還很輕，江湖也不寂寞，那時候他雲遊江湖半年就會回家一趟，看望老家的母親。隨著「風月四行客」的名聲越來越大，漸漸地收納了七弟、大哥，人越來越多，越來越熱鬧，他也一直享受其中。

但七弟帶來了美貌的表妹，薛桃嬌美純善，性情溫柔，很少有男人會不喜歡這樣的女人，她引來了武功絕倫、冷漠怪癖的朱顏。朱顏加入了七花雲行客，位列第三，而他變成了六弟，這種變化並沒有給他帶來太大的不快，但他打從心底嫌惡朱顏，這位目空一切我行我素的怪人從一開始就給他一種不祥的感覺。

七花雲行客成名的那一年，七人約定到他的家鄉白雲溝賞花，飲酒之後，眾人都睡去了，他飲酒易醉，所以早醉反而早醒，當他半夜醒來的時候，看見朱顏劍刃滴血，臉色冷淡地站在屋外賞月。

他問他出了什麼事？朱顏當年習練八尺長劍，輕易劍不出鞘，那夜非但劍已出鞘，還滴血如注，大不尋常。問話的時候，方平齋平生第一次感受到恐懼的滋味。

朱顏的回答很平淡，但平淡中壓抑著一絲興奮，他說他飲酒賞花，突然頓悟了一招劍法。他沒問他是如何的劍法，只問了一句，「是哪一家？」

朱顏劍指屋外——他將鄰居吳老伯一家七口屠戮殆盡，只因為他頓悟了一招劍法。

自那夜開始，他便決意要殺朱顏。

朱顏實在太強了，他是為武功而生的奇才，在朱顏眼中除了武功和薛桃，其他空無一物，也正是這種專注才能令他練成一身近乎不可思議的武功，只是代價是可怕的，喪命在朱顏手下的無辜性命不計其數，而他從來不覺得自己有錯。

世上有像朱顏這樣的人是一項奇跡，而這個奇跡走到何處、屍骸便堆到何處。

朱顏全身都在輕微的搖晃著，他身上那層怪異的黑氣緩緩的聚集，臉色漸漸發黑，「魑魅吐珠氣」一點一滴運到了手中，再順著長戟運到了刃尖上。他要殺玉箜篌，而玉箜篌正在盤算要如何引導朱顏去殺唐儷辭。

大家都在打著自己的算盤，強敵、摯友、兄弟在此時此地都化為一句話。

那就是「生死」。

唐儷辭身影蹁躚，在余泣鳳、清虛子和鬼牡丹的合圍下依然姿態瀟灑，但余泣鳳劍風越來越盛，清虛子掌上所帶的黏稠之力越來越強，鬼牡丹卻只是遊鬥，未出全力，若是久戰，他必然不敵，何況身後尚有玉箜篌虎視眈眈。

如何才能取勝？唐儷辭一邊招架，目光流轉，七花雲行客四人在此，他不可能大獲全勝，但也不能空手離去，至少他要知道阿誰的下落……目光一掠，他看見方平齋一旁搖扇，神色很是無奈，紅唇微微一勾，身形飄起一退，剎那到了方平齋身邊。

方平齋一顆心大半顆都落在朱顏身上，他對唐儷辭沒有什麼敵意，自然更沒什麼防備之心，唐儷辭突然暴退，方平齋措手不及，心念電轉，索性裝作驟不及防被他擒住，耳邊聽唐儷辭輕輕一笑，似乎對他這等半推半就的伎倆頗為不屑。兩人轉過身來，鬼牡丹、玉箜篌都吃了一驚，唐儷辭的手掌牢牢扣在方平齋頸上，一縷鮮血順著頸項流了下來，「桃姑娘，你動一下，我擰斷他一節骨頭，你說一句話，我擰斷他的脖子。」

玉箜篌臉色微變，怒從心起，他尚未發話，朱顏「魑魅吐珠氣」已發揮到了極處，玉箜篌心神微亂，朱顏大喝一聲，長戟揮出，一擊無回！玉箜篌踉蹌避開，朱顏戟掃如棍，橫三路、縱三路急追而來，他的長戟融合棍術、槍法，縱橫開闊氣勢絕倫。玉箜篌服用九心丸之後真力暴強一倍，但在朱顏這等威勢下也是相形見拙，心頭大恨——唐儷辭出言挑釁，令他露出破綻，引朱顏來攻，害得自己狼狽不堪，此時出手的雖然是朱顏，罪魁禍首卻是唐儷辭！

唐儷辭眼見朱顏和玉箜篌動起手來，眼睫微揚，向鬼牡丹三人看去，微笑道：「你要不要他的命？」

他抓著方平齋搖了搖，真正當他是個擋箭的靶子，不論余泣鳳的長劍刺來，或是清虛子掌影襲來，他都會拿方平齋去擋。鬼牡丹惱怒極地看著方平齋，方平齋滿臉無奈，唐儷辭的手指扣得他咽喉痛得要命，肚裡已經開始後悔招惹了這個瘟神，現在余泣鳳一劍刺來，他當真只有做劍靶的份。

「放了六弟！」鬼牡丹臉色陰沉，「放了六弟，我就讓你出去。」

唐儷辭的容色本來略顯憔悴，此時卻突然盛豔了起來，臉頰充滿了紅暈，秀麗絕倫，「我要和清虛子說一句話。」

鬼牡丹冷笑，「你們素不相識，為何他要和你說話？」

唐儷辭笑道：「我只要和他說一句話，說完之後，立刻就走。」

鬼牡丹看著唐儷辭的手指，那雪白秀麗的手指正一分一分陷入方平齋的咽喉，方平齋臉色發紫，唐儷辭只需再加一把勁，這位逍遙江湖的疊瓣重華便要一命嗚呼。

「清虛子！去和他說一句話！」鬼牡丹心頭盛怒，卻仍是不忍看方平齋當場橫死，他對方平齋另有期待，何況七花雲行客十幾年的交情絕非虛妄，兄弟畢竟是兄弟，可以自己親手殺，卻不能讓他人動手。

黑衣蒙面的清虛子緩步上前，他步步謹慎，唐儷辭扣著方平齋上前一步，低聲說了一句什麼。清虛子一怔，唐儷辭對他一笑，「碰」的一聲數十道掌影掠身而過，清虛子大叫一聲倒栽飛出，胸前中了一掌，鮮血狂噴頹倒於地。鬼牡丹和余泣鳳一怔，渾沒想到唐儷辭竟然在這種時候還敢出手傷人，余泣鳳持劍欲追，唐儷辭挾著方平齋已自隧道飄然退去。鬼牡丹暴怒喝道：「不必追了！給我回來！」

清虛子不住嗆咳吐血，余泣鳳冷冷地站在一旁，似乎頗為幸災樂禍，方才沈郎魂以一敵二，下殺招的是清虛子，唐儷辭闖入通道，除了要找阿誰之外，便是刻意要為沈郎魂報那一掌之仇。他闖入暗道之中，面對四方強敵占不到上風，卻依然能夠傷敵而退，鬼牡丹目望放手搏命的朱顏和玉箜篌，心頭怒火越燃越盛，當下一聲厲嘯，拔刀對著朱顏砍了過去。

玉箜篌赤手空拳，在朱顏長戟之下漸漸落於下風，魑魅吐珠氣殘毒可怖，他亦不敢輕捋其纓，唐儷辭挾持方平齋飄然而去，他雖然看在眼裡，卻無暇分神。鬼牡丹一刀劈來，他大喝一聲，掌影暴起，三十三掌連斬朱顏頸項，朱顏環腰帶戟，刃光如雪，魑魅吐珠氣勃然爆發，只聽一連串爆破之聲，鬼牡丹和玉箜篌雙雙受震而退，口角帶血。

朱顏長戟駐地，猶然威風凜凜，但他單臂持戟，戟上已給鬼牡丹一刀劈出個錚亮的斷口出來，而玉箜篌那一掌也未落空，在朱顏頸上斬落一道鮮紅的掌印。

但他屹立不倒，怒發張然，彷彿一尊浴火戰神，永遠不倒一般。

玉箜篌掩口暗咳，他終是有機會再問一次，「咳咳……你把她怎麼樣了？」

朱顏刃頭一轉，雪亮的刃緣對著玉箜篌，「她死了。」

玉箜篌咳嗽兩聲，吐了一口鮮血出來，「怎麼死的？在你身邊，她怎麼死得了？」

朱顏森然道：「我殺了她。」

唐儷辭扣著方平齋退出望亭山莊，外面天色已亮，雲朗風清。眼見唐儷辭出來，一人「嘩啦」一聲自不遠處的樹上竄出，渾身濕漉漉的，隱約結了一些碎冰，正是沈郎魂。在唐儷辭與風流店幾人纏鬥的時候，他已自另一條路悄悄潛入，將望亭山莊裡外摸了個透，不見阿誰的蹤影，便從水牢的通路爬了出來，在外面等候唐儷辭。此時見唐儷辭不但全身而退，還抓了一人，沈郎魂怔了一怔，眼見是方平齋，呸了一聲。

唐儷辭放開方平齋，方平齋手捂頸上的傷口搖了搖頭，「你這人很沒天良，我助你脫身，你卻抓我五道傷口。抓我五道傷口也就罷了，你還在手指上塗毒藥，害我多少要留下點疤痕，毀壞我的身體，傷害我的心靈，你呀你，驕傲自負狂妄狡猾沒天良，難怪我師父對你心心念念，念念不忘。」

唐儷辭柔聲道：「我救你出來，你不該感激我麼？」

方平齋指著他的鼻子，「你你你……你救我出來？我有手有腳，不殘不缺，我高興橫著走豎著走跪著走爬著走，怎麼走都行，你是從哪裡看出來你救了我？」

唐儷辭一把抓住他指著他鼻子的手，「沒有我，今日你比我更難走出望亭山莊。」

方平齋嘆了口氣，「但是你也不能把功勞全都說成你的，難道我沒有救你出來？我留在望亭山莊裡不會死，但你一定死，從這點說來，你救了我一次，但我救了你一命。你是萬竅齋主人、國丈的義子、妘妃的義兄，你一條命與別人一條命不同，你身上閃著黃金白銀青銅黑鐵，你背後有瑞氣千條祥麟飛鳳，所以——」

唐儷辭笑了起來，緩緩放開他的手，「所以？」

方平齋紅扇一伸，伸到他面前，「拿來了。」

唐儷辭「哦」了一聲，「什麼？」

方平齋一本正經地道：「當然是銀子。救你一命，難道不值個萬把兩銀子？我現在缺錢，非常貧困，你欠我的情，又是大俠，理當劫富濟貧扶助弱小，所以——拿錢來。」

沈郎魂「哧」的一聲笑了出來，唐儷辭抬手微捋灰髮，「我給你一句話。」

方平齋聞言往後閃得遠遠的，方才唐儷辭和清虛子說「一句話」，說得清虛子重傷倒地，他可聽不起這句話。唐儷辭見他逃之夭夭，微微一笑，「鳳鳴山腳下，雞合谷中，有一處莊園。」

方平齋「嗯」了一聲，「你的？」

唐儷辭眼眸帶笑，「莊園方圓十里，有田地果林，河流水井，足以自給自足。」

方平齋搖扇踱了兩步，「然後？」

唐儷辭道：「然後……莽莽江湖，能找得到你們的人很少——除非——我洩露。」

方平齋又「嗯」了一聲，「很好，人情我收下，江湖無邊，有緣再會。」他揮了揮扇子，施施然而去。

黃衣紅扇，在冬季的山林裡分外明顯，西風薄雪，他的紅扇搖得非常瀟灑，江湖人，行江湖，能像他這般瀟灑的，實有幾人？

唐儷辭凝視著方平齋的背影，「你沒有問他柳眼的下落？」

沈郎魂淡淡地道：「他不會說。」

唐儷辭笑了笑，「下次若見柳眼，你還是決意殺他？」

沈郎魂淡淡地道：「殺妻之仇，不共戴天。」

唐儷辭轉了話題，「阿誰不在望亭山莊？」

沈郎魂搖了搖頭，提起一塊殘破的衣角，「我在出口發現她的衣角，她應該已經回去了。」

唐儷辭抬起頭來，陽光初起，「你欠我一刀。」

沈郎魂「嗯」了一聲，目光去看另外一片山林，「我可以為那一刀賣命，直到你覺得夠為止。」

唐儷辭緩緩地問：「那一刀，不能抵你要給柳眼的那一刀？」

沈郎魂不去看他，仍是淡淡地道：「不能。」

唐儷辭又問：「加上春山美人簪也不能？」

沈郎魂道：「不能。」

唐儷辭移過目光，去看沈郎魂看的那片山林，「總有……你覺得能的時候。」

沈郎魂「嘿」了一聲，「對於柳眼，你真是永遠都不死心。」

兩人站著略微休憩，很快展開身法，折回乘風鎮。

宛郁月旦的假寐已經醒了，玉團兒卻還沒有睡，薛桃的傷勢急劇惡化，天色大亮的時候，她的呼吸已幾度停止，玉團兒和林逋擔憂地看著她，誰也不敢輕舉妄動。便在此時，唐儷辭和沈郎魂回來了。

「唐公子。」宛郁月旦聽足音便知唐儷辭回來了，「全身而退？」

唐儷辭微笑，「當然……這位姑娘是？」

玉團兒搶話，「她是薛桃，是玉箜篌的老婆。」

唐儷辭掠了薛桃胸口的戟傷一眼，「傷得太重，不會好了。」

玉團兒怔了一怔，她盼著唐儷辭回來救人，他卻一句話便說不會好了，「你這人怎麼這樣？她會好的，她會好好的回去和她喜歡的人在一起，她才不會死！」

林逋苦笑，宛郁月旦悠悠嘆了一聲，「望亭山莊戰況如何？」

唐儷辭便如沒聽見玉團兒的話，溫和微笑，「我看多半要兩敗俱傷，但可惜看不到最後。」

宛郁月旦搖了搖頭，伸手抱膝，「她想回去留在玉箜篌身邊，也許我們錯了，不該把她救出來。」

唐儷辭眸色流麗，流連著宛郁月旦的眼眸之時顯得冰冷，「你始終是溫柔體貼。」

宛郁月旦又搖了搖頭，「我讓朱顏折回頭救薛桃，是希望他不要為了感情被玉箜篌利用，但沒有想到……我不是救了朱顏，是害了薛桃。」

他望著唐儷辭的方向，眼神穿過唐儷辭的身體，他本是什麼都看不到，卻又似看到了什麼，「朱顏沒有得救，薛桃因此喪命，唯一得救的……是玉箜篌。」

唐儷辭的手落在他肩上，他的聲音和剛才一樣冰冷，「沒有人能真的推算一切，你盡了力，就沒有錯。」

宛郁月旦眉眼一彎，笑了起來，「即使事與願違，你仍然認為盡了力就沒有錯？」

唐儷辭握住他的肩骨，宛郁月旦的骨骼秀氣，被他一握便全身一晃，只聽唐儷辭道：「你不能懷疑自己。」

他的語氣很冷硬，宛郁月旦眉線彎得很寬慰，「原來你也會安慰別人。」

唐儷辭微微一怔，手下越發用力，宛郁月旦「哎喲」一聲叫了起來，也笑了起來，「你放心，我沒事，該做錯的事我已錯了許多，該遺憾的我都很遺憾，該反省的我都有反省，所以我沒事的。」

唐儷辭放開他的肩，淡淡地道：「我從不認錯。」

宛郁月旦嘆了口氣，「你的心氣太高。」

「咯」的一聲，房門開了，阿誰已經起身，將自己梳洗停當，推門而出。她推開門，第一眼看見薛桃，那推門的動作就僵住了。

「阿誰姐姐！」玉團兒歡呼了一聲，比聽起宛郁月旦和唐儷辭那些隱晦的對話，她更喜歡看見阿誰，看見阿誰臉色不好，她呆了一呆，順著她的目光去看薛桃。薛桃在無聲的咳嗽，血絲自她口中吐出，然而她卻無力咳出聲音，呼吸的聲音哽在喉中，一顫一動，剎那間整張臉都青紫了。

紫金丹只延續了她一夜的生命，她的心肺被長戟穿透，此時突然衰竭，聽著那淹沒在咽喉中的呼吸聲，一聲比一聲含糊而微弱，卻始終不肯停止。

她並不想死，她想留在玉箜篌身邊，她想陪他一輩子，無論他是好是壞、是正人君子或是卑鄙小人，會英雄百代或是遺臭萬年，她想陪他走到盡頭。

她一點也不願死，她有牽掛她有期待，她不能這樣就死，她還沒有對玉箜篌說過她願意留在他身旁，還沒有對他說過其實後來她問他朱顏為什麼不來救她……那些話都是假的，她其實忘了朱顏，她做了卑鄙的女人。

玉團兒、林逋、阿誰、唐儷辭和宛郁月旦都很安靜，聽著薛桃咽喉的哽咽，一聲一聲，每一聲都很無力，但她就是不停止，一聲又一聲、一聲又一聲，不知要掙扎到何時……

玉團兒的臉色變得很蒼白，那聲音聽起來太殘酷，聽的人或許比正在死去的人更痛苦，她太年輕不知道要如何忍耐，「我……我要出去……」

林逋點了點頭，「我陪妳出去走走。」

玉團兒拉住林逋的手很快出去，如避蛇蠍。

屋裡剩下阿誰、唐儷辭和宛郁月旦，阿誰的臉色本來就很蒼白，此時更是無神而疲憊，宛郁月旦睜著眼睛，但他其實什麼都看不見，唐儷辭慢慢地道：「有誰要救她……捏斷她的喉嚨……」

阿誰全身一震，一瞬間她想起了許許多多，秋風蕭瑟中苟延殘喘的老蛙，殺死殷東川和軒轅龍的池雲，他們和床上的薛桃重疊在一起，讓她死……就是唐儷辭的救贖。

宛郁月旦閉上了眼睛，唐儷辭抬起手掌，阿誰低聲道：「且慢！」她護在薛桃身前，「你們……你們都出去吧。」唐儷辭眉頭微蹙，放下手掌，阿誰道：「你們都出去，我在這裡陪她。」

要坐在這裡陪伴薛桃，聽著她掙扎求生的聲音，需要多強的忍耐力和多大的勇氣？

宛郁月旦唇齒微動，卻沒有說話，唐儷辭看著阿誰，他正要說話，宛郁月旦拉住他的衣袖，「帶我出去，好不好？」

唐儷辭眉宇聳動，本要說的話忍了下來，一把抓起宛郁月旦的手腕，大步自屋裡走了出去。

阿誰聽著他們離開，聽著薛桃瀕死的聲音，她握住薛桃的手。

也許，殺了她就能救她，她就不會再痛苦，但……她終是很自私，不想要求唐儷辭一次又一次做這樣的救贖，他殺了池雲，他不能再殺薛桃，他不能為了結束她這短暫的痛苦而讓自己背上另外一重罪。

這個江湖，已漸漸將他視作妖物，而他……不能把持不住，任由自己妖化下去，那是一條不歸路，是一條寂寞致死的妖王之路，他或許會天下第一，但不會有任何朋友。

他是很希望被人所愛的……

薛桃咽喉中的聲音聽起來依然無力而痛苦，她仍在掙扎，阿誰淒然望著她，這個女子美貌而不幸，也許日後自己的歸宿與她相差無幾，也許會比她更不幸更痛苦。看著薛桃垂死掙扎，她將她看進了自己心裡，死在一個以為永遠不會傷害自己的人手裡，這就是多情女子的歸宿。

宛郁月旦與唐儷辭走出屋子，冬日料峭的寒風，吹在臉頰上冰冷而刺痛。

唐儷辭垂手挽袖，望著天，宛郁月旦微笑，「眼不見為淨。」

唐儷辭道：「你不是看不下去的人。」

宛郁月旦並不否認，「但你看不下去，再看下去，你一定會殺了她。」他悠悠地道：「但我並不想你殺人。」

唐儷辭並不回答。宛郁月旦眉眼彎起，笑得很舒展，「我要做王者，但不一定要做強者，唐公子你……不一定要做王者，但一定要做強者。」他慢慢地道：「強者……心要像石頭一樣硬，你要是受不住別人的痛苦，就會太輕易暴露出弱點。江湖風雨飄搖，你是非常重要的人……」

唐儷辭抬眼而笑，天空頗顯灰白，蒼涼而高遠，彷彿一蓬細沙被狂風吹上天空，四散飄搖，卻越吹越高，始終不落一般。

便在此時，只聽遠處「碰」的一聲巨響，在唐儷辭眼內，望亭山莊的方向騰起一團黑煙，隨即烈火熊熊，沖起半天高度，不消說那座機關複雜隧道盤結的莊園又消失在火藥與烈火之中。朱顏與玉箜篌一戰結果不得而知，而潛藏在望亭山莊中的男男女女去向如何，顯然也將成謎。

他們必定另有巢穴，但即使朱顏與玉箜篌兩敗俱傷，風流店殘餘的力量仍很驚人，不可追擊。唐儷辭目不轉睛地看著那越燒越旺的大火，如果他能更強一些，如果他有如朱顏這樣的幫手，昨夜其實是殺玉箜篌的大好機會。

如朱顏這樣的幫手……

傅主梅的影子掠腦而過，唐儷辭紅暈姣好的臉色突然微微發白，隱隱約約有一陣眩暈，唐櫻笛的那句「他比你好」，阿誰那句「他比你好」交相重疊的在他耳邊環繞，宛若幽靈不去。他眼睛微闔，身旁宛郁月旦抬起頭來，「唐公子？」

「我累了。」唐儷辭道。宛郁月旦柔軟的呵出一口氣，往地下一坐，他不管地上是泥水還是雜草，坐下之後觸手一抹，發覺是一片潮濕的枯草地，便索性躺了下去，枕著手臂望著天空。

他看不見天空，但他很愉快。

唐儷辭跟著他坐下，宛郁月旦扯著他的袖子，「累了就躺下來吧，躺一躺，地上雖寒，卻還凍不死你我。」唐儷辭躺了下來，也枕著手臂，望著天空。

天空仍舊迷蒙不清，有幾片乾枯憔悴得不成形狀的落葉在風中飄著，忽高忽低，形態卻很自由。

宛郁月旦伸手扯了一根枯草，「你會不會唱歌？」

唐儷辭目不轉睛地看著風中的那幾片落葉，「唱歌？」

宛郁月旦用他靈巧的手指細細的撫摸著那枯草，仔細揣摩它的形狀，「躺在地上的時候，你不會想要唱歌嗎？我想聽人唱歌。」

唐儷辭看著他把玩那枯草的動作，全身慢慢的鬆弛下來，近來繃得很緊的一根弦漸漸的鬆了，鬆弛下來以後，他的臉色就不沉靜溫雅，泛上一絲冷笑，「有一首歌，叫做『弱蟲』。」

「弱蟲？」宛郁月旦怔了一怔，「奇怪的名字呢，唱來聽吧。」

唐儷辭恣意的躺在枯草地上，「在那裡，伏營的燈火，連綿不絕的兵馬夜眠江河，月如鉤，長草漫山坡。在那裡，做著許多夢，數一二三四，比星星還不清楚。在那裡，微弱的小蟲閃著光，在午夜無聲之時來流浪；在這裡，脆弱的小蟲揮翅膀，在強敵來臨之際在翱翔，多少鬼在河岸之上，趁著夜色持著槍……誰的夜的夢，弱蟲輕輕飄，兵馬在臨近；誰的夜的夢，弱蟲輕輕死，落在地上像葉子。誰的戰靴踩過它，不知它的夢，只以為是泥土，哦——只以為是泥土——月光閃爍那姿態如勾，它冷冷照冷冷照照不盡多少弱蟲今、夜、孤、獨、死……」他沒有唱，只是在念詞。

宛郁月旦很惋惜的揪了揪手裡的枯草，「為什麼不唱？」

「唱？」唐儷辭從地上抓起一把枯草，抖手往空中灑去，看它被風吹得到處都是，「誰知道……你去請傅主梅唱給你聽。」

宛郁月旦頓了一下，「那我唱歌給你聽好了。」他躺在地上唱了起來，隨隨便便唱著，唱著兒時的小調，有些詞忘了他便東拉西湊，忘得再澈底了些他便胡編，反正唐儷辭也不知他在唱什麼。

冬風很涼，聽著宛郁月旦瞎唱了好一會兒，唐儷辭紅唇微勾，「你麼……有時候有些像一個人。」

宛郁月旦停下不唱了，「誰？」

唐儷辭唇角的弧度揚得非常細微，「你在懷念他。」

宛郁月旦又問：「誰？」

唐儷辭道：「是誰……你很清楚。」

宛郁月旦嘆出一口氣，「嗯……你怎會認識他？他在哪裡？」

唐儷辭似笑非笑，「他在一個……很遠很遠的地方。」

「他好嗎？」宛郁月旦並不問「他」在那裡，他知道唐儷辭不會說。

「不太好。」唐儷辭閉上眼睛，「或者說……很不好。」

第四十二章　孤枝若雪

雪線子被余泣鳳五花大綁，原本藏在鐵籠之中，後來塞在一個青瓷大瓶裡，望亭山莊裡人來人往，他耳力出眾是聽得清清楚楚，可惜自己內力練得太好，他的呼吸旁人卻聽不出來，於是沈郎魂將望亭山莊裡外摸了一遍，沒有發現雪線子。

他在青瓷大瓶裡一共待了五日，在第二日上被點的穴道已經暢通，但若從瓶子裡出來，少不得要打一場硬仗，他索性繼續躲在青瓷大瓶中，從望亭山莊被火藥炸成一片平地，到感受到他和一大堆類似的瓶子被人搬上大車，叮叮咚咚的搖晃了四日，到了一處十分炎熱的地方。

此時是嚴冬，望亭山莊地處南方丘陵之地，雖不結冰，卻也飄些薄雪，氣候更是寒凍入骨。但不知風流店的馬車究竟前往何處，竟是越走越熱，雪線子被困在青瓷大瓶中，封閉了五日，饒是他內力深厚，到了這等炎熱之地也有些呼吸不暢，幸好就在他快要被悶死的時候，瓶子被人放了下來。

被放下的時候，他又感覺到那股出奇的冰寒，不消說那口藍色冰棺就在附近，玉箜篌、朱顏和鬼牡丹三人混戰之後結果他並不知曉，但看風流店有序的後續處理，可見並未失去首腦，玉笠篌、鬼牡丹二人，至少其中之一安然無事。

但自己究竟被搬到什麼地方去了？等瓶子被擺放好，一切人聲都消失了之後，雪線子掙斷繩索，輕輕巧巧地推開青瓷大瓶的蓋子，自瓶口脫身出來。抬頭望去，這是個黃土砌就的房間，挖掘得非常簡陋，房間的一角堆放著許多巨大的青瓷瓶，另一角就靜靜地放著那口藍色冰棺。雪線子打開了幾個青瓷大瓶，瓶子裡多半放著女人的斷手斷腳，他搖了搖頭，真沒天良，斷人手足傷人性命，這些手腳的主人如果活著，不知本是如何婀娜的美貌佳人，可悲、可悲。

他在房間裡轉了一圈，摸了摸他那頭銀亮雪白的長髮，這裡是個僻靜的角落，無人看管，房間有扇銅門，但裡外都沒有人。這種地方要困住他，顯然不大可能，雪線子捋了捋額前的頭髮，莫非——是他們撤離的時候將青瓷花瓶搞錯，把自己當作女人的斷手斷腳，搬到這裡來了？他一想到余泣鳳現在看著一個裡面沒有雪線子的瓷瓶小心翼翼，心頭大樂，精神大振，一溜煙竄到門邊，那銅門已經上鎖，雪線子玄功到處，銅鎖應聲而開。

外面是一個巨大的坑洞，莫約十七八丈方圓，卻也有十來丈深，底下熊熊火焰，熾熱異常，一條鎖鏈橋自銅門口懸掛到對岸的通道，烈焰之中，鎖鏈橋被燒得通紅透亮，雪線子倒抽一口涼氣，這是什麼鬼地方？

向側面望去，烈火坑旁尚有另外一個小門，門也是銅質，門上鑄造著一塊葉片模樣的圖案，雪線子搖了搖頭，既然火焰鐵索橋不能過去，只好往這個門裡闖了。他在銅門口側耳傾聽了一下，門內有呼吸之聲，是細密綿長又十分具有耐心的呼吸之聲，雪線子嘆了口氣，伸手敲了敲門。

銅門後的呼吸之聲突然消失了，靜得宛若空無一人。雪線子等了好一會兒，那門後之人仍然不出聲，他又搖了搖頭，「我既然敲門，就說明我心懷坦蕩，並且我知道你就在門後，你現在躲起來已經來不及了，出來吧。」

銅門仍然沒有開，雪線子喃喃自語，「真是死心眼，我期待門後是一個瓜子臉柳葉眉的美女，人美且死心眼，那叫做堅貞；人醜且死心眼，那就叫做愚蠢……」突然「咿呀」一聲，銅門打開，「嗖嗖」兩支黑色短箭自門內射出，雪線子一轉身，兩支黑色短箭射空落入火坑，他看著躲在門後的人。

那是一個黑衣少年，麥色的肌膚，眼神清澈而認真，手握一具黑色小弓，背負黑色短箭，腰上還懸著一柄長劍。雪線子「哎呀」一聲，「你是──屈指良的徒弟。」

黑衣少年一怔，神色很疑惑，他卻不發問，仍是把那黑色短箭的箭尖指著雪線子。

雪線子哈哈大笑，「你是不是很奇怪，為什麼我一眼認出你是屈指良的徒弟？」

黑色少年點了點頭，仍是聚精會神的以箭尖對準雪線子

雪線子風流倜儻的笑，「我第一次看到你師父的時候，他和你一樣，黑弓長劍，少年輕狂，傻裡傻氣。」

黑衣少年顯然對「年少輕狂，傻裡傻氣」八個字並不服氣，但也不生氣，又「嗯」了一

聲。

雪線子背著手圍著他轉了幾圈，他轉到何處，黑衣少年的箭尖就指向何處，轉了幾圈之後，雪線子道：「看起來，你很乖。」

黑衣少年又「嗯」了一聲，仍然全神貫注地看著他的箭。

「既然是乖孩子，怎麼會坐在這種鬼地方，看著這個大火坑？」雪線子繞著他轉，一會兒轉左邊，一會兒轉右邊，黑衣少年跟著他忽左忽右的亂轉。雪線子轉上興趣，腳下加勁，施展輕功如風似電的瞎轉起來，黑衣少年仍然跟著他轉，但他的定力雖好，畢竟不如雪線子數十年修為，轉到後來自己頭昏眼花，腳步慢了下來。雪線子見他腳步略緩，越發風馳電掣的繞著他急轉十七八圈，黑衣少年看得滿頭金星，終是搖了一搖，一跤跌在地上。

雪線子大笑，他對自己轉圈能轉暈屈指良的徒弟十分滿意，黑衣少年跌在地上，他把他一把拉了起來，拍落他身上的塵土，「小子，論轉圈的功夫，你差勁得很。」

黑衣少年點了點頭，對雪線子的定力和修為也十分佩服，卻道：「讓我再練一年，一定能贏。」

雪線子捏住他的臉頰，「小小年紀，勝負心不要太重，你師父當年就是不聽我的話，爭強好勝自以為是。我告訴他他的弓法很好，精研下去可創江湖一大先河，他卻偏偏不聽，棄弓練劍，結果——結果是他的劍不如他所料，不能無敵於天下；而他的弓——你卻練成另一派天地。你師父地下有知，不知道會不會後悔？」

黑衣少年搖了搖頭，「師父不會後悔。」

雪線子奇道：「你怎麼知道？」

黑衣少年眼神很鎮定，他並沒有被雪線子一番話給動搖了心志，「因為師父已經死了。」

雪線子啞然，拍拍他自己的頭，真不知道要說這少年是笨拙呢，還是執拗，又或者是一條道走到黑就算撞牆也不回頭寧願撞死的那種驢脾氣？

「乖孩子，給老前輩說說，你怎麼會在這裡？」

「我在看守。」黑衣少年對眼前這位白衣銀髮，風流倜儻的書生自稱「老前輩」，顯得有些懷疑，「你是從火焰鐵鍊橋過來的？」

雪線子輕咳，大膽默認，絕不承認自己是從隔壁房間青瓷大瓶裡鑽出來的，「你在看守什麼？」

黑衣少年的頭腦仍有幾分眩暈，「藥。」

雪線子頭皮一炸，一種不好的預感直上背脊，眼珠子轉了兩轉，「你叫什麼名字？」

黑衣少年道：「任清愁。」

雪線子嗆了口氣，「你師父起的？」

任清愁點了點頭，雪線子又咳嗽了一聲，「真看不出你師父滿懷詩情畫意，多愁善感婉轉多情傷春悲秋……咳咳，你在看守什麼藥？」

任清愁正在專心聆聽他批評屈指良的幾句話「詩情畫意多愁善感婉轉多情傷春悲秋」，

正要認真的出言反駁，突然聽他一問：「九……」他急忙住口。

雪線子卻已經聽到，「九心丸？」

任清愁沉默，他也是默認，和雪線子方才虛偽的默認不同，他是個老實人。雪線子負手踱步，又繞著他轉了兩圈，「這裡是風流店的老巢？」

任清愁點了點頭，雪線子又問：「你在這裡看守九心丸，想必玉箜篌對你是十分信任了？」

任清愁點了點頭，又搖了搖頭。

「為了什麼？」雪線子停下腳步，「為了女人？」

任清愁臉上泛起羞紅，卻毫不猶豫地點頭。

雪線子皺起眉頭，「你和你師父兩個，都是好人。」

任清愁臉上越發的紅，這次卻不只因為害羞，還有些慚愧。

雪線子轉過身來，「但你們兩個……唉……你們兩個笨蛋，對待女人和對待刀劍不同，你可以為了劍專注忘我，但你不能為了女人專注忘我，連做人最基本的品性道德都拋棄。女人是鮮花，可以喜愛、欣賞、觀看、培育，但未必要擁有，擁有了你未必快樂。」

任清愁清澈的眼神浮起少許迷惑，「我想她。」

「傻小子，想要女人愛，首先你要讓自己是塊寶。不是為了女人什麼都肯做，女人就會感動，女人是奇怪的動物，對男人的優點看得很少，但對男人的缺點卻瞭若指掌。你很乖，為了她，你願意在這裡看守毒藥，你覺得你在忍耐在犧牲，你甘之如飴，她卻會覺得你是沒原則沒操守的男人，你沒有為了自己心中的道義掙扎。一個沒操守沒原則，心中沒有道義，會輕易出手傷人的男人，你說女人會愛麼？」雪線子嘆了口氣，喃喃自語，「讓我來說這種話，真是不合身分啊不合身分……」

任清愁的眼神突然靈活起來，「我明白了。」

雪線子繞著他踱步，「你明白了什麼？」

任清愁道：「我錯了。」

雪線子嘆了口氣，「你真明白你錯了？」

任清愁點了點頭，「我明白了，老前輩，你是到這裡來找藥的吧？整個風流店所有的存藥都在這裡。」

他推開身後那扇小小的銅門，裡面是巨大的櫃子，成千上萬的抽屜，如果每個抽屜裡都裝滿了九心丸，倒將出來那是連人都能淹死了。

雪線子鑽進去看了一圈，「傻小子，這成千上萬的藥玉箜篌就讓你一個人看守？真是信任你。」

任清愁臉上又紅了，「我……」不消說，玉箜篌讓任清愁看守藥房，對他自然是非常信任，以任清愁這等死心眼的個性，看守藥房是再合適不過了。

「我要是把這裡的藥統統偷走，拿去販賣，只怕一下子富可敵國，比唐儷辭還要顯擺。」雪線子喃喃地道：「可惜我討厭毒藥……」他拉開一個抽屜，抽屜裡卻不是他想像中的藥瓶，而是一束乾枯整齊的花草，「欸？」

任清愁解釋道：「這是煉製九心丸的材料，煉製九心丸要二十二種藥材，全部都在這裡，煉成的另外存放，不在我這裡。」

雪線子恍然大悟，「說起來他們還是不夠信任你，讓你看守藥材，就算你看不住，別人也不知如何煉製，甚至也不知這些是什麼花草。」他提起那束乾草，「但這分明是麻黃草，就算它化成了灰我也認得。」

任清愁不知他是大名鼎鼎，平生只愛花與美人的雪線子，對他竟然認得那一團皺巴巴的乾草顯得很吃驚，拉開另外一個抽屜，「這些花草都是不同的。」

「耶，這是天闕花，這是血牙藤的果實，這是苦冬子。」雪線子將抽屜裡各種藥草一一看過，「這些花草都很平常，我看全部吃下去也未必有什麼毒性，為什麼九心丸就有劇毒？一定還有幾味主藥。」

任清愁走過對面的櫃子，拉開中間一個抽屜，「這種奇怪的花朵，也許就是主藥。」

那個抽屜裡放著一朵朵雖然乾枯，卻依然看得出顏色雪白的花朵，花朵的模樣嬌美異常，乾枯之後也有手掌大小，潔白的花瓣當中一撮紫紅色的花蕊異常奪目，即使是乾枯的花朵也顯出一種出奇鮮豔的色彩。

就像一道乾涸的血液。

雪線子目不轉睛地看著這種花，一瞬間，輕浮的神色從他面上消失，也就在這一瞬間，任清愁從他那風流倜儻的臉上看到一種深深的憔悴之意，那非關容顏，只是一種神韻，那種憔悴的哀傷讓雪線子看起來像突然老了數十歲。

「老前輩？」任清愁關心地問。

雪線子拿起一朵雪白的乾花，「這是孤枝若雪，是一種奇葩。」他的語氣很平淡，聽不出太多感情，「我娶老婆的時候送過她一朵，這種花很美，世上罕見，我沒告訴她這種花只在墳墓上開。後來我老婆離家出走，孤身一人跑到南方深山老林之中，等我找到她的時候，她只剩下一副白骨，屍骨之上開滿了這種奇葩。」他輕輕地磨蹭著那朵乾花，指尖充滿了感情，「她死在一處山谷，山谷中都是雪白的沙石，到處開滿了孤枝若雪，那是一處墳地，有許多墓碑。那種雪白的沙石掘為墳墓，堅硬異常，可保墓穴百年不壞。有許多前輩、甚至前輩的前輩葬身在那裡，所以開滿了孤枝若雪，她尋到那裡、死在那裡，我將她也葬在那裡。」他嘆了一口氣，輕輕地道：「我不知道……這種花是有毒的。」

任清愁驚奇地聽著他描述那個山谷，忍不住道：「老前輩，外面就是有許多墳墓的山谷，地上沙石都是雪白的，一年四季開滿了這種花……」

雪線子驀然抬頭，「這裡——就是菩提谷？」

任清愁點頭，「這裡是飄零眉苑，外面就是菩提谷。」

原來風流店兜兜轉轉，竟又轉回原地，唐儷辭將此地掃蕩之後，玉箜篌率眾而返，雖然機關暗道毀壞大半，但卻是個無人想像得到的地方。

他必須傳點消息出去，讓唐儷辭知道玉箜篌折回飄零眉苑，同時——

雪線子深深吐出一口氣，「傻小子，我要去菩提谷，送我出去。」

任清愁卻很明白他要做什麼，按下他的手，「老前輩，從這裡出去要經過三道屏障，一定會驚動別人，到時候風流店對你合圍，只有你一個人，沒有逃生的機會。」

「你陪我麼？」雪線子笑了起來。

「嗯。」任清愁安靜地道：「到夜裡三更是這裡最安靜的時候，三道屏障都在最疲憊之時，我們先把這裡的乾花毀了，到二更再出去。」

「你幫我，不怕你心愛的女人受到傷害？」雪線子拍了拍他的頭，又捏了捏他的臉，任清愁任由他捏，並無抗拒之色，只道：「我想要蕙姐明白，我也有我想做之事。」

雪線子在藥房裡翻翻揀揀，查看還有沒有其他毒花，「你師父如果有你一半聽話，他就不會死。」

「師父死了，是因為他自己想死。」任清愁的眼神仍然清澈認真，「他不是被人害死的，只是自己不想再活下去而已。人若失去了活下去的理由，活下去就沒有意義。」

雪線子對著手裡的各種花草大眼瞪小眼，對後面那位妙悟紅塵的名門弟子，他實在不知再和他說什麼好，突然間無比的想念起唐儷辭和水多婆來。

唐儷辭現在正和成縕袍、余負人、董狐筆、孟輕雷等等一干人在喝茶。

冬季的好雲山並不結冰，但寒氣極重，一團團白霧飄過之際，當真能冷入骨髓。唐儷辭穿了一身夾襖，淺淡的鵝黃色，雜著淡綠色絲線和金線交織的圖案，繡的一年錦，同樣在領口和袖口鑲有一圈雪白的貂毛，雍容華麗。

桌上放的是北苑今年的「白乳」茶，此茶本屬貢品，但朝廷每年僅需五十片，所餘頗多，其中精品也有不少。唐儷辭帶來的「白乳」並不壓製成龍鳳茶餅的形狀，但也是一種團茶。他以中泠泉泉水煮開「白乳」，鎮江中泠泉乃是天下煎茶第一泉。陸羽《茶經》有言：「其水，用山水上，江水中，井水下。其山水，撿乳泉，石池漫流者上。」中泠泉位於楊子江江中盤渦險峻之處，取水極難，雖然是天下第一泉，卻是極少有人能喝到其中泉水。

煮好的「白乳」倒入一種色澤黑亮的小杯，似為墨玉所製，茶水雖然滾燙，拿在手裡卻並不燙手。各人嗅著手裡精細的茶香，小心翼翼地端著那墨玉小杯，均暗道闖蕩江湖多少年，倒也從未喝過這等皇帝老子喝的東西。

眾人各自喝了茶，嘴裡綿密柔和的茶香讓人頗為不慣，但看唐儷辭呵出一口氣，臉頰越發紅暈，似乎十分習慣這種滋味，各位也都裝模作樣，捧著手裡價值連城的茶水，裝出一副滿不在乎的模樣。

「麗人居之會果然是風流店的局，幸好唐公子及時趕去，否則後果不堪設想。」孟輕雷道：「唐公子趕去麗人居救人，桃姑娘卻在房中遭遇伏擊，摔下懸崖生死不明，我與余賢弟、古少俠等人下山查探兩次，都無結果，令人掛心。」

成縕袍與董狐筆並不接話，唐儷辭微笑，「桃姑娘的行蹤，唐某必會調查，還請各位放心。」

孟輕雷欣然道：「既然唐公子如此說，我等自然放心。」

唐儷辭避開話題，簡略說了些麗人居後在望亭山莊發生的事，說到朱顏突襲碧落宮，被宛郁月旦說服回戰望亭山莊，眾人都是嘖嘖稱奇，不知結果如何，謂為遺憾。

那日唐儷辭與宛郁月旦躺在雜草地上閒談了一陣，等到回去之時，薛桃已經不在了。

阿誰一個人陪伴她到死，給她換了一身整潔的衣裳，出門到鎮裡轉了一圈，鎮裡有個破舊的老棺材店，年輕人逃走了，老人並未逃走。她花錢買了一副薄棺材，玉團兒和林逋回來的時候，三人合力將薛桃放入棺材，在屋後掘了個墓穴簡單的葬了。

沒有人給她立碑，鎮裡賣石料的作坊已經全家逃走，買不到任何石材，並且他們也買不起。

唐儷辭回來的時候，薛桃已經葬了。

沒有人向他要錢，也沒有人拿走他那件衣裳裡的黃金去買一副好一點的棺材，他們雖然力量微薄，卻從不依附別人。

唐儷辭從山後挖了一塊石頭，以短刀削切成墓碑之形，再以刀尖在石頭上刻下「薛桃」二字，立在墳前。

之後他們就未再談過薛桃的事，林逋與眾人拜別，自行離去。他轉而向南，步履之所至，便是大地江山之所在，雖然看似略有眷戀之態，卻並不停留。

阿誰、鳳鳳與玉團兒跟著唐儷辭返回好雲山，沈郎魂送宛郁月旦返回碧落宮。所以現在唐儷辭在問劍亭與眾人喝茶，阿誰抱著鳳鳳坐在房裡，唐儷辭給她和鳳鳳送來了綾羅綢緞、各種吉祥如意的金飾玉飾，甚至是胭脂花粉。他同樣給玉團兒也送了一份，玉團兒將那些東西穿在身上，將自己打扮起來，容色十分嬌豔。阿誰一樣也沒有用起來，件件她都收著，她並非拒絕，只是打成幾個包裹收好，有時候打開來瞧瞧，將一件一件的衣裳、一塊一塊的布匹、一件一件的玉器金飾取出來看看，心頭有一種說不出的感覺。

鳳鳳開始學說話了，他學得很快，臉頰上的那個酒窩兒越來越明顯，阿誰輕撫著那酒窩，她是喜歡酒窩的，沒有見過郝文侯的兄弟姐妹，也許他的兄弟姐妹有酒窩，那鳳鳳有酒窩便不出奇。

「阿誰姐姐，」玉團兒今日去「西方桃」跌落的那個山崖看了一圈，「玉箜篌跌下去的地方真的挺危險的，他能沒事真是命大，現在不知道怎麼樣了。他臉上受了傷，不敢輕易露面，不知道是不是找到柳眼給他治臉了？」

阿誰輕聲嘆了口氣，「我覺得玉箜篌和朱顏一戰必定又受了傷，只是擦傷了臉頰的話，他不會長期不露面的。但他會不會找到柳眼幫他療傷，我也不知道。」

玉團兒悄聲道：「我聽沈大哥說，唐公子給了小方一個位址，小方肯定把柳眼帶到那裡去了，只要唐公子肯告訴我，我就能去找人。」

阿誰搖了搖頭，「他不會告訴妳的。」

玉團兒很失望地嘆了口氣，「我要在這裡等到什麼時候，才能再看見他呢？」

阿誰拉她過來，掠了掠她額上的頭髮，「唐公子不會告訴妳地點的，但如果他想妳，就會讓方大哥來接妳。現在妳在好雲山不是什麼難打聽的消息，只要他還記得妳，還想念妳，一定會讓方大哥來接妳的，別擔心，慢慢的等吧。」

「阿誰姐姐，要是他讓小方來接妳，卻不是接我怎麼辦？」玉團兒黯然地問：「他如果討厭我忘記我了，就不會來找我了。」

阿誰微笑起來，她的微笑一貫帶著那股曆遍紅塵的清醒和倦意，「不會的，傻孩子。」

玉團兒低聲道：「他如果讓小方來接妳，妳不要和他回去好不好？」

阿誰溫柔的摟住她的背，「好，我一定不會和方大哥去見柳眼，讓妳去，好不好？」

玉團兒點了點頭，「妳真好。」

阿誰為她整理一下頭髮，「我沒有什麼好，是妳對他好。」

「妳對唐公子好。」玉團兒突然道：「但他老是欺負妳，妳明明不想和他來好雲山的，但是他叫妳來妳就來了。」

阿誰微微一笑，「是啊，我想自己帶著鳳鳳過日子，但我自己一個人又怎麼可能真的不依靠任何人就在江湖中活下去呢？離開唐公子我試過了，只是給他人帶來更多的麻煩，這一次，我會留在好雲山。」

玉團兒哼了一聲，「騙人！妳就是老是順著他的意思，他叫妳來妳就來了，妳怕他生氣！就是這樣而已，還說一大堆理由騙人！唐公子就是一個壞人！大壞蛋！」

阿誰凝視她一陣，這小姑娘心地清澈，所以眼光很犀利，也許……真的如她說的一樣，她只是不想忤逆唐儷辭的意思，只是怕他生氣。但無論是什麼理由，她只是唐儷辭手中的玩具，他希望她來她就該來，他希望她走她就要走，他想要惡狠狠地傷害她她就該被傷害，他想要有人談心說話她就要陪他喝酒。

唐儷辭太寂寞了，他很需要有人陪伴他關心他對他好，而對於他這樣性格極端又多變的男人，對他好的方式……就是任由他擺布。

很少有人能忍耐這樣惡劣的對待，她必須忍耐，因為唐儷辭只對她一個人索取。在其他任何人面前，他都要表現出絕對的強勢，絕對的優秀，他是天下第一是天下無雙，他無堅不摧無難不解。

要維持這樣的強勢很辛苦很疲憊，就如她要維持自己的鎮定和理智很辛苦很疲憊一樣，她能明白唐儷辭的苦，但唐儷辭顯然永遠不會明白她的苦。

如果她像玉團兒那樣單純耿直，如果她可以不顧一切，她會立刻從唐儷辭身邊逃開，逃得遠遠的，逃回洛陽或者逃到傅主梅身邊都可以。她瞭解了唐儷辭，越瞭解她就越明白他需要什麼，而越明白他需要什麼，她就越忍不住想要疼惜他。

在他身邊待得太久了、太瞭解這個人了，也許有一天，她真的會心甘情願的為他去死，為了了卻他的心願，為了博他一笑——但如果真有這麼一天，鳳鳳怎麼辦？鳳鳳未來的人生怎麼辦？身邊不再有她陪伴的唐儷辭又將怎麼辦？

她不得不想很多，想得越多越覺得恐懼而迷茫，她不能愛上唐儷辭，那是一條絕路。

唐儷辭和眾人淺談了如今江湖局勢，現在柳眼隱身不見，九心丸的解藥呼之欲出，各門派中中毒之人已不如年前那般驚恐，風流店雖然手握九心丸，接連戰敗幾次之後，影響力已遠遠不如白衣役使初出江湖之時那般驚人。但風流店臥虎藏龍，以九心丸籠絡的高手不知凡幾，要覆滅風流店還必須得到其中更多的辛祕，明瞭其中更多的內情。此次飲茶之會，唐儷辭讓中原劍會門下信使奉信上少林寺與武當派，邀請普珠方丈與清淨道長參與，但普珠以閉關潛修為名婉言謝絕，清淨道長回函說事務繁忙，分身乏術。

原來數年之前，武當派老掌門在祭血會圍攻武當山一役中下落不明，由清淨道長代任掌門。然而清淨道長尚有一位師叔，道號清虛子的武當高人。清虛子在武當後山閉關十年，出關之際，清淨道長已代任掌門兩年有餘，他欲將掌門之位讓與清虛子，但派中弟子對清虛子並不熟悉，頗多反對之辭，讓位之事就此按下。而長年清修，即使在武當派中也很少有人識得的清虛子卻突然失蹤了，清淨道長追查年餘方才隱約得到線索，清虛子竟為風流店所網羅。當下武當一脈上下都在尋覓清虛子的行蹤，一旦證實他確為風流店所網羅，武當必定清理門戶，如此背景之下，清淨道長自然無暇分身前來好雲山品茶。

「原來風流店尚有鬼牡丹這一路旁支，鬼牡丹身為七花雲行客之首，殺破城怪客、魚躍鷹飛，操縱梅花易數、狂蘭無行，創立風流店，意圖一統江湖橫行天下，委實可惡至極。」一眾位座客之中，有一人青衫佩刀，面長如馬，乃是北三地著名的快刀客霍旋風，新近參與中原劍會。他身邊一人儒衫寬袖，面容如敷脂粉，卻是江南著名的美劍客「璧公子」齊星。

在唐儷辭失蹤不見的那段時間裡，中原劍會新加入不少人手，並且大都並非劍術名家，有些是湊熱鬧，有些是好風頭，更有些是追逐著「西方桃」的美色而來，此時西方桃失蹤，大家都有些掃興。

成縕袍、董狐筆等劍會元老，對這些新近加入的所謂江湖俊彥冷眼相看，這些人魚龍混雜，自從上得好雲山吃喝拉撒有之，醉酒鬧事有之，硬仗未曾打過一場，卻又誇誇其談，言之滔滔，滔滔而不絕。

「只待查明風流店真正巢穴所在，我等一鼓作氣，齊心協力將其剿滅，即刻還江湖一片清淨。」接話的是與「璧公子」齊星齊名的「玉公子」鄭玥。這兩人合稱「璧玉公子」，在江南一帶都是著名的美少年，但此時坐在唐儷辭面前，齊星尚可自持，鄭玥的目光在唐儷辭臉上瞟來瞟去，充滿了悻悻之色。

唐儷辭微微一笑，在一干江湖人物環繞之中，越發映襯得他猶如明珠生暈，秀雅出塵，「鄭公子如果有興，追查風流店巢穴之事不如交由鄭公子著力進行？」

鄭玥大吃一驚，「由我一人進行？」

唐儷辭溫和地道：「鄭公子聰明睿智，劍法出眾，交遊廣闊，劍會諸多人手，鄭公子盡可調兵遣將，於一個月之內給我答覆如何？」

嚴冬時節，鄭玥額頭上竟然生出冷汗，「此事……此事該從長計議……」

唐儷辭道：「只待查明風流店真正巢穴所在，我等一鼓作氣，齊心協力將其剿滅，即刻還江湖一片清淨。鄭公子豪言壯語，我也十分贊同。」

他說得不溫不火，極盡誠懇，說得鄭玥張口結舌，冷汗直下，眾人又是駭然又是好笑，鄭玥不敢再說，連霍旋風都緊緊閉嘴。唐儷辭捧著熱茶再淺呷一口，緩緩呵出一口氣，臉頰是越發紅暈了，「追查風流店巢穴之事交由鄭公子，有另外一件重要之事，我要交由齊公子處理。」

齊星雖然和鄭玥齊名，但並不見如鄭玥一般的輕佻之色，聞言抱拳，「不知唐公子有何吩咐？」

唐儷辭放下茶杯，手指卻一直搭在杯上，墨色的茶杯映得他的手指雪白潤澤，十分好看，「萬竅齋將為中原劍會支付四萬五千兩黃金的費用，中原劍會此時上下兩百八十五人，如果現在分發，不論武功高低、身分尊卑每人可得一百五十八兩。今日之後，多一人萬竅齋多支付一百五十兩銀子——是銀子，不再是黃金；少一人萬竅齋收回一百五十八兩黃金，不會多一分一毫。」

一百五十八兩黃金，那是一筆不小數目的財富，足供普通人家過上幾輩子。

齊星吃了一驚，「四萬五千兩？」

唐儷辭眼睫微抬，眼角揚起的姿態略略帶有一點驕色，那是恰如其分的驕矜，「各位江湖前輩對錢財多是淡泊，但諸位為江湖奔波多年，辛勤勞碌，我會為各位前輩另備金帛，以供諸位不時之需。」他卻不說多少錢，「至於這四萬五千兩黃金，現在並不下發，暫扣在劍會名下，從今日開始，應對風流店所需的一切開銷都由這四萬五千兩中支出。諸位過後將消息通傳到每一個人，從今日起，中原劍會任何一人吃喝嫖賭的銀兩、酗酒鬧事之後的賠償都由這筆黃金支出，花費得越多，風流店覆滅之後眾人所得的利益越少，我不在乎各位最後所得是多少，與我無關。」唐儷辭含笑說的這段話，語氣非常溫和。

眾人面面相覷，自有江湖門派起，恐怕沒有一人是以這種方法管束門內弟子，但說不定十分有效。清者自清，品德高尚之人自然不會貪戀黃金，亦不會胡作非為；而貪戀黃金之輩又必然為了利益收斂言行，甚至互相監督，只怕多花了一分銀子。唐儷辭富可敵國，花費四萬五千兩黃金能買得中原劍會上下一整，在他看來自是便宜。

「齊公子，你可知為何我要讓你主管此事？」唐儷辭將桌上的「白乳」清空，換了一種散茶，剛才的墨玉茶杯也撤了，換上一種精細白瓷的茶杯，碧綠色的茶葉飄在清澈的茶水中，散發出另一種清香。

「可是因為齊家與萬竅齋有生意往來？」齊星問道。

唐儷辭道：「齊家在蘇州有兩處莊園，三處店鋪，估價約有四萬兩黃金之數。齊家家業也大，人面眾多，你來管理這四萬五千兩黃金，旁人無話可說。」

齊星苦笑，的確，他若私吞了這四萬五千兩黃金，中原劍會上下兩百八十五人不會放過齊家，齊家家業在蘇州，跑得了和尚跑不了廟，唐儷辭不愧是生意人，面面俱到。

眾人再度面面相覷，成縕袍和余負人看了鄭玥一眼，鄭玥臉色慘白，仍舊深陷在唐儷辭要他去查探風流店巢穴的陰影之中，霍旋風之流面上鎮定，少不得也在暗暗計算那一百五十八兩黃金。唐儷辭支頷對眾人一笑，他唇角勾起的時候彷彿天下眾生都在他彀中掙扎一般，並且無論如何掙扎都掙扎不出他設下的天羅地網。

他是一隻皮毛華麗的狐妖之王，俯瞰天下，山起雲湧，眾生百態，他一直在雲端之上。

客房之中。

鳳鳳抱著一本書在撕紙，「呵呵呵」地笑著，奮力的把那本書撕成碎片，他已經會抱著東西搖搖晃晃地站起來，雖然不敢走，卻敢抱著東西往下砸。這幾天阿誰房裡的書本、衣服、被子、茶杯被鳳鳳一一摔在地上，阿誰教他不許摔，唐儷辭卻派人送來一大堆書本和香包、香囊、荷包之類的小玩意，鳳鳳是越摔越開心了，在他眼裡看來每一本書都是用來砸在地上然後撕成碎片的。

有時候……覺得唐儷辭很會寵人，阿誰看著鳳鳳在撕紙，他很開心。想到櫥子裡一包一包的衣服飾品，甚至綾羅綢緞，她會覺得唐儷辭其實很知道大家需要什麼，也許大家什麼也不需要，都只是需要一種被寵愛的感覺。

但很多時候……她覺得唐儷辭其實什麼也不懂，他其實不懂被寵愛的滋味，所以一時性起他就輕易毀掉那種感覺，他知道那傷人、但不知道有多傷人。他不明白被毀棄的信任要重建有多麼難，也許是他以為自己根本不需要被信任，因為他輕易可以控制每一個人。

「姑娘。」門外有人輕輕敲了敲門。

阿誰站起身來，門外是一個身著紫衣的少年人，她並不認識，「這位是？」

「姑娘……」門外那少年人癡癡地看著她，「妳好美，打從妳來到山上，我茶不思飯不想，天天盼著多看妳一眼，我……我從來沒有這樣想念一個人……」他徑直從門外走了進來，雙手向阿誰擁來，「姑娘、姑娘、姑娘……」

阿誰連退兩步，「且慢，我已經不是姑娘了，我是孩子的娘……少俠你只是一時誤會，你弄錯了……」

不論她說什麼，那紫衣少年全都未聽入耳內，一把把她擁入懷裡，親吻著她的烏髮，「姑娘妳叫什麼名字？」

「哇——」的一聲，鳳鳳大哭起來，從床上顫顫巍巍地站起來，抱著一本撕了一半的書本往紫衣少年身上砸來，「哇——唔唔唔——哇——」

「放開我！」阿誰大叫一聲，她拗不過紫衣少年的手勁，「妹子！妹子！」

玉團兒自隔壁一下竄了進來，「阿誰姐姐！」

她眼見紫衣少年抱住阿誰，不假思索一掌往紫衣少年身上拍去，紫衣少年反掌相迎，「啪」的一聲玉團兒受震飛出，「哇」的一聲口吐鮮血。

阿誰大驚失色，「妹子！妹子！」她懷裡揣著「殺柳」，趁紫衣少年回掌相擊的機會拔了出來。

刀光一閃，紫衣少年緊緊抓住她的肩，阿誰手握殺柳，極近紫衣少年的胸口，卻是刺不下去。她沒有殺人的勇氣，紫衣少年大喜過望，「姑娘，姑娘妳也是喜歡在下的吧？」

阿誰唇齒顫抖，終於忍無可忍，開口要呼喊一個人的名字。

「任馳，你在做什麼？」門口有人冷冰冰地問。

抱著她的紫衣少年大吃一驚，連忙推開她站了起來，「我……」

人影一晃，一人站在紫衣少年面前，「啪」的一聲重重給了他一個耳光，冰冷且嫌惡地道：「你給我滾下山去，今生今世不要讓我再看到你，否則休怪我替青城派清理門戶。」

紫衣少年連滾帶爬的出去，阿誰站了起來，救她的是成縕袍，並不是唐儷辭。

成縕袍同樣以那種冰冷而嫌惡的目光看著她，「阿誰姑娘，身為唐公子的朋友，妳該潔身自好，不要再給唐公子惹麻煩。」他連一眼也沒對阿誰多瞧，拂袖而去。

阿誰拉了一下凌亂的衣襟，成縕袍沒有給她解釋的機會，也無意聽她解釋，她又一次被當作了娼妓，是因為她行為不檢點，她在外頭搔首弄姿，所以才會引得任馳這樣的輕狂少年上門。

她並不覺得傷心，因為這次嫌棄她是娼妓的人不是唐儷辭。

也許……他並沒有說錯，如果沒有她拋頭露面，誰也不會上門找她。一切都是她的錯，是她的過失，是她沒有潔身自好。

「咳咳……」受傷的玉團兒咳嗽著爬了起來，阿誰連忙把她扶起，擦去她唇邊的血跡。玉團兒閉目調息，阿誰將屋子翻了一遍，找出一個羊脂白玉美人瓶，她記得裡頭放著古怪的白色藥片，不知是什麼東西，不敢讓玉團兒服用，隨手放在桌上，又找出另外一瓶藥丸，記得林逋有交代過那是傷藥，急急讓玉團兒服下。

玉團兒只是胸口真氣受到震盪，任馳本身功力不深，她傷得並不重，服用了傷藥之後很快真氣便平靜下來。阿誰鬆了口氣，坐倒在地上，此時才發覺一頭長髮散了一半下來，蓬頭霧鬢，恍若乞丐一般。

「唔唔唔……」身後有人抓住她的衣裳，阿誰回過頭來，鳳鳳抱住了她，她吃了一驚，他竟然從床上平安無事的下來了，「鳳鳳，你怎麼下來的？你是真的自己爬下來的嗎？」鳳鳳抱住她，叼住她的衣角，眼淚汪汪的。

「我沒事，別怕。」

外頭的茶會已經散了，齊星點了十名劍會弟子逐人通知唐儷辭那「四萬五千兩黃金」的消息。鄭玥垂頭喪氣的和霍旋風商量究竟如何才能查到風流店的底細，唐儷辭已經回房，而好雲山上下兩百多人正在逐一被他撼動，自此時起，飲酒鬧事者少之、誇誇其談者少之，老老少少都在盤算如何儘快剿滅風流店了。

唐儷辭並不當真指望鄭玥能追查到風流店的巢穴所在，玉箜篌狡猾詭詐，會躲在何處難以預料，即使有留下線索，那也是引人誤入歧途的居多，他並不著急。

值得他考慮的尚有許多事，當夜把玉箜篌擊落懸崖，必定有人看見，那究竟是好雲山上的誰？為何至今無人知曉是他將玉箜篌擊落懸崖？有人在為他隱瞞麼？是誰？為什麼？

他開始覺得疲憊，他的精神一貫很好，但自從沈郎魂刺那一刀之後，方周的心跳消失了，腹中那團硬物卻沒有消失，在那以後他就很容易感到疲憊。按照常理，互相排斥的器官移植不可能長期並存，方周的心如果壞死，應該被他的身體所吸收，因為他的身體不受感染，不可能得腹膜炎。

但腹中的硬物並沒有消失，真氣流經之時他仍然感覺到硬物之內有血脈與自己相通，並不是一團死物，但那會是什麼？

腫瘤麼？

唐儷辭坐在房裡，靜靜地望著桌上的一盤茶具，那是剛才用來飲用「白乳」的墨玉茶具，顏色黑而通透。他伸手握住其中一個茶杯，對方周的心他有一個可怕的猜測……

也許……他並不只是挖了方周的心埋入自己腹中。

他努力的回想著剖開方周的胸膛，將心臟埋入自己腹中的當日他到底做了什麼，但除了自己雙手滿臉的鮮血，滿地滿身的鮮血之外，那日的記憶恍恍惚惚，他並沒有記住太多細節。

但沈郎魂說他刺入他腹中的一刀，刺到了骨頭。

而他很清楚沈郎魂並沒有刺到自己的骨頭。

那麼——他是刺到誰的骨頭？何處的骨頭？他顯然是刺到了方周的心，因為方周的心再也不跳了。

但方周的心內，怎麼會有骨頭呢？

他的腹內有一團硬物，那團硬物之中含有骨骼。

那會是什麼呢？

菩提谷內。

雪線子和任清愁兩人悄悄地將藥房裡所有的「孤枝若雪」都取了出來，丟進門前的大火坑。熊熊烈焰之下，成千上萬的白花消亡成一縷煙霧，所化成的灰燼幾乎未能到達火坑之底就已灰飛煙滅。

風流店在地底挖掘這個大火坑的時候萬萬不會想到，這地方會被雪線子用來燒垃圾。等「孤枝若雪」全部毀去，雪線子一時興起，將藥房裡大大小小的藥櫃搬了出來，一個一個往火坑裡丟，不過小半個時辰那藥房已被他搬得乾乾淨淨，一把雜草都不留。

這裡是風流店地底最隱祕之處，火焰燃燒偶有爆炸之聲，所以雪線子在底下搗騰了許久，竟是沒有人發覺有異。當雪線子將藥房裡的藥櫃折騰得乾乾淨淨的時候，也已將近二更時分。

「老前輩。」任清愁拍了拍手掌，他幫雪線子將最後一個藥櫃丟進火坑，又用掃帚把被搬空的藥房打掃了一遍，「時候到了。」

雪線子斜眼看他打掃那藥房，心裡嘖嘖稱奇，不知屈指良這位徒弟是如何帶出來的，「時候到了，我們就出去吧，路在哪裡？」

「這邊走。」任清愁拔出背上的黑色小弓，仔仔細細地扣上一支黑色短箭，將身上大大小小的事物都檢查了一遍，方才走在前面。雪線子揮起袖子給自己扇了扇風，這小子要是給他當個奴僕什麼的，他真是非常滿意，可惜是屈指良的徒弟，收做奴僕未免對死人不太好意思……

任清愁謹慎地走在前面，絲毫不察身後的雪線子胡思亂想。他步履輕巧，繞著火坑走了半個圈，突的在黃土牆上一推，牆上突然開出一道門來，他即刻對門內射出一箭，門內有人跌倒之聲。雪線子飄身而入，只見看守門戶的劍手被任清愁一箭射倒，但任清愁的確手下留情，這一箭傷了那人的咽喉，使他發不出聲音，箭尖若是偏了一分，不免穿喉而過，立斃當場。

兩人沿著幽暗的隧道往前走，路遇關卡，任清愁便是一箭射出，他的箭法乾淨俐落，幾乎沒有發出任何聲音，竟是所向披靡。雪線子咋舌不已，玉箜篌會放心讓任清愁一人看守藥房，不是沒有道理，方才這小子如果沒有被他轉圈轉暈，只怕要大費一番手腳才能將他制服。

再轉過幾圈，前面突然傳出一聲呼嘯，一人驀地閃了出來，擋住通道：「半夜三更，誰在裡面？」

任清愁微微一滯，這人是風流店中專職看管隧道和機關的司役使，也是專職看管溫蕙的人，「司役使。」

司役使年約四旬，三縷長鬚，相貌甚是威嚴，「任清愁？你不在藥房，在這裡做什麼？」

任清愁手裡黑色小弓驀然對準他，黑暗中那箭尖的光芒並不太明顯，但司役使的目光已經變了，「你——」

「對不住了。」任清愁以箭尖對準他，雪線子晃身上前，伸手點住他身上幾處穴道，哈哈一笑，「手到擒來。」

任清愁看起來並不得意，很沉得住氣，「司役使，蕙姐在哪裡？」

司役使冷笑不答，低沉地道：「你竟然勾結外敵出賣風流店！我告訴主人，將溫蕙剝皮拆骨！」

任清愁低聲道：「你告訴我蕙姐在什麼地方，我就不殺你。」

司役使狂笑不答，雪線子在他身上摸索了一陣，司役使身上帶著幾串鑰匙，他統統取了出來，「這許多鑰匙，總會有用，你既然不肯說，留著你也無用。」他突然突發奇想，「這樣吧，小子，把他丟進藥房前面那個大火坑，一下子就燒得乾乾淨淨，連骨灰都不剩，這樣至少要過個三五天風流店才會發現少了這號人物，怎麼樣？」

任清愁沒有任何意見，提起司役使就待帶回方才的火坑。司役使大駭，「且慢！」他厲聲道：「方才你說告訴你溫蕙所在，你放手不殺，君子一言快馬一鞭，豈可不算？」

任清愁一怔，點了點頭，「蕙姐在哪裡？」

「她在鐵人牢裡。」司役使咬牙切齒地道：「上次白姑娘要你們去殺唐儷辭，你沒成功。主人讓你帶罪去看守藥房，把她關進了鐵人牢，你救不出來的！」

任清愁又點了點頭，對雪線子道：「老前輩……」

雪線子揮揮手，「這傢伙你制住的，你要殺就殺，要放就放，不必問我。」

任清愁「嗯」了一聲，「司役使，對不住了。」

他將他輕輕放在隧道之旁，和雪線子一起往通向外面的道路走去。

「小子，你不去救人？」雪線子皺起眉頭，「你不是很癡情？不是今生非她不可？既然知道她在鐵人牢，為什麼不去救人？」

任清愁的目光很清澈，「我要幫你燒掉那些花，然後再去救人。」

「你不怕來不及？」

「我不會來不及。」任清愁說話很有自信，「老前輩，前面就是出口。」

在黑暗的隧道裡鑽了許久，雪線子幾乎忘了天空生得什麼模樣，任清愁推開一扇白色木門，一縷月光穿門而入，照在地上。

那真像雪一樣白。

雪線子望著門外。

外面是深夜時分，明月當空懸掛，星星很少，林木在夜中看來是一團團的漆黑，皎潔的月光和漆黑的密林應襯出眼前這片山谷是何等雪白。

滿地都是如雪的白沙，白沙上是一塊一塊的墓碑，歷經年月而依然光滑的石碑閃爍著明月的流華，清冷柔和。滿地爬著如血的紫紅藤蔓，藤蔓上開著雪白的奇異花朵，那花朵如白沙一般白，花蕊如血一般紅，一眼看去竟分不出是沙是花……

三千世界，空嘆曼珠沙華。

明鏡塵埃，原本皆無一物。

雪線子目不轉睛的看著眼前的景色，任清愁望著雪線子的眼眸，在這一瞬之間，他彷彿看盡了這位前輩一生的遺憾與情愁。

——《千劫眉（卷四）不予天願》完——

——敬請期待《千劫沒（卷五）兩處沉吟——

高寶書版集團
gobooks.com.tw

DN 314
千劫眉（卷四）不予天願
作　　者　藤　萍
責任編輯　吳培禎
封面設計　張新御
內頁排版　賴姵均
企　　劃　何嘉雯

發 行 人　朱凱蕾
出　　版　英屬維京群島商高寶國際有限公司台灣分公司
　　　　　Global Group Holdings, Ltd.
地　　址　台北市內湖區洲子街88號3樓
網　　址　gobooks.com.tw
電　　話　(02) 27992788
電　　郵　readers@gobooks.com.tw（讀者服務部）
傳　　真　出版部 (02) 27990909　行銷部 (02) 27993088
郵政劃撥　19394552
戶　　名　英屬維京群島商高寶國際有限公司台灣分公司
發　　行　英屬維京群島商高寶國際有限公司台灣分公司
法律顧問　永然聯合法律事務所
初　　版　2024年11月

國家圖書館出版品預行編目(CIP)資料

千劫眉. 卷四, 不予天願/藤萍著. -- 初版. -- 臺北市：英屬維京群島商高寶國際有限公司臺灣分公司, 2024.11
　冊；　公分. --

ISBN 978-626-402-133-3(平裝)

857.7　　113017472